HISTOIRES TROUBLANTES

Dans Le Livre de Poche :

ALFRED HITCHCOCK
présente :

HISTOIRES À NE PAS LIRE LA NUIT.
HISTOIRES À FAIRE PEUR.
HISTOIRES DIABLEMENT HABILES.
HISTOIRES À N'EN PAS REVENIR.
HISTOIRES MACABRES.
HISTOIRES ANGOISSANTES.
HISTOIRES PIÉGÉES.
HISTOIRES RICHES EN SURPRISES.
HISTOIRES DE MORT ET D'HUMOUR.
HISTOIRES TROUBLANTES.
HISTOIRES NOIRES.
HISTOIRES MÉDUSANTES.
HISTOIRES QUI DÉFRISENT.
HISTOIRES À SANG POUR SANG.
HISTOIRES POUR TUER LE TEMPS.
HISTOIRES EXPLOSIVES.
HISTOIRES DÉROUTANTES.
HISTOIRES À CORPS ET À CRIMES.
HISTOIRES AVEC PLEURS ET COURONNES.
HISTOIRES À RISQUES ET PÉRILS.
HISTOIRES D'ARGENT, D'ARMES ET DE VOLEURS.
HISTOIRES DE LA CRÈME DU CRIME.
HISTOIRES DE SANG ET DE SOUS.

ALFRED HITCHCOCK

présente :

Histoires troublantes

LE LIVRE DE POCHE

L'APPEL DES SIRÈNES

par Robert Arthur

Au moment où la salle de cinéma se vidait, on entendit gémir au loin les sirènes de la police. Mais nul n'y prêta plus d'attention que s'il se fût agi de l'écho du film qu'on venait de voir. Le bruit, trop lointain, était couvert par le brouhaha des gens pressés de rentrer chez eux.

Harvey et Dorothy Murdock se tenaient un peu à l'écart du reste de la foule. Ils avaient été les derniers à quitter le cinéma dont on avait refermé les portes derrière eux. Harvey s'arrêta pour allumer une cigarette et donner à sa femme le temps de le rattraper. Elle achevait maladroitement d'enfiler ses gants.

— Toujours en retard, grommela-t-il sans la regarder, toujours la dernière ! Tu perds toujours quelque chose ! Pour l'amour du ciel, Dorothy, avais-tu vraiment besoin d'enlever ta chaussure au cinéma ?

— Je suis désolée, Harvey, mais elle me faisait

mal. Et, à la fin du spectacle, je n'arrivais plus à la retrouver, répondit Dorothy.

Elle parlait par petites phrases saccadées et l'inquiétude perçait dans chacun de ses mots. C'était une jeune femme mince et assez jolie, mais sans éclat, un peu comme une photographie mal développée.

Le mari répliqua avec mauvaise humeur :

— C'est bien de toi d'acheter des chaussures trop petites ! Maintenant, je suppose que tu vas vouloir rentrer en taxi ? Bon, ça va, je vais tâcher d'en trouver un.

— Oh ! non, je vais très bien. Je préférerais aller à pied ; il fait si bon ce soir.

Sans mot dire, Harvey se remit en marche dans la rue à présent déserte, Dorothy trottant sur ses talons mais il avançait à longues enjambées, sans se soucier de sa femme qui devait courir pour le suivre.

Quelque part, dans le lointain, le bruit des sirènes avait repris, tantôt plus haut, tantôt plus bas, comme l'aboiement d'un chien de chasse.

— Écoute-moi ça ! dit Harvey. Encore des flics qui poursuivent quelque malfaiteur. Cette ville devient vraiment le paradis des voleurs et des bandits ! Je me demande à quoi peuvent bien servir les impôts qu'on nous fait payer.

Dorothy ne se donna pas la peine de répondre ; elle était trop absorbée par son effort pour se mettre au pas de son mari. Ils continuèrent à marcher pendant une centaine de mètres dans le silence de la nuit, troublé seulement par le bruit des sirènes, qui semblait se rapprocher peu à peu. Mais, au moment où Harvey s'arrêtait pour traverser la rue, sa femme lui toucha timidement le bras.

— Eh bien, qu'est-ce qu'il y a ? marmonna-t-il en se retournant enfin pour la regarder.

— Harvey, haleta-t-elle, complètement à bout de souffle, tu ne veux pas... Nous ne pourrions pas plutôt prendre cette rue-là ?

— Cette rue-là ? Pourquoi ?

— Parce que... Tu sais bien... Le magasin. Je voudrais te le faire voir.

— Le magasin ? répéta-t-il en fronçant les sourcils. Dorothy, tu ne veux pas dire que tu...

— Je t'en prie, laisse-moi simplement te le montrer !

— Oh ! bon, bon !

Ils suivirent, plus lentement, la rue dans laquelle ils venaient de tourner. Au milieu d'un pâté de maisons se trouvaient quelques boutiques dont la dernière, très petite, était libre. La lueur d'un réverbère révélait la vitrine vide et poussiéreuse.

— C'est celle-là, Harvey, dit Dorothy d'une voix qui tremblait de désir. Le prix est très raisonnable : trente-cinq dollars par mois seulement. Mme Simpson a pris tous les renseignements. Elle est disposée à payer le premier mois de loyer et à acheter le matériel nécessaire. Je ferais les chapeaux et, avec ses relations...

— Dorothy ! interrompit-il. J'en sais déjà bien assez sur ta Mme Simpson et sur la merveilleuse entreprise dans laquelle tu veux te lancer. J'ai dit non. C'est toujours non. Et je n'ai pas l'intention de te le redire une troisième fois.

— Mais ça ne te coûtera rien, Harvey ! s'écria Dorothy. Tout ce que je te demande, c'est de me laisser...

— Non ! Écoute-moi bien : je ne veux pas que ma femme tienne une boutique. C'est définitif.

— Mais je suis vraiment douée pour le métier de

modiste ! insista Dorothy d'une voix que le désespoir faisait trembler. Je-je fais moi-même t-tous mes chapeaux et m-mes amies en raffolent. Mme Simpson est certaine qu'elle pourrait les vendre. N-nous n'aurions b-besoin d'en vendre que cinq ou six p-par semaine pour r-rentrer dans nos frais, et p-par la suite cette af-affaire pourrait devenir très l-lucrative.

— Même si cétait le cas, le gouvernement reprendrait tout en impôts. Pourquoi cette lubie de vouloir gagner de l'argent ? Est-ce que je ne pourvois pas convenablement à tes besoins ? Et tu n'as donc pas assez de ta maison pour t'occuper ?

— Si, Harvey, répondit Dorothy d'un ton où le désespoir faisait place à la résignation. Je-je ne t'ennuierai plus avec cette histoire.

— Je l'espère bien ! Et maintenant, avance un peu : il est tard et demain sera pour moi une journée chargée.

Ils se remirent en marche dans la rue sombre et paisible. Mais à peine avaient-ils fait quelques pas que le gémissement des sirènes se rapprocha soudain.

Une voiture noire, tournant à vive allure le coin de la rue, les dépassa, dans un crissement de pneus, avant qu'ils eussent le temps de s'en rendre compte. Au moment où elle arrivait à leur hauteur, ils entendirent un léger bruit métallique, aussitôt couvert par le hurlement des sirènes.

Les deux voitures de police lancées à la poursuite de l'auto en fuite passèrent en trombe et disparurent, ne laissant derrière elles que le bruit décroissant de leurs sirènes et quelques papiers sales tourbillonnant au vent.

— Ah ! là ! là ! bougonna Harvey, les voilà qui jouent aux gendarmes et aux voleurs devant la porte de nos maisons ! Cette ville va devenir un enfer avant longtemps !

Dorothy se pencha vers le caniveau et ramassa un objet qu'elle examina à la lueur d'un réverbère.

— Harvey, regarde ! Un revolver ! dit-elle d'une voix blanche. Quelqu'un qui se trouvait dans la première voiture a jeté son revolver au moment où il passait près de nous !

Elle tenait à la main un revolver noir griffé de quelques éraflures consécutives à sa chute.

— Dorothy ! cria Harvey. C'est un automatique ! Pose-le vite, avant qu'il ne parte !

— Tout à fait comme dans un film ! remarqua-t-elle d'un ton surexcité. Un criminel qui cherchait à s'enfuir dans cette voiture a jeté son revolver pour qu'on ne le trouve pas sur lui. Il faut le porter au poste de police et raconter ce que nous venons de voir.

— Non ! Pose-le, je te dis ! Il est probablement chargé et le cran de sûreté n'est pas mis.

— Le cran de sûreté ?

— Oui, le truc, là, sur le côté. Quand le cran d'arrêt est mis, le coup ne peut pas partir, mais le revolver est prêt à tirer maintenant. Pose-le vite avant que ça n'arrive.

— Mais il faut aller...

— Pour que la police nous harcèle de questions. Très peu pour moi ! Pose-moi ça, je te dis ! Tu vas nous tuer, l'un ou l'autre, avant de t'en rendre compte. Tout ce que tu touches se casse, prend feu ou explose !

Mais Dorothy n'écoutait pas. Elle regardait fixement le revolver qu'elle tenait à la main, et ses yeux brillaient, ses joues se coloraient.

— C'est ça, bien sûr, murmura-t-elle enfin, en levant les yeux vers le visage, rougi par la colère, de son mari. Il pourrait partir, n'est-ce pas ? Alors, ce serait *vraiment* comme au cinéma... Nous rentrions à la maison... ce revolver est tombé à mes pieds... je l'ai ramassé... Je ne connais rien aux armes à feu...

— Dorothy ! C'est la détente ! N'appuie pas...

Les mots d'Harvey Murdock furent étouffés par la détonation. Le recul fut si brusque que Dorothy, poussant un cri de douleur, laissa retomber le revolver dans le caniveau. Mais en voyant son mari, elle oublia bien vite le poignet qui lui faisait mal.

Harvey avait les deux mains serrées sur la poitrine ; ses yeux, grands ouverts, semblaient poser une interrogation muette. Puis il s'affaissa sur le trottoir. Un moment, ses pieds s'agitèrent convulsivement, puis il ne bougea plus.

Dorothy se pencha vers lui, l'air hébété. Ses lèvres remuaient silencieusement, comme si elle priait.

— Nous rentrions à la maison... la voiture est passée... Quelqu'un a lancé le revolver... le coup est parti...

Quelque part, non loin d'elle, une porte s'ouvrit avec bruit. Alors, se tournant de ce côté, la jeune femme se mit à hurler.

Sirens in the night.
Traduction de Denise Hersant.

QUITTE OU DOUBLE

par De Forbes

Évangeline Moon[1] se vit prisonnière, insignifiante, immobilisée dans les marécages de la peur. Elle se sentait un cœur énorme : il avait déserté son corps, il battait quelque part ailleurs, laissant un grand vide dans son ample poitrine. Ses jambes maigres étaient encore plus chétives qu'à l'ordinaire : elles étaient aussi molles qu'un bout de caoutchouc rongé par un acide. Son esprit vagabondait, s'accrochant à des détails sans intérêt. Son corps par exemple : incroyable qu'au fil des ans, son corps se soit alourdi de graisse tandis que ses membres demeuraient grêles comme au temps où elle était petite fille. Le teint magnifique dont elle s'enorgueillissait autrefois s'était peu à peu fané : elle l'avait vu s'affadir avec angoisse.

Et ces millions de gens qui l'épiaient de partout ! Ils la voyaient telle qu'elle était : une vieille femme grotesque. Les projecteurs l'inondaient de lumière

1. C'est-à-dire, si l'on traduisait ce nom en français : Évangeline Lune.

pour toutes ces caméras qui enregistraient son visage horrible et en transmettaient l'image à tous les coins de l'univers. Il n'y avait rien à faire. Depuis longtemps, on lui avait dit qu'il n'y avait rien à faire : plus de traitements, plus de régimes. La peau s'était distendue : si on l'avait fait maigrir, sa peau n'aurait plus été qu'un vêtement de cuir trop grand pour sa taille. Mais même aujourd'hui, en dépit de son âge, elle ne se résignait pas. Elle ne pouvait supporter l'idée qu'elle était laide.

— Je crois que vous pouvez annoncer que nous avons battu les Russes d'au moins une Lune... glapit la voix du jeune homme aux cheveux de jais et au menton bleu qui se tenait près d'elle.

Une vague de rires polis parcourut l'assistance.

— J'aimerais vous poser une question très personnelle, Évangeline... Je pense que vous ne voyez pas d'inconvénient à ce que je vous appelle Évangeline ?...

Sur l'écran du meneur de jeu — très semblable à celui du téléviseur qu'elle avait chez elle — elle vit un visage au sourire vide qui approuvait. Et elle s'aperçut que ce visage à l'expression idiote était le sien. Elle commençait à distinguer des gens dans l'assemblée confuse des spectateurs. Ils souriaient eux aussi. Certains souriaient amicalement. Peut-être étaient-ils en train de rire ? D'autres se moquaient, ou regardaient ailleurs. Tout à coup, elle se mit à les haïr, à les haïr tous. Le présentateur, Ralph July, continuait :

— Quel âge avez-vous, Évangeline ?

Elle ne voyait aucun inconvénient à lui répondre. Elle était plutôt fière de son âge.

— Soixante-treize ans, déclara-t-elle. Je viens d'atteindre l'âge de raison.

Une vague d'hilarité secoua les spectateurs : les

rieurs étaient de son côté, ce qui lui donna confiance. L'appréhension, qui la saisissait aux chevilles, disparaissait — s'évanouissait — fondait comme beurre au soleil.

— Êtes-vous mariée, Évangeline ?

— Vous pouvez annoncer que je suis une Lune inexplorée, Monsieur July. Non, je ne suis pas mariée.

A travers l'explosion spontanée des rires, Évangeline vit apparaître le visage de Benny, du Benny d'autrefois aux yeux noirs pénétrants, aux bras puissants qui l'étreignaient. Elle repoussa le souvenir. Aucun remords sucré n'empêche le lait répandu de tourner à l'aigre.

La lampe rouge de la caméra principale lui fit signe : Évangeline concentra à nouveau son regard et fixa son attention sur les paroles prononcées par July. L'argent... c'était tellement important pour elle. Les billets verts, blancs et noirs... Les piles de billets qu'elle imaginait devant elle. Des piles de billets, des tas, des monceaux de billets à portée de ses mains tremblantes. Ne plus avoir à supporter les moqueries de Mme Felix, les grands airs de Mme Turner, ni l'affreuse cuisine de la pension de famille : bœuf haché deux fois par semaine, salé et sans goût... Elle passa sa langue sur ses lèvres sèches. Ces derniers temps, elle avait en permanence l'impression d'avoir faim.

— Je suppose que vous connaissez les règles du jeu, Évangeline ? demanda Ralph July.

C'était assurément un bel homme : il faisait encore plus d'impression en chair et en os que lorsqu'il apparaissait sur l'écran de 40 centimètres dans le salon de la pension de famille. Elle songea dans un bref instant de triomphe : ils sont actuellement tous en train de me regarder, Mme Félix et ses bouclettes grises bien ordonnées, Mme Turner et sa grosse figure bourrée de chocolats, M. Jackson et sa pipe coincée en permanence entre les dents étincelantes de son ratelier. Eux et tous les autres, ils étaient en train de suivre sur leur téléviseur l'émission-concours « Quitte ou Double pour un Million », ils étaient en train de se dire entre eux : « Mais c'est Évangeline ! Là, sur l'écran : C'est Évangeline ! »

— Quelle est votre spécialité, Mademoiselle Moon ?

Inutile de lire son texte. Elle avait une spécialité et une seule : mais elle la connaissait sur le bout du doigt. Pour la galerie, elle fit mine de jeter un regard sur son papier.

— Les meurtres célèbres, dans l'histoire et dans la fiction.

Il y eut des murmures dans l'auditoire. C'était une spécialité rarement demandée. Instantanément, Évangeline sentit toute timidité l'abandonner. Elle était maintenant en pays connu, parmi de vieux amis.

— Veuillez m'excuser de parler de la sorte, reprit July avec un sourire, c'est une spécialité fort peu réclamée par une dame. Auriez-vous en quelque manière que ce soit travaillé dans les Services de Police ? Votre activité avait-elle quelque rapport avec les professions juridiques ?

Elle fit « non » de la tête.

— Pour moi, c'est un simple passe-temps. Je lis beaucoup. Je lis des romans policiers.

C'était vrai : elle lisait beaucoup. Mais elle se souvenait davantage encore. Son regard suivait maintenant les gestes de July qui manipulait des cartes blanches et le mouvement de ses doigts manucurés. L'appréhension tenta d'opérer un retour offensif : mais Évangeline la balaya.

— Très bien, Évangeline ! Commençons ! La première question vaut cent dollars. Êtes-vous prête ?

Elle approuva une seconde fois d'un signe de tête et elle sentit une épingle à cheveux glisser du chignon qu'elle portait bas sur la nuque. Ses cheveux étaient demeurés noirs et Mme Turner — elle le savait — susurrait qu'elle se teignait : elle admettait que c'était exceptionnel d'avoir conservé, à son âge, des cheveux noirs. Mais c'était exceptionnel aussi d'avoir tellement grossi. Exceptionnel, réellement exceptionnel.

— En septembre 1922, les cadavres d'un homme et d'une femme furent découverts au pied d'un pommier sauvage près d'une ancienne ferme, aux environs de New Brunswick, dans le New Jersey. Sous quel nom cette affaire célèbre fut-elle connue dans le public ?

Le visage de Ralph July était tout près du sien : Évangeline hésita un moment avant de répondre.

— Les victimes étaient : le Révérend Edward Hall et Mme Eleanor Mills. L'affaire fut désignée sous le nom d'Affaire Hall-Mills.

July sourit et le public applaudit. Pendant que July expliquait que la question suivante valait deux cent cinquante dollars, les doigts d'Évangeline tiraillaient le petit mouchoir blanc qu'elle avait pris sur elle en cas de nécessité. Une femme a toujours sur elle un petit mouchoir blanc : c'était là un des conseils que sa pauvre maman lui avait répétés. Sa mère était toujours extrêmement préoccupée de savoir et de dire ce qu'était une femme bien élevée. Mais Évangeline, sa fille, avait appris par la suite que les mouchoirs blancs, par exemple, ne suffisaient pas à rendre une femme bien élevée...

Le maître du jeu continuait :

— Le 19 mars 1927, un homme et une femme

furent accusés d'avoir assassiné le mari de la femme, dans un appartement de New York. Le meurtre fut accompli à l'aide du contre-poids d'une fenêtre à guillotine et de chloroforme. Qui étaient cet homme et cette femme ?

Dans sa hâte de prononcer les noms, Évangeline buta sur eux.

— Ce fut l'affaire Snyder-Gray. Ruth Snyder et Henry Judd Gray. Ils furent exécutés pour le meurtre d'Albert Snyder le 13 janvier 1928.

Cette fois, les applaudissements se firent plus nombreux : ils apparurent aussi plus sincères. Évangeline porta le mouchoir à sa bouche d'une main qui tremblait un peu, et s'essuya les lèvres.

— Et maintenant, Évangeline, nous en arrivons à la question valant cinq cents dollars. A la différence des autres, cette question — si vous y répondez correctement — vous vaut la somme de cinq cents dollars et vous la garantit définitivement, quelle que soit l'issue du jeu.

Évangeline prit sa respiration. Cinq cents dollars. En d'autres temps, c'eût été son argent de poche : mais maintenant — elle revit la pension de famille sombre et malpropre — cinq cents dollars seraient les bienvenus.

— La date : 4 novembre 1928, lut July sur le bristol. La victime : un agioteur de New York. L'accusé : un autre agioteur qui aurait abattu son rival d'un coup de pistolet. Dites-nous : le nom de la victime, le nom de l'accusé, le nom du juge d'instruction qui classa l'affaire par une décision de *non-lieu*.

Évangeline sentit son cœur s'arrêter. Elle avala sa salive. Son cœur se remit à battre.

— Veuillez répéter la question, s'il vous plaît ? »

Le visage de July demeurait impassible : mais il haussa un peu le ton en répétant sa question.

La victime : Arnold Rothstein. L'inculpé : George C. MacManus. Évangeline entendait sa voix prononcer ces noms tandis que son esprit galopait, tournait en rond. Le juge ? Elle avait lu le récit de l'affaire, au moment des faits. Elle l'avait relu récemment, alors que pour se rafraîchir la mémoire elle parcourait l'album où elle avait réuni toutes les coupures de journaux. Cet album remontait à cinquante ans en arrière et contenait toutes les relations de crimes ou de meurtres de quelque intérêt. Le nom du juge était sur le bout de sa langue. Si elle pouvait écarter cette sorte de brouillard qui enveloppait son souvenir, si elle pouvait extraire ce nom de cette brume, le voir plus nettement, plus clairement...

— Le nom du juge... » Voyons, voyons... « Cinq cents dollars », pensa-t-elle. « Ah ! je le tiens... » Aussi lisible que sur une feuille dactylographiée... « Le juge était Charles Nott ! »

Le public poussa un soupir de soulagement, qui fut aussitôt suivi par les applaudissements de trois cents paires de mains. L'orchestre joua un petit air et la voix de Ralph July se fit entendre au-dessus du tapage.

— C'est tout à fait exact. Évangeline, vous vous êtes définitivement assuré la somme de cinq cents dollars. Êtes-vous disposée à continuer ?

Que disait le proverbe ? Benny le citait à tout propos : « Quand le Diable tirerait d'un côté et que tous les Anges se mettraient à tirer de l'autre, il faudrait quand même que je me décide ! » L'auditoire gloussa et Évangeline se rendit compte qu'elle avait pensé tout haut. Elle en fut navrée : ce n'était qu'une des tares de son âge. Elle se concentrait si fortement sur l'interrogatoire qu'elle en oubliait sa propre existence. Il fallait qu'elle se méfie : il y avait des choses à ne pas dire devant les micros de la télévision.

Après quoi, les sommes d'argent mises en jeu augmentèrent rapidement et les questions déferlaient comme les vagues au cours d'une tempête. Elle fut d'ailleurs placée dans une petite cabine : elle ne voyait que Ralph July et elle n'entendait que ce qu'on voulait bien qu'elle entende. La chaleur l'écrasait.

Cinq mille dollars.

— Je veux les noms de ces détectives et des romanciers qui les ont créés : un Anglais qui jouait du violon et portait une casquette à carreaux — un Belge qui utilisait sa matière grise — un Américain qui cultivait des orchidées et aimait la bonne chère — un juriste américain, expert auprès des tribunaux, qui obéissait au doigt et à l'œil à sa jolie secrétaire — un aristocrate Anglais spécialisé dans la poursuite de l'impossible.

Évangeline les énuméra en comptant sur ses doigts : Sherlock Holmes et Sir Arthur Conan Doyle — Hercule Poirot et Agatha Christie — Nero Wolfe et Rex Stout — Perry Mason et Erle Stanley Gardner — Sir Henry Merrivale et John Dickson Carr également connu sous le nom de Carter Dickson.

Dix mille dollars.

Dans un éclair, elle revit les visages tendus vers le téléviseur, des locataires de la pension de famille.

— Pouvez-vous nous indiquer les noms de ceux-ci : un détective privé aux cheveux roux qui venait de Miami — un psychologue de New York qui apportait son concours à la police — un petit détective qui travaillait pour le compte d'une grosse femme — un prêtre catholique et un policier juif — un policier chinois qui avait une lourde charge de famille — un policier japonais qui était doué d'une infinie patience. Tout cela pour dix mille dollars.

— Mike Shayne, Brett Halliday, Dr. Basil Willing, Helen McCloy, Donald Lam qui travaillait pour Bertha Cool, A.A. Fair qui est devenu maintenant Erle Stanley Gardner (deux fois cité...). Le Révérend Père Joseph Shanley et le détective Sammy Golden. Jack Webb, Charlie Chan, Earl Derr Biggers, Mr. Moto, John P. Marquand.

C'est alors qu'Évangeline éprouva la douleur pour la première fois. Une douleur aiguë exactement sous le cœur. Ses mains se crispèrent sur son mouchoir. Il fallait qu'elle soit calme : elle ne pouvait « s'offrir » une attaque au milieu de cette émission. Le médecin lui avait recommandé d'éviter toute émotion : pourtant il fallait bien qu'elle vienne là. L'argent... elle en avait besoin. Elle comptait déjà sur cet argent, jusqu'au dernier sou. Il fallait qu'elle gagne. Elle n'avait pas d'autre moyen de s'en sortir...

— La question suivante vaut vingt-cinq mille dollars.

Elle vit les mots se former sur les lèvres de Ralph July. La douleur au-dessous du cœur la pinça. Elle prit une forte aspiration et la douleur s'atténua un peu : elle demeurait présente, néanmoins, elle attendait.

— Vous vous êtes déjà assuré dix mille dollars. Qu'allez-vous faire de tout cet argent, Évangeline ?

Le visage de Ralph July parut s'éloigner, flotter dans un brouillard. Évangeline battit des paupières.

— J'ai un projet, déclara-t-elle (et elle s'aperçut qu'elle n'avait plus qu'un filet de voix.) Mais je n'ai pas encore assez gagné : j'ai besoin d'encore beaucoup d'argent.

Le public, qui lui parut très lointain, s'agita. Évangeline sentit la peur de nouveau l'assaillir. Peut-être ne vivrait-elle pas jusqu'à la fin de l'émission. La prochaine question lui rapporterait vingt-cinq mille dollars : il fallait qu'elle s'assure cette somme, c'est-à-dire qu'il fallait qu'elle réponde victorieusement aux deux prochaines questions.

Elle entendit alors la voix de Benny. Dans cette cabine insonorisée, elle entendit cette voix : « Tu peux réussir, Vangie. Tu peux réussir n'importe quoi et surtout cela. Fais cela pour moi. » La voix de Benny, surgissant d'un très ancien passé, et pourtant plus réelle que celle de Ralph July qui lisait la question.

— Le premier « best-seller » américain, dans la catégorie des romans policiers, fut édité en 1878. Il était écrit par une femme. Donnez-moi le titre du livre et le nom de l'auteur. Ensuite vous me donnerez un titre de roman policier des auteurs suivants : Dashiell Hammett, Agatha Christie, Erle Stanley Gardner, Brett Halliday, Arthur Conan Doyle, Wilkie Collins, Meredith Nicholson, Mary Roberts Rinehart, E. Phillips Oppenheim, S.S. Van Dine et Louis J. Vance.

Il y eut un silence total. Évangeline fouilla sa mémoire : elle ne voyait plus rien.

— Je vais répéter la question, proposait July.

« Benny, Benny, pensait Évangeline. Aide-moi. » Et d'un seul coup, dans les brumes de son esprit, un mécanisme se mit à fonctionner. Les réponses se formèrent, toutes prêtes, précises, complètes.

— Le best-seller de 1878 : *L'Affaire Leavenworth.* L'auteur : Anna Katharine Green.

Et ensuite : Dashiell Hammett : *L'Introuvable*, bien sûr. Agatha Christie : *Le Meurtre de Roger Ackroyd.* Erle Stanley Gardner, la première enquête de Perry Mason — Évangeline se souvint brusquement, elle vit la couverture du livre : *Griffes de Velours*. Brett Halliday : elle venait justement de lire son dernier roman *Larmes sur une blonde défunte*. Pour Arthur Conan Doyle, c'était facile : *Le Chien des Baskerville*. Wilkie Collins ? Wilkie Collins ? Un drame autour d'un bijou. Elle se vit brusquement à court et l'angoisse cardiaque l'étreignit à nouveau.

— Je reviendrai ensuite sur Wilkie Collins, proposa-t-elle.

— Si vous voulez, concéda July d'une voix émue. Le suivant sur la liste est Meredith Nicholson.

— Son livre : *Le Port des disparus*. De Mary Roberts Rinehart : *L'homme de la dernière dizaine*. De Phillips Oppenheim : *Le Compte de dépôt*. De S.S. Van Dine ? Son détective s'appelait Philo Vance, mais le nom du roman ?... Ne s'agissait-il pas d'une actrice de cinéma ? Qui donc ?... Mais oui : *Le Meurtre de Gracie Allen*. De Louis J. Vance : *Le Bol de cuivre*.

Maintenant elle devait revenir en arrière sur le cas de Wilkie Collins.

Il lui sembla que c'était Benny lui-même qui lui souffla le titre qu'elle cherchait. *La Pierre de lune* ! annonça Évangeline : et elle entendit de très loin le tonnerre des applaudissements.

Ralph July était radieux.

— Vous avez gagné vingt-cinq mille dollars, Miss Moon. Vous avez le choix : ou bien vous revenez la semaine prochaine et vous remettez en jeu tous vos gains (il sourit faisant admirer ses dents très blanches) pour tenter d'emporter le gros lot d'un million de dollars ; ou bien vous répondez ce soir à une dernière question pour vous assurez définitivement la somme de vingt-cinq mille dollars... Que décidez-vous, Évangeline ? Voulez-vous tenter le grand jeu ? Ou voulez-vous en terminer ce soir ?

« Je ne réussirai pas à gagner la dernière manche, pensait Évangeline. Je ne serai jamais capable d'affronter à nouveau cette épreuve. Il faut que je me contente des vingt-cinq mille dollars. » Elle posa ses mains tremblantes sur la planchette de la cabine, et tenta d'affermir ses lèvres. Elle croyait entendre les souhaits formulés par l'auditoire « Continuez ! Continuez ! »

— Je suis vraiment trop âgée pour me prêter de nouveau à de telles émotions, Monsieur July. Je vais essayer d'assurer mes gains dès ce soir.

Elle ne fut plus consciente de rien, sauf du silence absolu qui régnait dans la cabine. Elle apercevait vaguement, très loin, les rangées de visages composant l'auditoire et les mains qui battaient.

Ralph July ouvrit encore une enveloppe et en sortit le bristol sur lequel la question était énoncée. Évangeline ferma les yeux et s'efforça de prier.

La cabine semblait s'être rétrécie. Les parois se rapprochaient et Évangeline ressentit l'angoisse, comme si ses poumons manquaient d'air. Ralph July parlait :

— Nous abandonnons la fiction. Nous revenons aux faits historiques. En 1911, un crime atroce a été perpétré. Un enlèvement qui aboutit à un meurtre. Une somme considérable était en jeu, considérable pour l'époque, bien sûr. Deux personnes furent accusées de ce forfait.

Évangeline se rendit compte qu'elle pouvait encore se tenir droite sans s'appuyer à son siège. Elle se sentit capable de s'assurer au moins ces vingt-cinq mille dollars. Oui, c'était maintenant une certitude. Parmi toutes les questions qu'il aurait pu lui poser, celle-ci était la plus facile. C'était la première découpure qui figurait dans son album.

— Je veux que vous me disiez, continuait Ralph July, le nom de l'enfant qui a été kidnappé, le lieu du crime, la somme d'argent exigée par les bandits, le nom des bandits, le résultat de l'enquête. Vous avez quinze secondes.

Évangeline entendit sa propre voix, très calme, très détachée. A mesure qu'elle parlait, elle voyait se dérouler les événements d'une façon très nette. Elle voyait les petits trous pratiqués dans les panneaux d'insonorisation de la cabine, très proprement découpés, très exactement disposés à la même distance les uns des autres. Elle voyait les rides dessinées sur les joues rasées de près de Ralph July et les sillons provoqués par ses sourires. Elle voyait les veines bleues qui parcouraient ses propres mains, ses veines grosses et gonflées qui dénonçaient son âge. Sa propre voix racontait :

— L'enfant qui a été enlevé s'appelait Peter Pearsons III. Il a été kidnappé à son domicile dans la Cinquième Avenue à New York. La rançon a été fixée à vingt-cinq mille dollars. Elle fut encaissée par Henry Bennington, qui avait organisé et réalisé l'enlèvement en accord avec sa complice, bonne d'enfant chez les Pearsons, qui s'appelait Claire de Luna. L'argent ne fut jamais récupéré. Les kidnappers ne furent jamais découverts. Le cadavre de l'enfant fut retrouvé flottant sur un étang dans le Connecticut. Plus tard, le corps d'Henry Bennington fut aussi retrouvé dans un petit hôtel de la banlieue ouest de New York, percé de trois balles de revolver. Quant à Claire de Luna, on n'entendit plus jamais parler d'elle.

Voilà. Elle avait réussi. Elle avait fait tout ce

qu'elle avait pu. Si ne c'était pas assez, ils lui pardonneraient quand même.

Son champ de vision commença à tourner, à s'embrumer, à s'éloigner. La douleur était revenue, plus forte, plus angoissante. Évangeline se sentait nouée. Elle tenait encore, mais savait en même temps que c'était désormais inutile. Elle avait l'impression que son cœur faiblissait, qu'il allait s'arrêter. Pas tout de suite, mais avant peu. Peu importait, d'ailleurs.

La lettre était dans son sac. Ils ne pourraient éviter de la trouver.

Cette lettre était ainsi conçue : « Je m'appelle Évangeline Moon. Je suis arrivée à New York très jeune. Mon idée était de faire du théâtre.

« Malheureusement je n'avais aucun talent. Je n'avais rien à offrir que ma beauté. Je fus obligée de travailler, de me soumettre à des besognes diverses, souvent dégradantes. De me placer comme domestique, par exemple — ce que je jugeais déshonorant.

« J'avais choisi un nom de théâtre : Claire de Luna. J'avais trouvé un compagnon, un garçon qui ne vivait pas du travail de ses mains mais seulement du produit de ses inventions, à la limite extrême de l'honnêteté. Il s'appelait Henry Bennington.

« Je l'aimais passionnément. A tel point que je ne me suis pas insurgée contre l'idée qu'il a eue de kidnapper avec ma complicité le fils de mes patrons. Grâce à moi, il put pénétrer dans la nursery de Peter Pearsons III : il emporta l'enfant dans une petite ferme du Connecticut où nous avions l'intention de garder l'enfant jusqu'à ce que la rançon soit payée.

« Malheureusement le petit garçon prit froid. Sa grippe dégénéra en pneumonie. Benny et moi, nous ne pouvions rien faire qu'attendre, et voir le petit garçon mourir.

« Quand tout fut terminé — quand nous eûmes encaissé l'argent et que nous nous fûmes débarrassés du corps de l'enfant — je fus folle de dégoût de moi-même et de remords. Le remords me rongea comme une lèpre.

« Je ne pouvais pardonner à mon ami de m'avoir entraînée à commettre ce crime. Pourtant je n'avais pas de raison de lui en vouloir, car j'étais aussi coupable que lui, faible de caractère et mauvaise. De fait, nous eûmes une violente querelle ; nous nous jetâmes au visage notre haine mutuelle — et alors je compris qu'il était décidé, depuis quelque temps déjà à m'abandonner. C'est moi qui ai tué Henry Bennington, avec son propre revolver. Après quoi, je ne pus jamais découvrir où il avait caché le magot. Personne ne l'a jamais découvert.

« Depuis lors, j'ai mené une vie triste, pesante. J'ai repris mon ancien nom, Évangeline Moon. J'ai travaillé comme serveuse, comme domestique, puis comme femme de ménage. Je n'avais plus qu'une ambition : restituer à la famille Pearsons l'argent que j'avais extorqué. L'enfant que je ne pouvais plus leur rendre...

« Si vous lisez cette lettre, et si j'ai gagné la somme voulue, veuillez faire le nécessaire pour que les vingt-cinq mille dollars soient remis à la famille Pearsons ou à leurs ayants-droit. Je voudrais être enterrée aux côtés de mon ami, Henry Bennington. C'est mon seul désir. Le reste de ce que je possède peut être distribué aux locataires de la pension de famille où je logeais jusqu'ici. »

Elle avait lisiblement signé cette lettre : Évangeline Moon. Et maintenant, elle avait l'argent. Elle avait gagné cet argent à cause de son crime. Parce qu'elle avait commis ce crime, elle s'était intéressée aux affaires de meurtre. Et parce qu'elle s'était intéressée aux affaires de meurtre, elle avait gagné cet argent.

La tête lui tournait. Une brume sombre tourbillonnait autour d'elle et un tapage furieux envahissait son cerveau. Elle s'abandonnait, elle se laissait emporter. Elle avait accompli ce qu'elle s'était juré d'accomplir : la chance l'avait servie — une chance incroyable.

Elle ne voulait plus qu'une chose : obtenir le pardon de Benny. Elle pouvait maintenant recommencer à discuter avec lui, lui adresser des petits discours raisonnables pour apaiser ses colères. Elle pouvait encore essayer de le séduire en brossant ses longs cheveux... Elle réussit à prononcer son nom « Benny »... encore une fois. La dernière.

The high cost of dying.
Traduction de Gersaint.

UN HOMME EN PRIME

par Fletcher Flora

Son nom était Steve Miklos bien qu'il en eût donné un autre en arrivant à l'hôtel. Il avait signé le registre d'un nom d'emprunt à trois heures du matin et maintenant, après avoir dormi dix heures d'affilée, il faisait des réussites sur un guéridon près d'une fenêtre de sa chambre qui donnait sur la rue. Au-dehors tout était d'une blancheur éclatante sous le plein soleil d'été.

Il avait pris le jeu de cartes dans un de ses deux sacs de voyage. Le bagage se trouvait pour l'instant sur une chaise près du lit et l'homme l'avait laissé ouvert pour en atteindre plus facilement le contenu qui consistait simplement en vêtements et en objets de toilette. L'autre sac, beaucoup plus petit, était posé à même le sol et fermé à clef. Il contenait cent mille dollars en billets.

L'homme regardait fréquemment par la fenêtre car il attendait quelqu'un. Il avait donné rendez-vous ce jour-même et dans ce lieu à une femme, mais sans préciser d'heure, il n'y avait donc aucune raison de penser qu'elle apparaîtrait juste au moment où il regarderait au-dehors, en admettant même qu'elle vînt.

Ses raisons d'arriver à trois heures du matin dans cette petite ville et de s'inscrire sous un faux nom dans ce modeste hôtel, avaient un rapport avec l'argent de la sacoche et la femme qui allait arriver. La nuit précédente il avait pris l'argent dans le coffre de quelqu'un d'autre, et la femme qu'il attendait appartenait aussi à un autre. Argent et femme avaient appartenu au même individu puissant et dangereux. Steve Miklos, qui continuait sa réussite tout en regardant de temps en temps par la fenêtre, n'était ni puissant ni dangereux. Il n'était même pas très intelligent, à la manière dont on l'entend habituellement. Il était cependant très beau garçon et presque toutes les femmes montraient sans aucune retenue le penchant qu'il leur inspirait. Comme pour s'assurer que tout cela était bien vrai, qu'il était séduisant et qu'il rendait les femmes folles de lui, il se leva soudain pour aller dans la salle de bain. Il alluma la lampe du lavabo et se pencha pour détailler son propre visage dans le miroir, avec ce qu'on aurait pu prendre pour du narcissisme, mais en fait il ne fit que constater sa beauté avec une satisfaction nonchalante et une sorte de vague gratitude. Il n'était pas particulièrement vaniteux, et ne donnait d'importance à son apparence qu'en raison des avantages qu'il pouvait en tirer. Prenant un peigne dans la poche de son pantalon, il se mit à coiffer ses épais cheveux bruns, brillants et frisés. En se libérant des dents du peigne les mèches retombaient vivement en boucles soyeuses. Puis il remit le peigne dans sa poche et reprit sa garde près de la fenêtre. Rassemblant les cartes encore étalées sur la table, il commença à les battre avec une dextérité qui trahissait une expérience professionnelle, et c'était bien le cas puisqu'il avait travaillé autrefois comme croupier.

Prêt à commencer une autre réussite, il jeta d'abord un coup d'œil dans la rue et se figea immédiatement dans sa position, les cartes soigneusement empilées dans la main gauche, alors que la droite s'apprêtait à les saisir : un car s'était arrêté devant l'hôtel et une femme en sortait. Comme elle descendait du marche-pied, sa jupe courte se retroussant laissa voir ses genoux gainés de nylon. Elle fit quelques pas le long du trottoir et attendit avec une grâce altière perceptible même à distance, pendant que le conducteur descendait toutes ses valises et les posait sur le trottoir. Après avoir refermé la portière du car, le chauffeur reprit les bagages pour les porter à l'intérieur de l'hôtel et la jeune femme le suivit. Elle marchait avec la même grâce, bien droite sur ses longues jambes fuselées, et elle donnait l'impression d'une femme de luxe, ce qui était d'ailleurs la vérité. C'était une femme raffinée, l'épouse d'un homme riche, celle que Steve Miklos attendait.

Il s'était levé pour se pencher par la fenêtre afin de la suivre des yeux quelques secondes de plus tandis qu'elle marchait derrière le chauffeur en direction de l'hôtel, et il prit conscience de l'excitation grandissante qui montait en lui. C'était un sentiment étrange et légèrement agaçant car il gardait d'habitude tout son calme devant les femmes, quoiqu'il prétendît le contraire. Avec celle-ci, c'était différent : elle le subjuguait et il en éprouvait une sensation de faiblesse et de vulnérabilité. Il eut grande envie de descendre immédiatement à sa rencontre, mais c'eût été contraire au plan qu'ils avaient soigneusement mis au point, et il se rassit en essayant de comprimer les battements précipités de son cœur.

Elle allait prendre une chambre et payer une journée d'avance comme lui-même en avait payé deux. Comme lui encore, elle expliquerait qu'ayant l'intention de partir très tôt le lendemain matin elle ne voulait pas être retardée à ce moment-là par le règlement de la note. Au bout d'un moment, elle appellerait de sa chambre le standard et demanderait la communication avec Stephen Miklos en utilisant bien sûr le nom d'emprunt de Steve. Ils se réuniraient alors dans une de leurs chambres.

En attendant, il fallait endurer jusqu'au bout les longues dernières minutes de séparation. Quittant de nouveau sa chaise, il alluma une cigarette et allongé sur le dos en travers du lit, il s'entraîna à lancer des volutes de fumée au plafond. La fumée s'amincissait en s'élevant, puis s'étalait en une nappe qui estompait le plafond. Pour tromper son ennui, en attendant la venue de la jeune femme, il se mit à passer en revue les événements qui les avaient amenés tous deux dans cet hôtel.

Elle s'appelait Hannah Archer, c'était l'épouse d'Hugo Archer, un homme dont les activités multiples et les intérêts nombreux tenaient en éveil la curiosité insatisfaite de certaines autorités. Une de ses activités, d'un intérêt d'ailleurs mineur, était la direction d'un casino-restaurant. Au premier étage, on servait dîners et soupers fins aux doux accents d'un ensemble à cordes qui jouait toujours de la musique douce, tout en étant capable d'interpréter d'autres airs sur commande. Au second étage se trouvait le Casino, et c'était là que travaillait Steve Miklos. C'était là du moins qu'on le voyait chaque nuit, bien que le caractère et le but de son travail n'eussent jamais été clairement définis. Il déambulait simplement parmi les clients, charmant et décoratif avec sa cravate blanche, aux petits soins tout particulièrement pour les relations du Patron, et surtout pour Hannah Archer qui avait droit à un traitement de faveur, étant donné qu'elle était la femme de ce même Patron. Hannah passait ses soirées au Casino : elle adorait cette foule distinguée, richement vêtue et la subtile angoisse qui fait tout le charme des jeux de hasard. Qu'elle y passât presque toutes ses nuits depuis la venue de Steve, Hugo Archer ne semblait pas l'avoir remarqué ou tout au moins n'y voyait aucun mal. C'était peut-être grâce à la discrétion d'Hannah, car même lorsqu'elle se mit à fréquenter Steve seul et en dehors du Casino, elle réussit à conserver une attitude naturelle sans rien de plus que l'espèce de flirt sans conséquence qu'elle engageait avec des douzaines d'autres hommes.

Même quand ils étaient seuls, elle n'abandonnait jamais tout à fait sa réserve, et il était clair qu'elle n'avait pas l'intention de se laisser entraîner par une passion qui lui laisserait de grands regrets. Il y avait trop à perdre et Hugo serait toujours une menace. Trapu et laid d'une façon paradoxalement attirante, nul ne savait le montant de sa fortune, ni jusqu'où allait son immense pouvoir dans le milieu obscur sur lequel il régnait. Steve savait qu'il avait sous ses ordres une petite armée d'hommes dévoués, prêts, sur un seul mot de lui, à exécuter ses désirs puisqu'il ne pouvait plus se permettre d'agir lui-même étant donné la position qu'il occupait. Bref, ce n'était pas un homme qu'on pouvait trahir impunément. Il était capable, quand cela lui convenait, d'oublier un ami ou un service rendu, mais il n'oubliait jamais un ennemi ni un affront.

Voilà donc ce qu'avait été la situation avant de

devenir ce qu'elle était maintenant. Les choses avaient subitement commencé de changer vingt-quatre heures auparavant.

La veille, il était chez Hannah, un endroit où on le conviait rarement, et il ne s'y trouvait que parce que Hugo Archer était parti pour un de ces mystérieux voyages d'affaires qui l'obligeaient à se rendre dans un coin de son royaume. Hannah était allongée par terre, appuyée sur les coudes. Elle portait un pull de jersey blanc et un pantalon de velours noir. Les jambes repliées en l'air et les talons battant l'air, elle était splendide et paraissait dix ans de moins que son âge bien qu'elle n'eût que vingt-cinq ans. A quelques centimètres de son nez, en équilibre précaire sur l'épaisse laine blanche de la moquette, elle avait posé un grand verre rempli de glaçons flottant dans de la vodka orange. Une longue paille transparente en plastique émergeait du verre et de temps en temps Hannah, sans jamais se servir de ses mains, s'étirait légèrement pour la saisir du bout des lèvres.

Au cours d'une de ces délicates opérations, elle sourit à Steve. Il était assis sur un canapé de cuir blanc et la regardait avec une candide admiration dans ses yeux bruns que la passion et la colère rendaient presque noirs.

— Chéri, dit-elle. Quel dommage que vous soyez si horriblement pauvre !

— Pardonnez-moi, répondit-il. Je sais que c'est démoralisant.

— Ce serait merveilleux si vous aviez de l'argent.

— Tout le monde ne peut pas être aussi riche que Hugo.

— C'est vrai. Presque personne. Mais il n'est pas non plus nécessaire d'être aussi riche que lui.

Surtout pas à vous, mon chéri. Avec vous en prime, je me contenterais de bien moins.

— Combien de moins ?

— Nous pourrions avoir suffisamment avec beaucoup moins. Il n'y a aucun avantage à avoir plus d'argent qu'on ne peut en dépenser.

— Je suis heureux de voir combien vous êtes raisonnable.

— Je ne suis tout de même pas avare ! Tout ce que je demande, c'est de ne pas manquer du strict nécessaire.

— Voulez-vous parler du nécessaire ou bien du luxe ?

— Pour moi, c'est la même chose, chéri !

— Eh bien, parlons clairement. Combien pensez-vous qu'il faudrait à une personne dénuée d'avarice et qui n'a besoin pour vivre que du strict nécessaire ? Dites un chiffre.

— Faites-moi une offre.

— Est-ce que cent mille dollars seraient suffisants ?

— Je pense que cela nous suffirait pour quelque temps. Vous possédez cette somme ?

— Non.

— C'est bien ce que je pensais. Chéri, ne croyez pas que vous pourrez me tromper ou me faire croire n'importe quoi. Je ne suis pas novice en la matière !

— Je pourrais peut-être me les procurer.

— Il ne faut pas non plus laisser libre cours à votre imagination, chéri. C'est malsain.

— Je les aurai ce soir. Disons à neuf heures. Cent mille en grosses coupures.

— C'est ce que je préfère : les grosses coupures sont tellement plus pratiques à empiler ! Oh ! chéri, vous êtes si charmant quand vous rêvez, vous ressemblez à un petit garçon... Venez un peu ici, j'ai une envie folle de vous embrasser.

Il obéit et vint la prendre dans ses bras. Leur baiser n'eut cependant rien de commun avec celui qu'une femme peut donner à un petit garçon. Il fut très long et très voluptueux. Puis Hannah se remit sur le ventre pour sucer sa paille tout en regardant Steve de ses grands yeux rêveurs.

— Si seulement vous en étiez capable, reprit-elle.

— Je peux le faire.

— Non, non. Il ne faut pas nous bercer de vains espoirs, chéri. Vous êtes charmant, aimable et séduisant, mais vous n'êtes absolument pas le genre d'homme à vous procurer cet argent ce soir, ni aucun autre soir d'ailleurs.

— Si je le trouve ce soir, partirez-vous avec moi avant le retour de Hugo ?

— Pour toujours ?

— Oui.

— Bien sûr, chéri !

— Alors courez vite vous préparer à partir car je sais où est cet argent et je vais le chercher.

Elle l'avait observé attentivement pendant qu'il parlait et d'un seul coup elle s'assit, les bras autour des genoux en le dévisageant fixement. Son regard habituellement si lointain brillait d'excitation.

— On dirait que vous parlez sérieusement !

— Vous feriez bien de me croire parce que je vais tout simplement prendre cet argent.

— Le voler ?

— Oui, si vous prenez les choses de cette manière.

— Chéri, ce n'est pas la peine d'user d'euphémisme, parlons franc.

— Avez-vous une répugnance à dépenser de l'argent volé ?

— Pas du tout. Mais je ne veux pas qu'on vous surprenne.

— On ne me surprendra pas.

— Où est tout cet argent ? Dans un coin à attendre que vous daigniez le prendre ?

— C'est ça, il attend ma venue.

— Ou ça ?

— Dans le coffre-fort de Hugo, au Casino.

— Le voler à Hugo ! Vous êtes fou, chéri !

— Non.

— Il vous tuera et moi aussi.

— Il faudrait d'abord qu'il nous retrouve.

— J'avoue n'avoir jamais pensé que vous auriez le courage de faire cela. Peut-être que vous flancherez le moment venu.

— Vous verrez bien...

— Comment savez-vous que l'argent est dans le coffre ? Vous l'avez vu ?

— C'est Hugo qui me l'a dit. Vous savez qu'il m'aime bien. Quelquefois il m'appelle dans son bureau pour m'offrir une cigarette ou un verre de sa cave personnelle. Le soir où il est parti, j'y suis allé et j'ai vu un paquet, enveloppé de papier d'emballage et entouré d'une grosse ficelle, sur son bureau. Légèrement éméché et d'une humeur charmante, il m'a demandé si je savais ce que contenait le paquet. J'ai répondu que non et il m'a confié que c'était cent mille dollars en grosses coupures. Puis il a ajouté, en manière de plaisanterie, que je ferais bien de tout surveiller attentivement pendant son absence parce qu'il allait laisser le paquet dans le coffre de son bureau jusqu'à son retour.

— Ça fait beaucoup d'argent pour qu'on le laisse dans un simple coffre de bureau. Même pour Hugo. C'est son argent personnel ?

— C'est ce qu'il prétend, mais j'ai idée que si la

chose se savait les gars des impôts pourraient bien penser différemment. Il y a des chances qu'il n'en signale jamais le vol à la police.

— Il n'aurait pas besoin de le faire. Il a des hommes à lui pour s'occuper de ces choses-là.

— Avez-vous peur ?

— Non, chéri. Pas avec cent mille dollars et vous en prime ! Vous êtes bien plus entreprenant, bien plus courageux que je ne pensais et je regrette de vous avoir tellement sous-estimé.

— En ce cas nous ferions mieux de tout préparer.

Elle s'était laissée persuader plus facilement qu'il ne l'avait espéré. Ils s'assirent par terre comme des enfants qui conspirent et imaginèrent un plan très simple. Hannah se laissait gagner par l'excitation, ses yeux brillaient d'un tel éclat qu'ils semblaient voir au-delà des choses, et sa respiration courte et haletante entrouvrait ses lèvres roses et charnues.

— J'irai prendre l'argent de bonne heure, expliqua-t-il. Dès huit heures si possible. Le bureau est fermé mais il n'y a pas de problème. Ouvrir le coffre sera plus difficile mais je m'en arrangerai. En dix minutes ce sera fait. J'ai toujours été très adroit de mes doigts. Il y a la sonnette d'alarme mais je sais où elle se trouve et comment l'arrêter. Je n'aurai qu'à m'emparer de l'argent, quitter le bureau, descendre l'escalier de service et passer par la porte de derrière. Cette porte est verrouillée de l'intérieur et c'est là que vous devrez m'aider. Tout ce que vous aurez à faire c'est d'attendre là pour la refermer derrière moi, car si elle restait ouverte les inspecteurs pourraient nous questionner avant que nous ne soyons prêts à les affronter.

— Cela me laisse à l'intérieur et vous à l'extérieur, chéri. Où nous rejoindrons-nous ?

— Je pense qu'il vaut mieux partir séparément.

Je connais une petite ville à environ trois cents kilomètres d'ici dans la direction où je veux aller. Je m'arrêterai là-bas et je louerai une chambre à l'hôtel. Vous me suivrez demain et vous louerez une chambre, vous aussi. Il faudra prendre le car, il n'y a ni train ni avion et nous n'allons pas nous embarrasser d'une seconde voiture. Ne vous chargez pas trop mais n'oubliez pas vos bijoux. Là où nous allons, nous aurons peut-être besoin d'un peu plus d'argent.

— Comment s'appelle cette ville ?

Il lui confia le nom de la ville ainsi que le nom sous lequel il voyagerait, et tout leur plan fut tiré très simplement et parfaitement exécuté, tout se passa le mieux du monde et jusqu'au bout, puisque le téléphone sonnait dans la chambre d'hôtel de la petite ville et qu'il se levait pour y répondre.

***

— Allô, chéri. Comment va mon amoureux en prime ?

— Très bien, répondit-il. A quelle chambre êtes-vous ?

— Aucune importance, je vais venir dans la vôtre. Je voudrais voir mon salaire de base et ma prime par la même occasion, si cela ne vous dérange pas.

— Pas du tout. Nous sommes dans la chambre 306 et nous vous attendons avec impatience. Vous nous avez beaucoup manqué.

— J'arrive, chéri.

Le temps qu'elle arrive, il retira de son sac un flacon d'argent rempli de Gilbey et il en avala une bonne gorgée. Il lui arrivait rarement de boire, surtout seul, et ne se sentant ni nerveux ni angoissé il n'éprouvait pas spécialement le besoin de se doper. Il avait bu simplement parce qu'il était content et guilleret, il avait eu envie de boire à la santé de ce qu'il avait fait, et de ce qu'il avait encore à faire. Il reboucha le flacon de scotch et le laissa tomber dans le sac. On frappa et il alla ouvrir.

Elle entra vivement, toujours aussi excitée. Ses joues en étaient toutes roses et ses yeux pétillaient.

— Eh bien, chéri, nous y sommes !

— Oui, et ça aussi, dans le petit sac par terre.

— Cent mille dollars dans un si petit sac ? Cela semble incroyable !

— Ils y sont, en grosses coupures.

— Vous permettez que je les regarde, que je les touche ? J'en ai tellement envie, chéri, cela doit être si bon sous les doigts.

— J'espère pouvoir vous procurer longtemps ce plaisir. Servez-vous...

Il lui tendit la clef du bagage. Elle le souleva pour le poser sur le lit et l'ouvrir. Le papier d'emballage avait disparu et les gros billets étaient entassés à même le sac. Pendant plus d'une minute elle resta là, à caresser le paquet des doigts, les yeux brillants et la respiration courte. Puis elle se tourna vers lui et pour la première fois elle abandonna toute réserve et il n'y eut plus aucune barrière entre eux.

— Est-ce que Hugo nous retrouvera, chéri ?

— Jamais.

— Vous n'avez pas peur du tout ?

— Absolument pas.

— Moi non plus. Je suis terriblement excitée. Chéri, venez ici, ajouta-t-elle en s'asseyant au bord du lit à côté du petit sac contenant l'argent.

Il alla s'asseoir à côté d'elle et ils furent sur le lit : lui, elle et tout le bel argent qui rendait cela possible. Le temps passait. La lumière brûlante du dehors diminuait d'intensité et la chambre était maintenant dans la pénombre.

— Chéri, quelle heure est-il ?

En voulant consulter sa montre, il fut surpris de constater qu'il ne voyait rien. Il se leva, baissa les stores des fenêtres et alluma la lampe de chevet.

— Presque huit heures, dit-il. Nous devrions partir d'ici vers neuf heures. Miami est loin.

— C'est là-bas que nous allons ? A Miami ?

— Miami et la côte Sud.

— Je crois que je ferais mieux de regagner ma chambre pour me préparer.

— Oui. Ma voiture est garée sur le terrain vague à côté de l'hôtel. Il y a une sortie derrière l'escalier en bas. Vous n'aurez pas besoin de passer par le hall. Rendez-vous à la voiture à neuf heures. Pourrez-vous porter vos bagages ?

— Oui, chéri. Je déteste vous quitter, même pour une heure. Cela va me sembler une éternité.

— L'éternité, c'est notre avenir.

Après son départ il alluma une cigarette et la fuma calmement. Puis il se dirigea vers le téléphone et demanda une communication à longue distance, payable par le destinataire, à un numéro qu'on lui avait donné. La voix qui lui répondit au bout d'un moment était sèche et laconique, celle d'un homme habitué à parler sans détour et à aller droit au fait.

— C'est vous, Steve ? Comment ça va ?

— Tout marche très bien, selon vos prévisions, Monsieur Archer.

— Parfait. Je rentrerai demain.

— Je voulais vous remercier encore de ce que vous avez fait pour moi.

— Ce n'est rien. Vous avez bien gagné cet argent, Steve. Dès que je l'ai vue vous regarder j'ai compris que vous étiez celui qu'il me fallait. Cela m'aurait coûté deux fois plus cher de divorcer, et cinq fois plus de la garder auprès de moi. J'espère que vous jouez bien la comédie !

— Ne craignez rien. Elle croit que c'est pour de vrai et elle abandonne sans hésitation la proie pour l'ombre !

— Amusez-vous bien. Et ne croyez surtout pas que cent mille dollars vont vous durer longtemps ni Hannah rester éternellement avec vous. C'est impossible.

— Eh bien, conclut Steve. Cela durera probablement aussi longtemps que nous le désirerons.

Il raccrocha et consulta encore sa montre. Huit heures juste. Une heure à attendre. Il tira de sa poche un petit canif en or et commença à se faire les ongles.

Bonus boy.
Traduction de Michel Girard.

UNE SORCIÈRE A BRULER

par C.B. GILFORD

Le jeune et séduisant Michael Hannon, capitaine de navire, ou se prétendant tel, était arrivé à Sutton à cheval, paré de ses plus beaux atours et *La Lanterne d'Or* était le seul endroit digne de le recevoir. Malheureusement cette lanterne ne brillait plus de son éclat habituel, comme vous allez pouvoir en juger.

L'auberge était pauvre et n'avait rien de commun avec le genre d'endroit fréquenté par les marins dans les ports. Son propriétaire, Nicholas Grandy, était un vieil homme édenté, aux vêtements rapiécés, qui annonçait bien l'état de son établissement. Mais Michael Hannon n'avait pas le choix : il attacha son cheval, demanda à souper et un lit.

— J'ai chevauché tout le jour depuis Salem, expliqua-t-il.

— Salem, ah oui ! fit Grandy. Est-ce qu'ils brûlent toujours des sorcières là-bas ?

— Oui, dit Hannon. Toute la ville baigne dans une odeur fétide. Mon navire, *La Reine des Iles*, est en cours de déchargement, mais je n'ai pas pu rester, ça sent trop le fagot ! J'ai pourtant déjà vu bien des choses bizarres au cours de mes voyages, les cannibales en Afrique, le vaudou aux Indes, mais cette rage de brûler des sorcières dans cette région dépasse tout !

— Ouais ?

— C'est de l'assassinat pur et simple. Je suis bien aise d'avoir quitté Salem, croyez-moi, et de respirer un peu d'air pur.

Une expression étrange, prudente, presque coupable, apparut sur le visage de Nicholas Grandy. Il se détourna en marmottant, Mais Hannon le saisit par l'épaule et lui fit faire demi-tour.

— Ne me dites pas, lança-t-il d'un ton accusateur, que l'infection s'est propagée, que vous avez aussi, ici à Sutton, des sorcières et des assassins ?

De toute évidence le bonhomme n'était pas du genre discret. Il avait plutôt envie de parler.

— Oui, il y a des meurtres ici.

— Et des sorcières ?

— Une, peut-être.

Un mouvement dans son champ de vision détourna l'attention de Michael Hannon des choses pourtant intéressantes que lui racontait le vieux Grandy. Il était conscient d'une présence imperceptible et mystérieuse qui l'attirait. D'ailleurs, Grandy aussi était distrait, et il eut un petit hochement de sa tête grise en direction de l'apparition.

Malgré une expérience déjà longue et variée, Michael Hannon n'avait jamais vu une aussi jolie fille. Elle traversa rapidement la pièce, portant une énorme jatte de bois, et le dépassa. Mais même cette vision fugitive tenait du prodige, pensa Hannon.

Les yeux de la créature étaient sombres, si infiniment sombres que le mot « noir » semblait à peine juste pour les décrire. Il plongea son regard dans ces ténèbres aussi longtemps qu'il le put et ne vit rien d'autre d'elle. Mais lorsqu'elle l'eut dépassé, il découvrit d'autres merveilles. Deux longues tresses, presque aussi noires que ses yeux, tombaient sur son dos jusqu'à la taille. Elle était vêtue d'une robe grise fermée au cou par un petit col blanc empesé comme les manchettes des longues manches. Et, sous la robe, se mouvait un corps parfait, aux lignes pures et douces, délicatement féminines, avec cependant dans toute cette grâce un rien de sauvagerie. Puis la vision disparut derrière la porte de la cuisine.

— C'est ma servante, Sofronia, dit Nicholas Grandy. C'est elle que les gens, à Sutton, appellent la sorcière. Et si c'est vrai, elle est pire que toutes les sorcières de Salem réunies.

— Comment peut-on la traiter de sorcière ! s'exclama Michael Hannon indigné. Il ne croyait déjà pas beaucoup à la sorcellerie, le grotesque, l'invraisemblance d'un lien possible avec la radieuse créature qu'il venait d'entrevoir le laissait perplexe et soucieux.

— Mais, protesta-t-il, les sorcières de Salem sont de vieilles horreurs, alors que cette fille...

Il ne trouvait plus ses mots.

— C'est exact, approuva Grandy en entraînant son invité près de la cheminée, bien qu'il n'y eût personne dans la pièce qui pût les entendre. C'est justement parce que c'est une si jolie donzelle qu'ils la suspectent. Les hommes tombent dans le piège et, appelez ça magie si vous voulez, c'est ça qui les détruit.

— « Détruit » ? Que voulez-vous dire ?

— Je vous ai dit que nous avions eu des assassinats à Sutton. C'est vrai. Cinq honnêtes hommes sont morts, et un sixième ne vaut guère mieux.

— Tous pour l'amour de cette fille ?

— Ouais, tous pour les beaux yeux de Sofronia. Chacun d'eux devait l'épouser et, par une cruelle fatalité, tous sont morts la veille des épousailles.

Michael Hannon était avide de connaître toute l'histoire. Il se demandait comment une fille aussi belle pouvait détenir un pouvoir aussi maléfique. Loquace de nature, Nicholas Grandy était ravi de la lui conter.

— Sofronia est orpheline, elle a été élevée par une gitane, Josepha, qui l'aurait kidnappée en France. Mais personne ne sait au juste d'où elle sort, pas même elle. Josepha avait alors dix-sept ans ; je la pris à mon service pensant qu'elle pourrait aider à faire marcher le commerce. C'est ce qu'elle fit pendant un certain temps.

Michael Hannon était tout ouïe. Il était curieux de connaître l'histoire à fond, Il fallait que rien ne soit omis.

— Cette Josepha, comment a-t-elle élevé la fille ?

— On peut dire que Sofronia s'est élevée toute seule, Capitaine. Presque sans compagnes de jeux car les autres enfants avaient peur de Josepha. Longtemps avant les histoires de Salem, on chuchotait ici que Josepha était une sorcière. Certains disaient l'avoir vue — en épiant par leurs fenêtres — se transformant en oiseau ou en tout autre animal. Elle détenait son pouvoir du diable, affirmait-on, car elle lui avait vendu l'âme de Sofronia. Ce qui fait dire maintenant que les futurs époux ont été tués parce que le diable est amoureux de la fille et qu'il la veut à lui seul.

— Il a bon goût, dit Michael Hannon, mais je ne peux croire tous ces racontars.

— Oh ! rien n'a été prouvé, admit son hôte.

— Continuez quand même.

— Bon. La fille n'était pas à *La Lanterne d'Or* depuis un an que de jeunes gaillards qui ne croyaient plus aux esprits lui faisaient la cour. Elle était seule dans la vie, sans affection et elle s'attacha à eux rapidement. Le premier, Abel Martin, était un garçon solide et travailleur qui faisait fructifier un beau petit lopin de terre. La date des épousailles était fixée et, la veille, Abel vint ici avec ses amis pour enterrer sa vie de garçon. Il repartit seul et un peu ivre. Ne le voyant pas arriver le matin suivant, on fit des recherches, et on le découvrit gisant sur la berge de la rivière.

— Mort ?

— Non. Mais horriblement mutilé, défiguré, le nez écrasé, les côtes enfoncées, une jambe et un bras fracturés. Il mit des mois à se retaper tant bien que mal. Son orgueil l'empêcha d'épouser Sofronia, et elle, après l'avoir revu, n'insista pas trop. C'est maintenant une sorte de loque boiteuse, avec un bras plus court que l'autre et une tête d'épouvante. Il est toujours célibataire.

— Comment est-il tombé dans la rivière ?

— Il est tombé juste à la hauteur de sa ferme, puis il a été emporté par le courant. Il a été déchiqueté par les rochers.

— Et il est tombé parce qu'il était ivre ?

Nicholas Grandy secoua sa tête grise mal peignée.

— Non, quelqu'un l'a poussé.

— Qui ?

— Il faisait nuit et il n'a pas vu. Mais il a son idée, et certains d'entre nous aussi.

— Un accident, dit Hannon.

— On aurait pu y croire s'il n'y avait pas eu les autres.

— Racontez-moi ce qui s'est passé pour les autres.

— La même chose pour tous. Dans la nuit précédant le mariage. On retrouva le cheval de Benjamin Hale en train de paître tranquillement auprès du cadavre de son maître, dont le crâne était défoncé. James Baker la tête dans la rivière, le dos immobilisé par un rocher. Edmund Wickett poignardé. George Fielding étranglé. Et le dernier, il y a un mois, le petit Français Robert Vincent. On a retrouvé son corps dans un sentier désert ; il ne portait aucune trace de violence, mais, dans son visage, ses yeux morts reflétaient encore une peur atroce.

M. Grandy avait terminé son histoire et il attendait avec curiosité la réaction de Hannon. Il ne fut pas déçu. Michael Hannon allait et venait dans la pièce comme un lion en cage. Nicholas Grandy l'observait avec un grand intérêt teinté d'admiration. Le Capitaine était très séduisant, son corps long et mince était bien découplé et son visage maigre, tanné par l'air marin, paraissait à peine trente ans. Bien qu'il eût chevauché tout le jour et fût un peu poussiéreux, il avait fière allure dans sa blouse de linon blanc, sa jaquette bleue et sa culotte sombre, spécialement coupée pour lui et de la meilleure qualité.

— Maintenant, Capitaine, dit Grandy, je crois que Sofronia vous intéressera moins. Jadis sa beauté attirait les clients à *La Lanterne d'Or* ; mais après chaque accident la peur s'est accrue. Désormais la plupart des voyageurs qui descendaient régulièrement chez moi évitent Sutton. Nous ne voyons plus que des étrangers, comme vous-même, et ce pauvre Français qui fut le dernier soupirant de Sofronia. Voyez, ce soir encore il n'y a pas un chat.

En effet, l'auberge était déserte et sombre. Une seule lampe de cuivre était allumée. La pièce était nette, le plancher ciré, mais on y respirait un air d'abandon et de décadence. Apparemment Nicholas Grandy disait la vérité.

— Alors pourquoi me racontez-vous tout ça ? questionna soudain Hannon. Essayez-vous de me faire fuir également ?

Le vieil homme haussa les épaules.

— J'aurais pu le faire, dit-il, si je vous avais jugé différemment. Mais je sais que vous êtes un homme honorable, Capitaine, peut-être pourriez-vous me conseiller. Que puis-je faire ? Dois-je renvoyer cette fille et essayer de remonter mon auberge ? Je suis son dernier protecteur ici. Elle est en danger. Ils ont entendu parler de ce qui se passe à Salem et veulent la brûler comme une sorcière.

Il aurait été difficile de dire si la belle colère qui s'empara alors d'Hannon était due à un vrai sens de la justice ou plus simplement au souvenir des magnifiques yeux sombres de Sofronia. Il retint de justesse un flot de jurons et cria à l'aubergiste.

— Allez la chercher, je veux lui parler.

Grandy clopina docilement jusqu'à la porte de la cuisine qu'il entrebâilla pour appeler Sofronia. Elle apparut au même instant et l'on aurait pu croire qu'elle était en train d'écouter derrière la porte. Elle fixait son beau regard noir sur Michael Hannon sans s'approcher, toute raide et figée dans son tablier gris.

— Sofronia, commença-t-il, es-tu une sorcière ?

Elle jeta un coup d'œil à Grandy, puis répondit :

— Je ne sais pas, Monsieur.

— Tu ne sais pas ! Communiques-tu avec le diable ? Réponds-moi !

— Non, Monsieur. Mais peut-être qu'il communique avec moi.

— As-tu quelque chose à voir avec la mort de ces cinq hommes. et l'infirmité d'Abel Martin ?

— Pas directement du moins, Monsieur.

— Est-ce le diable qui les a tués ?

— Il aurait pu le faire, Monsieur. C'est ce que les gens disent.

— Je lui ai déjà posé ces questions, Capitaine, interrompit Nicholas Grandy, et j'ai reçu les mêmes réponses. Elle n'y comprend rien. Elle ne sait même pas si elle a été ensorcelée ou non.

— Alors elle est innocente.

— Et qui donc aurait tué ces cinq hommes et estropié le sixième pour la vie ?

— Ça, je ne le sais pas.

— Toute la ville pense que c'est le diable.

— Même si c'était vrai, ça ne serait pas la faute de cette fille.

— C'est sa faute puisque Satan la veut pour lui seul et détruit tous ceux qui veulent la lui prendre.

— C'est absurde.

— Peut-être, Capitaine, mais ça ne changera pas les flammes en eau fraîche quand ils allumeront le bûcher !

Se tournant vers Sofronia, Michael Hannon la vit pâlir à l'évocation du bûcher. Ayant encore en mémoire le spectacle dont il avait été témoin à Salem, il était certain qu'on l'avait déjà décrit à cette pauvre fille et comprit aisément son effroi.

— Peut-être sont-ils aussi fanatiques et brutaux ici qu'à Salem, concéda-t-il. Cette fille devrait partir.

— Et où irait-elle, Capitaine ? demanda Grandy.

— Le monde est grand...

— Trop grand pour une jeune fille sans protection.

— Mais elle ne peut rester ici.

— A-t-elle le choix ? Il lui faudrait un mari, mais

ça devient difficile à trouver pour elle. Elle aurait besoin d'un homme complètement différent de ceux qu'elle a failli épouser. Un homme courageux, sensé, plein de ressource. Un homme tel que vous, Capitaine.

— Je suis un homme de la mer, un vagabond...

— Il n'y a guère de filles aussi belles que Sofronia.

— Monsieur Grandy, supplia Sofronia, n'essayez pas de m'imposer à ce gentleman. Capitaine, vous êtes un homme séduisant et bon. N'importe quelle femme serait fière de vous avoir pour époux. Mais je ne pourrais jamais supporter de vous voir mourir par amour pour moi — en train de couler avec votre navire ou étendu sur quelque récif, baignant dans votre sang.

Michael Hannon fixait Sofronia, les yeux écarquillés, frappé de stupeur. Qu'entendait-il ? Une déclaration d'amour ? Une mise en doute de son courage ?

— Si je décidais de vous épouser, mon petit, dit-il très vite, le diable lui-même aurait du mal à m'en empêcher.

— Et s'il parvenait quand même à vous en empêcher, ajouta Nicholas Grandy, nous aurions notre bûcher à Sutton, c'est certain.

***

En sa qualité de fiancé de la supposée sorcière, Michael Hannon entretenait une sorte de cour à *La Lanterne d'Or*. Tous les habitants de Sutton s'y bousculaient pour voir quelle sorte d'homme c'était, et les affaires de Nicholas Grandy prospéraient. La bière et le rhum coulaient à flot, mais le Capitaine leur préférait du lait de chèvre. Il racontait qu'il avait toujours une chèvre à bord de son navire, et Nicholas Grandy en avait acheté une car il tenait à ce que le Capitaine ne manque de rien.

Jour et nuit l'auberge était pleine à craquer. Sofronia servait les clients, et parfois, alors qu'elle évoluait parmi eux, ses yeux de braise observaient le Capitaine à la dérobée.

— La sorcière n'a jamais été aussi amoureuse, dit un des buveurs de rhum.

— Elle lui a jeté un sort avec ses yeux étranges, ajouta son compagnon. Ce n'est pas une lueur d'amour qui brûle dans son regard, ce sont les noires flammes de l'enfer. Le Capitaine est déjà un homme mort.

Abel Martin avait été le premier à apparaître quand la nouvelle s'était répandue. Il était aux aguets, son horrible corps déformé soutenu par des béquilles — restes d'un homme fort et puissant. Il s'approcha de Hannon, le regardant par en dessous d'un air mauvais.

— Ainsi, c'est vous le nouveau fiancé, dit-il comme s'il cherchait la bagarre.

Hannon le fit asseoir et lui donna un verre.

— Je désirais vous parler, commença-t-il.

— Je m'en serais douté, dit Abel Martin, c'est peut-être un conseil que vous voulez ?

— Pas un conseil. Votre histoire.

— Quelle histoire ?

— Celle de la nuit où vous avez été poussé dans la rivière et traîné sur les rochers.

Abel Martin grimaça un affreux sourire, révélant un énorme trou en guise de dents de devant.

— Regardez-moi. Ma vue ne vous suffit-elle pas ?

— Qui vous a fait ça ?

— Le diable. Qui d'autre voulez-vous que ce soit ?

— Je ne suis pas superstitieux, Monsieur Martin.

Comment pouvez-vous savoir si c'était le diable ? On m'a dit que vous étiez ivre.

— Qui d'autre aurait pu me suivre furtivement, en pleine nuit, et me pousser juste au moment où je me penchais au-dessus de l'eau pour me rafraîchir le visage ?

— Un assassin.

— Mais c'est ça ! Un assassin ! Le diable qui est amoureux de Sofronia !

— Non, pas le diable. Un être humain.

— Comment savez-vous ça, Capitaine ?

— Je ne sais pas, mais j'ai l'intention de tirer ça au clair. Sinon avant, au moins quand mon tour viendra.

Une expression d'incrédulité apparut sur le visage ravagé du jeune fermier.

— Vous vous attendez à être assassiné, dit-il, et vous allez quand même épouser Sofronia ?

— Quelqu'un essaiera de me tuer, ça ne fait aucun doute, répondit Hannon. Qui que ce soit, s'il a déjà attaqué six hommes, il n'hésitera pas pour un septième.

Abel Martin grimaça un sourire admiratif.

— Vous avez du courage, vous au moins ! s'exclama-t-il.

Ils trinquèrent. L'atmosphère se dégelait un peu.

— N'avez-vous jamais pensé à la redemander en mariage ? questionna Hannon. Ou bien est-ce elle qui n'a plus voulu de vous après votre accident ?

— Vous êtes fou ! Je n'aurais jamais voulu l'épouser dans cet état, et je ne lui ai pas demandé son avis. Quelle femme voudrait de moi maintenant ?

— De quoi vivez-vous ?

— Avant, j'étais fermier. Il n'est plus question que je marche derrière une charrue, mais je possède encore ma terre. Je l'ai transformée en pâturage pour les moutons. Je suis devenu berger... Et voilà mon bâton ! plaisanta-t-il en brandissant sa béquille.

Le magistrat de Sutton, Simon Cotter, était un autre client assidu. C'est lui qui condamnerait Sofronia pour sorcellerie s'il y avait un procès. C'était un homme grand, gras et obstiné, au regard morne.

— Monsieur Hannon, demanda-t-il, savez-vous quel grave danger vous courez ?

— De quel danger parlez-vous, Monsieur ?

— Je parle du diable bien sûr, qui a déjà fait six victimes dans notre ville.

— Ainsi votre opinion est faite, n'est-ce pas ? C'est Satan le responsable.

— Satan avec la complicité de sa maîtresse Sofronia.

— Vous avez décidé cela aussi.

— C'est clair, il me semble. Satan n'a aucun pouvoir sur ces hommes tant qu'ils n'ont rien à voir avec cette fille. Vous connaissez la suite...

— Abel Martin a survécu.

— Satan lui-même peut échouer.

— Même en s'attaquant à un homme seul ? Voyons, Magistrat, Abel Martin est vivant et c'est ce qui me fait croire qu'il n'a pas été attaqué par un esprit supérieur et infaillible mais par un homme, tout simplement.

— Et c'est la certitude que votre adversaire n'est qu'un simple mortel qui vous rend si téméraire, Capitaine ?

Là, Simon Cotter aurait pu sourire, mais, apparemment, il ne souriait jamais.

— Peut-être, répondit Hannon. Et je me demande pourquoi vous êtes si persuadé que Sofronia est une sorcière. Si vous appréhendiez une sorcière, ici à

Sutton, cela ne vous aiderait-il pas à rehausser votre réputation à travers tout le Massachusetts ?

Les yeux du magistrat se rétrécirent avec hostilité.

— Vous blasphémez, Capitaine Hannon, écuma-t-il. Vous êtes déjà possédé par le démon.

Le maître d'école Jonathan Bayne était un vieil homme acariâtre, petit et gras, au visage rond et empâté, mais, malgré les apparences, il avait plutôt un tempérament de maigre.

— J'ai fait la classe à cette fille pendant un an ou deux, dit-il au futur marié, je sais qu'elle a mal tourné, mais déjà à l'époque elle était inattentive aux leçons, elle passait son temps à rêver ou à faire des bêtises dans mon dos.

— Je suppose qu'elle vous jouait aussi des tours à vous personnellement. Des tours inspirés par le diable, bien entendu.

— Votre tour viendra, Capitaine, pour votre perte.

— Vous m'encouragez plutôt, Monsieur Bayne. Je suis heureux d'apprendre que Sofronia était une petite fille espiègle et insouciante. J'ai toujours désiré épouser une femme gaie. Cela ne fait que consolider ma décision.

— Chacun ses goûts, Capitaine.

— Les vôtres ne sont pas des plus drôles.

— Pas en ce moment périlleux.

— Pensez-vous vraiment que Sofronia soit une meurtrière ?

— Je crois qu'elle l'est indirectement, Capitaine ; elle est la complice du diable.

Mais le plus étrange et le plus repoussant de tous était un jeune garçon pâle nommé Roger Troy. Il était évident que l'atmosphère de *La Lanterne d'Or* le dégoûtait et qu'il n'était venu en ces lieux malfamés que poussé par une irrésistible curiosité. Assis, tout raide dans ses vêtements noirs, il ne buvait pas, se contentant de fixer Michael Hannon avec désapprobation.

— Alors c'est vous qui allez épouser la sorcière, dit-il finalement.

— Je ne connais pas de sorcière, répondit Hannon. Je vais épouser une jeune fille adorable et jolie.

La bouche incolore de Roger Troy dessina une moue méprisante.

— Je vois, c'est sa beauté qui vous attire. Comme la majorité des hommes, vous ne réalisez pas que la beauté féminine est l'œuvre du diable.

— Ne croyez-vous pas plutôt que ce soit une grâce de Dieu, Monsieur Troy ?

— Dieu crée les âmes. Le diable s'occupe des corps.

— C'est une théorie inhabituelle, Monsieur Troy.

— Sofronia est la plus belle réussite de Satan.

— Ou de qui que ce soit, je vous l'accorde.

— Je vois que vous vous précipitez vers l'enfer de bon gré. Mais vous serez le dernier, Capitaine.

— Que voulez-vous dire, Monsieur ?

— Jusqu'à maintenant nous avions hésité à réunir des preuves contre cette fille. Certains disaient qu'il n'y en avait pas. Mais votre mort suffira. Nous avons tous pu nous rendre compte du pouvoir diabolique qu'elle a sur vous. Elle ira vite vous rejoindre en enfer.

***

Trois nuits avant le jour fixé pour le mariage, le temps devint oppressant. Le vent hurlait et une petite pluie fine cinglait les visages de ceux qui s'aventuraient au-dehors. Le ciel n'était pas entièrement couvert, mais de gros paquets de nuages noirs passaient à toute allure devant la pleine lune, donnant à la terre un aspect bigarré d'ombre et de lumière. C'était une nuit lourde de menaces.

La foule affluait toujours à *La Lanterne d'Or*. Les clients morbides pouvaient se délecter à leur aise et en toute sécurité — comme au spectacle — du péril encouru par un étranger. Ils étaient fascinés par l'étrange comportement de Sofronia. Elle continuait à servir de table en table, mais son regard sombre et ardent ne quittait pas le Capitaine.

— Elle le regarde sans cesse, disaient les spectateurs attentifs.

— Comme l'oiseau de proie fixe sa victime jusqu'au moment de la tuer, offrait-on en explication.

Et ils se vautraient avec délices dans leur peur en voyant des présages dans le fracas des éléments déchaînés au-dehors. Les lampes de cuivre se balançaient au plafond chaque fois qu'on ouvrait ou refermait la porte, faisant danser des ombres folles. Les volets claquaient et grinçaient sur leurs gonds et parfois les gémissements du vent couvraient le tapage des conversations.

— Je me sens dans la peau du pirate qui pille la ville, confiait Michael Hannon à son auditoire. Dans trois jours j'arracherai à Sutton son plus grand trésor. J'emporterai Sofronia dans mon bateau et...

Il ne termina pas sa phrase. La porte s'ouvrit violemment, poussée semblait-il par une rafale, et, un projectile atterrit des profondeurs de la nuit sur la table de Michael Hannon.

Tout le monde se figea dans un profond silence. Ce fut Michael Hannon qui réagit le premier ; il s'élança par la porte encore entrouverte, mais l'obscurité l'enveloppa aussitôt et il ne put rien voir. Il referma la porte avec précaution et alors seulement daigna examiner l'objet qu'on lui avait lancé.

C'était un morceau de papier plié et froissé autour d'une petite pierre. Hannon le déplia et le lissa à plat sur la table. Puis il lut le message à haute voix :

« *Vous vivrez*
Si vous partez.
Mariez-vous
Et vous mourrez. »

Ce fut Sofronia elle-même qui rompit le silence.

— Y a-t-il une signature ?

— Seulement une marque bizarre, répondit-il. C'est en rouge comme l'écriture. Du sang peut-être. On dirait une empreinte de sabot.

Sofronia laissa échapper un cri d'effroi. Michael Hannon accourut vers elle et la prit dans ses bras pour l'apaiser, sans se soucier le moins du monde de tous les regards tournés vers eux.

— Le diable a des sabots, gémissait-elle sur son épaule. C'est lui qui a écrit ce billet.

— Mais il n'a pas eu le courage de l'apporter en personne, précisa Hannon en rejoignant sans la lâcher le groupe des témoins. Les autres avaient-ils reçu eux aussi un avertissement du diable ?

— Aucun à notre connaissance, répondit quelqu'un dans la foule.

— Alors je pense qu'il veut davantage m'effrayer que me tuer, dit Hannon, ce qui revient à dire qu'il est soit paresseux, soit lâche.

Mais ils ne le croyaient pas. Pas plus que Sofronia qu'il tenait toujours serrée contre lui.

— Je tremble pour vous, Michael, murmura-t-elle. Laissez le diable me tuer.

— Si j'échoue, dit-il, ce ne sera pas Satan qui vous tuera, ce sera Maître Cotter et des fanatiques dans le genre de Roger Troy.

— Vous n'avez pas peur pour vous, Michael ?
— Je n'ai peur d'aucun homme, lui assura-t-il.

***

La veille du mariage, tout le monde disait dans la ville que la dernière heure de Michael Hannon avait sonné. Mais le beau Capitaine jouait son destin avec audace, invitant tout Sutton à venir porter un toast à son bonheur. Il n'y avait jamais eu autant de monde à *La Lanterne d'Or.* En leur for intérieur c'était un toast d'adieu que portaient ses hôtes.

La tempête s'était un peu calmée. Il ne pleuvait plus, la nuit était tombée, vide et paisible, d'un noir d'encre. Le vent avait cessé ses hurlements lugubres. Le silence enveloppait Sutton, particulièrement dense et pesant aux alentours de *La Lanterne d'Or.*

L'air était lourd à respirer et sentait le soufre, s'exclamaient les hommes en franchissant la porte de l'auberge. Ils passeraient sûrement là une bonne partie de la nuit, n'ayant aucune envie de s'aventurer à nouveau au-dehors.

Sofronia s'affairait parmi eux avec son plateau de liqueurs. Michael Hannon leur annonça que c'était bien la dernière fois qu'elle faisait office de servante. Désormais, en tant qu'épouse d'un Capitaine de navire, elle vivrait dans un luxueux appartement dans le quartier bourgeois d'un port, qui serait le point d'attache de son mari à ses retours de voyages. Elle l'écoutait, muette et pâle. Pourtant, lorsqu'il fit allusion à ses charmes, ses joues se colorèrent et elle s'éloigna.

— Il tente le diable, il a trop confiance en lui, dit quelqu'un.

Hannon entendit la remarque.

— Je fais exprès de le tenter, dit-il, je l'attends avec impatience : je suis prêt à le recevoir.

Et il découvrit alors les deux pistolets qu'il portait à sa ceinture.

Le diable n'était pas venu. Non plus que ceux que l'on attendait le plus à voir cette nuit-là, le magistrat Cotter, Abel Martin, Bayne le maître d'école et le jeune fanatique Roger Troy.

Mais malgré leur absence la nuit fut fertile en événements. Nicholas Grandy avait solidement fermé les persiennes et la nuit semblait rejetée à l'extérieur. A l'intérieur, avec le feu dans la haute cheminée, le rhum chaud, la conversation pleine d'entrain de Michael Hannon qui payait tout avec son or, et cette belle fille qui servait à boire, l'atmosphère se détendait et commençait à ressembler à une célébration de mariage tout à fait ordinaire.

Minuit approchait lorsque la fête fut interrompue, d'une manière si soudaine et inattendue que même Michael Hannon fut pris au dépourvu. Dans le silence de la nuit, un des volets soigneusement clos — celui de la fenêtre la plus proche du Capitaine — s'ouvrit avec fracas.

Tous les regards convergèrent en direction du bruit. Un court instant on ne vit que la nuit dense derrière les carreaux. Puis un visage se dessina, que tous reconnurent ; Sofronia hurla.

Malgré son incrédulité, Hannon sentit son sang se figer dans ses veines, un frisson glacé le parcourut, sa gorge devint sèche. Car ce n'était pas un visage humain qui leur était apparu, mais une longue figure lugubre, couronnée d'une paire de cornes pointues et incurvées à l'aspect terrifiant. Le regard était inhumain, d'un noir froid et étrange... Réalisant qu'il avait failli tomber dans le piège, Hannon se secoua. Malheureusement, le sinistre visage s'était évanoui et il n'eut pas la possibilité de l'observer avec plus de lucidité.

Cependant, dans le désordre qui suivit, il agit vite. Sofronia aurait sans doute eu besoin de réconfort, mais il n'y avait pas une seconde à perdre. Il attrapa une des lanternes suspendues au plafond et se rua au-dehors... pour ne trouver une fois de plus que la nuit. Il rentra en poussant un horrible juron qui réduisit la foule au silence.

— Il n'y a absolument rien dehors, dit-il.

— Le diable, fit une voix tremblante, peut apparaître et disparaître à volonté.

Les murmures avaient repris.

— Bouclez-la ! hurla Hannon d'un ton sans réplique qui fit régner un silence complet. Écoutez ! continua-t-il plus doucement. Ouvrez vos oreilles et écoutez.

Galvanisés par le ton autoritaire du Capitaine, ils firent ce qu'on leur demandait. Ils se turent, pétrifiés, retenant leur souffle. Pendant une longue, pesante minute, un silence de mort régna dans la salle.

Leur bonne volonté fut récompensée. De derrière un mur de l'auberge, celui de la cuisine semblait-il, leur parvint un bruit de bêlement étouffé, lointain mais sans aucun doute un bêlement.

— Dans la cuisine, leur raconta Hannon, il y a l'homme qui se fait passer à Sutton pour le diable. Deux fois, nous avons été dérangés, deux fois je me suis précipité dehors pour ne trouver que la nuit. Bien sûr le diable aurait pu disparaître sous terre, mais un homme aussi aurait pu s'enfuir rapidement, en sautant par une fenêtre de cette maison.

— Mais ce visage... commença quelqu'un.

— Une tête de chèvre soulevée à hauteur de la fenêtre, répondit Hannon avec mépris.

Sur ces mots, il libéra ses pistolets de son ceinturon et disparut derrière la porte de la cuisine.

Il en revint avec deux compagnons. Le premier fit son entrée aidé par un gentil coup de botte, bêlant de protestation d'être aussi maltraité. C'était la petite chèvre qui fournissait le lait du Capitaine... et qui n'avait plus rien de terrifiant !

Le second était un homme, qui avançait sous la menace des deux pistolets. Presque automatiquement, un cercle se forma au centre de la salle. Michael Hannon et son prisonnier y entrèrent. Ils se dévisagèrent un moment en silence avant d'en venir au fait.

— Maintenant, Nicholas Grandy, tonitrua le Capitaine, vous allez me dire pourquoi vous avez engagé la petite orpheline Sofronia à votre service ?

— Par charité... commença l'homme lâchement.

— Par charité ! Vraiment ? Non ! C'était d'abord pour rendre votre auberge plus attrayante aux hommes assoiffés, et ensuite vous la vouliez à vous seul !

— Non, je jure...

— Mais Sofronia avait une autre conception de la vie, elle préférait de loin les jeunes soupirants. L'un après l'autre elle les choisissait et l'un après l'autre vous en disposiez. Jusqu'au jour où votre désir s'est transformé en haine et où, quand j'ai débarqué ici, vous avez projeté de me tuer.

— Oh ! non, Capitaine !

— Dans mon lit, avant demain matin, pour être précis. Puis votre dernière vengeance était de la livrer au magistrat afin qu'elle soit brûlée comme une sorcière.

— Oh ! non, Monsieur...

— Avoue, aubergiste, sinon je te pends à une

poutre du plafond avec la corde de ta pauvre chèvre !

Nicholas Grandy porta une main à sa gorge. Il jeta un coup d'œil au plafond et sa figure se convulsa.

— Ouais, je les ai tués ! cria-t-il. Par amour pour cette femelle, et ensuite par haine. Mais c'est une sorcière, je vous dis. J'étais un honnête homme, elle m'a ruiné...

Sur un signe du Capitaine, une demi-douzaine d'hommes empoignèrent l'aubergiste et le poussèrent dehors. Michael Hannon jeta ses pistolets sur une table et fit un signe à Sofronia, adossée contre le mur du fond. On lui fit une haie d'honneur alors qu'elle venait vers le Capitaine.

— C'est vrai que tu es une sorcière, dit-il en serrant dans les siennes ses petites mains tremblantes. Une sorcière qui a fait boire un philtre d'amour à un Capitaine de navire dès qu'il eut mis pied à terre.

Et il la prit dans ses bras.

A witch for burning.
Traduction de Danielle Blanc.

SACRÉ VIEIL ONCLE !

par Richard Hardwick

— Fred ! hurla le vieux C.J. Hotchkiss. Fred, apportez-moi immédiatement le relevé de compte Dooley !

Fred, c'est moi. J. Fred Leffingwell, sous-caissier à la Banque Populaire de Hawkinston. Je suppose que la plupart des gens doivent penser en me voyant — si toutefois ils pensent quelque chose de moi — que je suis un garçon insignifiant et falot. Je ne me fais aucune illusion sur moi-même. A quarante-six ans, je n'ai plus sur la tête qu'une petite couronne de cheveux roussâtres, mes yeux sont ridiculement grossis par les verres épais comme des hublots que je suis obligé de porter et mon nez forme une protubérance bizarre pour laquelle j'ai engagé bien des combats désespérés dans ma jeunesse. Mes cinquante-trois kilos sont répartis avec plus ou moins de bonheur sur un châssis d'un mètre soixante-deux et mon penchant pour la bière a eu pour effet de concentrer ce poids vers la ceinture ce qui me donne la silhouette d'une quille de jeu de boules.

Mais qu'importe le physique de l'homme ? C'est l'esprit, l'intelligence, le *psychisme* qui compte et pour ce qui est de la valeur, moi, J. Fred Leffingwell je...

— Je veux ce dossier, et tout de suite, Leffingwell ! tonitrua le vieux.

— Je cours le chercher, Monsieur Hotchkiss.

Voilà un exemple de ce que j'endure jour après jour. Jamais un « s'il vous plaît » ni un « je vous en prie ». Toujours des ordres impérieux comme ceux d'un commandant sur sa dunette.

Donc, comme je le disais, je suis loin d'être ce petit bonhomme insignifiant que vous voyez assis derrière la grille de son guichet de sous-caissier. Sous mon apparence de petit employé timoré se cache le tempérament d'un Lovelace, l'âme d'un brillant séducteur. Si l'on m'en donnait les moyens, je ferais honte à Don Juan lui-même.

J'allai chercher les papiers réclamés par M. Hotchkiss et les lui tendis par-dessus son bureau. Pour tout remerciement, j'obtins un coup d'œil furibond. En retournant vers ma cage j'entendis le klaxon d'une voiture juste en face de la banque et, jetant un regard au-dehors, j'aperçus l'oncle Fargo qui me faisait des signes d'amitié, au volant d'une élégante et tapageuse petite voiture étrangère. Blottie contre lui autant que le permettaient les sièges profonds, se trouvait une belle blonde que j'avais déjà vue une ou deux fois aux réceptions de l'oncle Fargo mais dont le nom m'échappait pour le moment.

Ça au moins, c'était un homme qui savait vivre ! Fargo Leffingwell, l'oncle que j'idolâtrais depuis ma tendre enfance ! Il se riait des conventions et poursuivait son gai chemin sans se soucier du qu'en-dira-t-on, menant la joyeuse vie des libertins. La soi-disant haute société de Hawkinston faisait mine de l'ignorer, mais au grand dépit de tous, l'oncle Fargo considérait leur dédain bien plus comme un compliment que comme un affront.

Il ne dilapidait pourtant pas sa fortune, loin de là. Il avait l'art de se procurer ce qui lui était indispensable pour satisfaire tous ses caprices : l'oncle Fargo n'était jamais à court d'argent. Il avait le pouvoir de Midas sans les inconvénients qui en résultaient pour ce bon roi. Il était toujours pourri de fric, ne conduisait que des voitures dernier cri, voyageait de par le monde, fumait les cigares les plus coûteux et buvait du scotch comme s'il en coulait du robinet, à la condition toutefois qu'il s'agît d'un alcool de plus de vingt ans. La belle blonde, qui n'était certainement pas plus âgée que le scotch préféré de l'oncle Fargo, était la preuve vivante qu'il ne faisait aucune concession à la vieillesse car il avait plus de soixante-quinze ans.

Tandis que je le regardais, il se pencha pour murmurer quelques mots à la jeune fille. Elle rejeta la tête en arrière en éclatant de rire et sa riche voix de contralto résonna mélodieusement jusqu'à l'intérieur de la banque. Le feu passa au vert et après un dernier signe de la main, l'oncle Fargo démarra en trombe, emmenant sa dernière conquête.

— Il a dû conclure un pacte avec le diable, ce n'est pas possible !

Je me retournai et vis ma cousine Fanny Leffingwell debout près de moi. Comme la plupart des Leffingwell, c'était une petite créature dont la tête de fouine était ravagée par un sentiment de frustration. Et comme pour nous tous, ce sentiment se cristallisait sur notre espoir fabuleux : l'oncle Fargo. C'était la pure vérité que Fargo Leffingwell représentait notre avenir. Il ne s'était jamais marié et n'avait donc pas de descendants directs. Sa famille se composait de onze neveux et nièces, rejetons de ses deux frères décédés depuis belle lurette. Moi-même, la cousine Fanny, le cousin Elton, les jumeaux Bart et Mart, et les autres, en fait les onze au grand complet, nous fondions tous nos espoirs sur le moment où l'oncle quitterait cette Vallée de Larmes en abandonnant sur place ses précieux biens terrestres. Nous attendions ce jour avec autant de patience que possible, mais je suis sûr que les autres s'imaginaient la même chose que moi : l'oncle Fargo avait dû percer le secret de l'immortalité.

La cousine Fanny se tourna vers moi :

— Fred, vous ne pensez pas qu'il pourrait épouser une de ces filles, n'est-ce pas ?

Je contournai le comptoir pour réintégrer ma cage :

— Il a plus de soixante-quinze ans, Fanny. S'il est resté célibataire jusqu'ici, il le restera jusqu'au bout.

Elle s'approcha de la cage :

— Fred, vous qui travaillez dans la finance, à combien croyez-vous que se monte sa fortune ?

Je fouillai dans mes papiers en haussant les épaules.

La cousine Fanny jeta un coup d'œil sur les alentours et se pencha encore plus près de moi :

— Combien a-t-il déposé dans cette banque ? murmura-t-elle en abritant sa bouche derrière sa main.

— Pour l'amour de Dieu, Fanny ! Vous savez bien que ce sont des renseignements confidentiels. Et maintenant allez donc faire un peu votre travail.

Naturellement, je n'allais pas dire à la cousine Fanny que je surveillais le compte en banque de l'oncle avec un soin aussi jaloux que s'il se fût agi du mien. J'en connaissais à un sou près, le montant, jour après jour. Il s'élevait en moyenne à dix mille dollars, mais ce n'était que de l'argent de poche si l'on peut dire. L'oncle était propriétaire de beaucoup d'immeubles en ville et le bâtiment qui abritait la banque où je travaillais lui appartenait aussi. Il avait de plus une bonne demi-douzaine de fermes qui couvraient une surface grande comme trois comtés réunis. J'avais évalué sa fortune à deux ou trois cent mille dollars. J'avais aussi plus d'une fois divisé cette somme par onze, tenant pour acquis qu'il partagerait ses biens à égalité entre ses héritiers, ce qui était une supposition raisonnable étant donné que l'oncle ne semblait favoriser aucun de ses neveux ou nièces en particulier.

Je pouvais donc espérer personnellement environ vingt-cinq mille dollars à quelques milliers près. Je comptais même fermement dessus. Bien qu'étant très attaché à l'oncle Fargo, j'avoue que j'attendais le jour de son enterrement avec la même ferveur que lorsque j'attendais le matin de Noël au temps de mon enfance.

Ma carrière à la banque avait atteint son apogée. Il n'y avait que deux personnes au-dessus de moi : le vieux C.J. Hotchkiss, président, et son fils Abner, vice-président et caissier. Juste au-dessous de moi, prêt à prendre la relève quand son tour viendrait, C.J. II, le fils d'Abner. Ainsi coincé entre les Hotchkiss, je ne risquais pas de m'élever bien haut et je savais que je ne serais jamais rien de plus que sous-caissier. Du papier, un crayon et cinq minutes devant moi me suffisaient pour calculer le montant total de mes gains jusqu'à l'âge de la retraite. Inutile de dire qu'il n'y avait guère de quoi réaliser mon rêve de vivre sur le même pied que l'oncle Fargo.

Il y avait quelque chose qui m'intéressait tout particulièrement, c'était le coffre de l'oncle Fargo à la banque. Je suppose que c'était simplement le fait d'être à proximité qui piquait ma curiosité, mais ce sentiment était toujours aussi vif depuis le jour où l'oncle avait loué le coffre, quatre ans auparavant. A ma connaissance — c'est moi qui m'occupe de ce service en plus de mon travail de caissier — l'oncle n'y avait pas touché depuis ce jour-là. Il contenait peut-être des titres, des actions, des polices d'assurance et autres documents. Mais il présentait pour moi tout le mystère de l'inconnu et lorsque mon travail m'amenait au sous-sol je ne pouvais m'empêcher de jeter un coup d'œil avide sur la porte close de ce coffre.

Cet intérêt plus ou moins vif porta ses fruits après une suite d'événements assez curieux. C'était un vendredi juste avant la fermeture. L'oncle Fargo passa à la banque pour me demander de venir dîner chez lui. De toute évidence, il avait déjà absorbé plusieurs verres de son whisky préféré et il était, comme toujours, de très bonne humeur. Je lui répondis que je viendrais dès que j'aurais fini mon travail.

La propriété de l'oncle Fargo était située près de la rivière. C'était une immense maison de style colonial à laquelle on accédait par un long chemin sinueux. Quand je garai mon vieux tacot derrière la petite voiture de sport, j'entendis la chaîne stéréo déverser à pleine force à l'intérieur de la maison, les refrains de la « La Gaîté Parisienne ». C'était une musique qui collait parfaitement avec le personnage. On imaginait tout de suite le vieux satyre — l'oncle Fargo — se trémoussant au milieu des nymphes qui dansaient le can-can, encouragées par son rire démoniaque.

— Entre donc, Fred ! me cria-t-il du pas de la porte. J'avais envie de passer une bonne petite soirée avec toi, à écouter des disques en buvant du whisky.

Je lui adressai un sourire grimaçant :

— Alors, oncle Fargo, vous avez acheté une conduite ?

Ma réflexion le fit bien rire.

— Pas de danger, mon neveu ! ce n'est pas encore demain que vous suivrez mon enterrement ! En attendant, on ne peut pas dire que ton oncle soit radin, ajouta-t-il en me tapant sur l'épaule.

Ça c'était vrai. Quels que fussent ses défauts, on ne pouvait pas l'accuser d'avarice. Il tenait table ouverte et ne refusait rien à ses hôtes. Chez lui je pouvais me comporter en épicurien... temporaire. Malheureusement, il m'était de plus en plus pénible et amer d'avoir toujours à rentrer ensuite dans ma chambre minable pour y retrouver ma condition première.

L'oncle Fargo fit griller deux steaks pour notre dîner et me régala d'anecdotes sur ses voyages. Il déboucha ensuite une autre bouteille de scotch et nous allâmes nous asseoir sur la véranda qui dominait un méandre de la rivière. A huit heures et demie, tassé sur sa chaise, il ronflait à grand bruit.

Ce que je fis alors, sans aucune préméditation, c'est certainement le whisky qui me poussa à le faire. Je me mis à fouiller la maison et c'est ainsi que je tombai sur la clef du mystérieux coffre de l'oncle à la banque. Elle était dissimulée au fond d'un tiroir de son bureau et, à en juger par l'accumulation de vieux papiers qui la recouvrait, l'oncle Fargo ne devait pas avoir l'intention de l'utiliser dans un avenir immédiat.

Jusque-là, mon seul motif était la curiosité. Il me vint à l'idée qu'avec cette clef il me serait très simple de jeter un coup d'œil dans le coffre. Vous savez probablement que l'ouverture d'un coffre en banque nécessite deux clefs qui restent, l'une en possession du propriétaire et l'autre à la banque. Comme j'étais chargé du service des coffres, je pourrais utiliser les deux clefs. Je regarderais ce qu'il contenait, et la prochaine fois que je reviendrais chez l'oncle, je pourrais remettre la clef à sa place, dans le tiroir du bureau.

Je mis donc l'objet dans ma poche, puis j'allai réveiller l'oncle Fargo et je l'aidai ensuite à regagner sa chambre à moitié endormi ; après quoi, je rentrai chez moi.

Le lundi matin j'attendis l'instant propice. Quand arriva le moment où tous les Hotchkiss furent occupés, alors que Mlle Eudorcia Landry, la comptable, s'empressait auprès d'un client, je me faufilai jusqu'au sous-sol et, tout en regardant pardessus mon épaule, je me mis en devoir d'ouvrir le coffre au moyen des deux clefs.

Vous pouvez me croire si je vous dis que le spectacle qui s'offrit à mes yeux fit dresser sur ma tête le peu de cheveux qui me restaient. L'endroit était soigneusement rempli de haut en bas, de gauche à droite et de l'arrière à l'avant, de liasses de billets empilées ! Tous de cent et de cinquante dollars ! En banquier expérimenté j'évaluai vivement le tout. En supposant que les billets du dessous soient de même valeur que ceux du dessus, il y en avait pour plus d'un demi-million de dollars ! Un demi-million...

J'entendis quelqu'un descendre, je fermai vivement la porte du coffre et en retirai les clefs juste au moment ou Abner Hotchkiss pénétrait dans le sous-sol.

— Fred, savez-vous où se trouve le dossier des avoirs Roy Ingram ? Il était sur mon bureau...

Je glissai les clefs dans ma poche.

— Si j'ai vu... quoi ?

Impossible de fixer mon attention sur autre chose : il me semblait toujours avoir devant les yeux l'étonnant contenu du coffre de l'oncle Fargo. Je ne pouvais m'empêcher de diviser mentalement cinq cent mille par onze.

— Le dossier des avoirs Ingram. Qu'est-ce que vous avez, Fred, vous êtes malade ? Vous avez l'air tout drôle.

Pourquoi y avait-il une telle smalah de Leffingwell ? C'était une vraie pléthore...

— Leffingwell, je crois que vous n'avez pas entendu un seul mot de ce que je vous ai dit !

Mais, au fait, pourquoi devrait-on partager ? Certaines choses comme les comptes en banque et les biens immobiliers doivent être divisés, mais pourquoi le contenu de ce coffre ? N'y avait-il pas un moyen ? J'avais encore la main dans ma poche et je frottai machinalement les clefs l'une contre l'autre. Ce coffre était pour ainsi dire un secret. L'oncle Fargo le connaissait, moi aussi, et il y avait une fiche dans le classeur qui prouvait qu'il l'avait loué. Une fois par an, il m'en payait la location comptant. Faire disparaître des archives de la banque tous les papiers relatifs à ce coffre serait chose facile.

— Dites donc, Fred ! s'exclama Abner Hotchkiss. Est-ce que vous n'auriez pas bu, par hasard ? On dirait bien que vous êtes ivre. Vous savez bien que Papa ne veut pas de ça...

Je le bousculai, rentrai dans ma cage et appuyai mes coudes sur le comptoir. Si je faisais disparaître la fiche de location et les reçus de paiement, alors les seules traces de son existence en seraient inscrites dans ma tête et dans celle de l'oncle Fargo.

— Papa, Papa ! entendis-je Abner appeler. Et c'est

à ce moment précis que l'idée de meurtre me vint à l'esprit.

*
* *

Meurtre : c'est un mot tout à fait anodin. Probablement le moins compromettant du langage quand on le lit sans contexte. Mais plus significatif est le mot « meurtrier », et c'est l'étiquette que j'allais endosser. Je suis assez sensible, et j'en eus du chagrin.

Cependant la chose était logique. Tout d'abord si je n'agissais pas, je ne récolterais que le onzième de cet argent à la mort de l'oncle Fargo. Deuxièmement, il était probable que l'oncle, apparemment éternel, en dépenserait une bonne partie ou peut-être bien la totalité avant de disparaître. Troisièmement, je ne rajeunissais pas et si je voulais avoir le plaisir de dépenser de l'argent, il fallait me dépêcher de devenir riche.

Vous avez déjà compris que je n'avais pas la moindre animosité contre l'oncle Fargo. Bien sûr, il fallait d'abord penser à moi et prendre toutes les précautions pour qu'on ne puisse pas m'accuser de sa mort. Mais à part cela, j'avais bien l'intention de veiller humainement à ce que tout se passe le mieux possible pour lui.

Ce soir-là, avant de rentrer à la maison, je m'arrêtai à l'épicerie fine du coin pour y acheter un plat cuisiné. J'allai ensuite chez le liquoriste voisin pour prendre une bouteille de scotch et je rentrai chez moi mettre mon plan au point.

Dès le lendemain, je mis à exécution la première phase de mon projet. Je commençai à retirer l'argent du coffre, petit à petit. Je découvris à ma grande joie que j'en avais sous-estimé le montant.

Il y avait en réalité soixante-dix liasses de billets. Cinquante d'entre elles contenaient chacune cent billets de cent dollars, soit dix mille dollars. Les vingt autres liasses se composaient de billets de cinquante, soit cinq mille dollars chacune, d'où le total exorbitant de six cent mille dollars. Je les remontai du sous-sol, dix par dix, à l'intérieur de ma ceinture et sous mon manteau. Une fois dans ma cage, je cachai l'argent dans un tiroir de mon bureau que j'étais seul à utiliser. Au bout de deux jours, avec la plus grande prudence, je transportai le tout dans ma voiture, et de là dans mon appartement où je le plaçai dans un carton que je glissai sous mon lit.

Le mardi, tout était terminé. Alors je détruisis systématiquement tous les papiers qui auraient pu indiquer que l'oncle Fargo avait loué un coffre, et je n'avais donc plus qu'une seule chose à faire pour exécuter mon plan jusqu'au bout.

Il fallait que je tue l'oncle Fargo.

Il est surprenant de voir combien un meurtre est chose facile si on y réfléchit suffisamment. Je ne veux pas dire qu'il faille passer des journées à y penser, mais il faut procéder à son élaboration d'un esprit clair et astucieux.

Oncle Fargo avait la passion des voitures de sport. D'autre part, il avait plus de soixante-quinze ans. *Donc*, s'il trouvait la mort dans un accident de la route, on ne soupçonnerait probablement rien, ni personne.

Je lui téléphonai le jeudi pour lui demander si je pourrais venir le voir chez lui après mon travail, s'il était seul. J'expliquai que j'avais besoin d'un conseil pour un projet. Aimable comme toujours, il me répondit de venir quand je voulais.

Il s'avança vers moi, devant la porte, serrant

comme d'habitude son verre ballon dans la main droite.

— Qu'y a-t-il, mon garçon ? demanda-t-il.

Il m'envoya un coup de coude et partit d'un éclat de rire :

— Tu n'as pas d'ennuis avec cette petite comptable à la banque, dis-moi ?

Je traversai le salon en direction de la cheminée et saisis d'un air détaché le tisonnier posé sur un socle.

— Non, oncle Fargo, ce n'est pas tout à fait ça...

Je me retournai pour lui faire face. Il était à quelques centimètres de moi. Il leva son verre et but une profonde gorgée, attendant mes explications. Il n'eut pas longtemps à attendre. D'un mouvement vif, je levai le tisonnier et, lui faisant décrire un cercle rapide, je frappai l'oncle à la tempe. Le verre ballon alla s'écraser sur le parquet et l'oncle Fargo tomba. Il porta la main à sa tête et ses yeux remplis de peine et d'étonnement ne quittaient pas mon visage.

— Fred... que... articula-t-il péniblement.

— L'argent, oncle Fargo. (Je levai de nouveau le tisonnier et m'approchai de lui.) Croyez-moi, je n'aime pas faire ça, mais il le faut.

Je frappai dur et, cette fois, pour de bon.

***

Je conduisis la voiture de l'oncle Fargo dans le chemin, braquai en direction d'un bosquet de vieux chênes en bordure de la route, embrayai en desserrant le frein à main et sautai au dernier moment. Ce fut un accident spectaculaire et quand j'eus installé le cadavre de l'oncle dans les débris, le tableau parlait de lui-même. Lorsque je fus enfin satisfait de sa vraisemblance, je retournai à la maison, balayai les morceaux de verre, nettoyai les traces de sang du tisonnier et appelai la police pour signaler ce que j'avais découvert en venant rendre visite à mon oncle.

Pour être franc, je dois admettre que je ne me sentais pas très bien en rentrant chez moi ce soir-là. La mort de l'oncle se passa bien en ce sens qu'il n'y eut pas d'interrogatoire ni de soupçons de la part de la police, tout au moins à ma connaissance. C'était peut-être ma conscience qui se manifestait. Je ne pouvais chasser de ma pensée la vision de la figure souriante et avenante de l'oncle Fargo, le souvenir de ses cordiales poignées de main, de sa générosité, du plaisir qu'il prenait à chaque nouvelle plaisanterie, de la véritable joie de vivre qui caractérisait feu Fargo Leffingwell.

Mais j'avais ce que je désirais. Je fermai ma porte à double tour et sortis la boîte de dessous mon lit pour compter encore une fois les billets. Avant d'en être à la moitié, j'avais déjà meilleur moral et quand j'arrivai à la fin j'éclatais positivement de joie. Le film de ma vie future se déroulait devant moi. J'imaginais les voitures les plus perfectionnées, des femmes ravissantes, un yacht majestueux, peut-être même un avion particulier. J'imaginais aussi mes voyages dans les pays exotiques que je ne connaissais que par mes lectures : l'Europe, les Caraïbes, Hawaï, la Côte d'Azur, Rio...

Évidemment, il faudrait agir avec prudence. Je savais bien que j'hériterais aussi d'un onzième de la fortune d'oncle Fargo, mais cela ne serait pas suffisant pour expliquer la vie extravagante que j'avais l'intention de m'offrir.

Je regardai ma chambre minable et me mis à rire. Encore quelques jours et je quitterais à jamais ce trou à rat. Je repoussai la boîte en carton sous le lit et sortis mon paquet de cigarettes de ma poche pour constater qu'il était vide. Il n'y en avait pas non plus dans le tiroir du buffet. Je décidai de descendre en chercher et d'acheter également quelque chose pour mon dîner, mais j'eus d'abord envie de boire.

Mon whisky, de médiocre qualité, se trouvait sur l'étagère de la cuisine. Je le pris et commençai à en verser dans mon verre, puis je me ravisai en regardant la bouteille et, avec un sourire, je la penchai au-dessus de l'évier, la laissant se vider jusqu'au dernier glou-glou. Un homme qui a les moyens ne boit pas de la bibine.

Je ressortis la boîte en carton pour prendre un billet et je descendis chez l'épicier. M. Gold m'accueillit aimablement et me servit une bonne tranche de pâté. J'achetai également un pain de seigle et quelques autres provisions. Quand il eut fait ma note, je lui tendis mon billet.

Il tourna et retourna le billet de cent dollars et me regarda en souriant :

— La banque vous a augmenté, Fred ?

Je n'avais pas du tout pensé qu'il prêterait attention au billet et pendant un instant je fus envahi par la peur. Affolé, je murmurai quelque chose au sujet d'un pari que j'aurais gagné. Il me rendit la monnaie et je quittai le magasin avec mes achats. Je m'arrêtai pourtant encore avant de rentrer à la maison. J'allai chez le liquoriste pour acheter un coffret de cinq bouteilles du meilleur, du plus vieux, du plus cher whisky écossais de la boutique.

C'était le début de la belle vie. Il me semblait avoir des ailes en regagnant mon appartement.

***

Le lendemain matin à la banque, j'allai tout droit au bureau de M. C.J. Hotchkiss :

— Je vous remets ma démission. Je quitte mon poste immédiatement, déclarai-je.

Il me regarda comme s'il était devenu subitement sourd :

— Eh ! qu'est-ce que cela signifie, Leffingwell ?

— J'ai dit : je m'en vais.

Je me dirigeai vers la porte.

— Arrêtez ! Revenez ici, Leffingwell !

Je me retournai pour regarder le vieillard :

— Oui ?

— Vous n'allez pas... pas partir ! bégaya-t-il.

— C'est comme si c'était déjà fait, répondis-je en souriant.

— Qu'est-ce que cela veut dire ? (ses yeux prirent un air rusé.) Ah ! oui, je vois ! C'est à cause de votre oncle qui s'est tué hier, hein ? Vous êtes l'un des héritiers et vous voulez prendre votre retraite pour mener la belle vie comme lui. A votre place, Leffingwell, je réfléchirais. Mettez-vous bien dans la tête que je ne veux pas vous voir revenir repentant quand vous aurez satisfait votre petit coup de tête. Ce ne sera pas la peine de venir mendier du travail car il n'y en aura plus pour vous !

Je revins sur mes pas et j'étendis la main pour faire enfin ce que j'avais désiré faire pendant vingt-sept ans. Je tordis le nez de M. Hotchkiss.

— Voilà pour vous et pour votre travail !

Oh ! le bonheur d'être riche ! La divine satisfaction de pouvoir faire des pieds de nez à qui vous plaît !

Je pris ma voiture pour revenir à Murphy Street et je me dépêchai de grimper les marches qui conduisaient à mon appartement, en songeant à l'odeur agréable du scotch qui m'attendait. Je pensais en moi-même : « c'est le printemps à Rio, en ce moment. Les palmiers frémissent. Les vagues d'azur ondulent doucement, les danseuses de hula se déhanchent en cadence... non ça c'était à Hawaï. Qu'à cela ne tienne, j'irai aussi là-bas ! Je deviendrai un véritable cosmopolite ! »

Quand j'atteignis ma porte, je vis un étranger qui se tenait sur le palier. Je regardai de l'autre côté. Il y avait là aussi un autre homme. L'angoisse me saisit à la gorge. Le mot « cambriolage » me vint à l'esprit.

Mais c'était absurde. Qui pourrait bien connaître l'existence de mon argent sous le lit et, hormis cet argent, qu'est-ce qu'un cambrioleur pourrait désirer voler chez un pauvre type comme moi ?

Je me détendis, me grondant intérieurement d'être si peureux. Je mis la clef dans la serrure et, comme s'il n'avait attendu que cela, l'homme de gauche m'aborda.

— Monsieur Leffingwell ? demanda-t-il d'une voix posée.

Un démarcheur ? En tout cas, certainement pas un créancier avec de si bonnes manières !

— Oui, c'est bien moi, répondis-je avec toute la brusquerie dont j'étais capable.

Il ouvrit d'un coup sec un portefeuille de cuir et j'eus le temps d'apercevoir, avant qu'il le remette dans sa poche, une vignette et une carte d'identité.

— F.B.I., dit-il.

L'autre s'approcha à son tour pour me demander :

— Vous avez bien dépensé un billet de cent dollars chez l'épicier, hier ?

— Je... qu'est-ce qui se passe ?

— Le propriétaire du magasin prétend que vous avez été le seul client, hier, à lui donner un billet de cette valeur.

— D'accord, je lui ai donné un billet de cent dollars. Et alors ?

Le premier inspecteur sourit de contentement :

— Ça fait quatre ans que nous attendions de voir apparaître un de ces billets. Pourriez-vous nous dire où vous l'avez eu ?

Mon dos ruisselait de sueur glaciale et gluante :

— Je... ne me souviens plus... maintenant il faut que je rentre...

Il mit la main dans sa poche et pendant une seconde je crus qu'il cherchait un revolver pour m'abattre :

— Nous allons fouiller votre appartement. Voici le mandat de perquisition, Monsieur Leffingwell. Ce billet provient de la Banque Express d'Atlanta, qui a été pillée il y a quatre ans.

Dans mon esprit, la vision paradisiaque de Rio s'estompait et à sa place surgissait un paysage imprécis qui semblait sentir la fumée et le soufre en fusion. Au milieu, une petite fourche dans une main et un verre ballon dans l'autre, trônait l'oncle Fargo.

Il se tordait de rire.

The late Fargo Leffingwell.
Traduction de Michel Girard.

— [illegible] que je passe.

— La propriétaire du magasin [illegible] une [illegible] [illegible] [illegible] [illegible], en lui [illegible] [illegible] [illegible]

— [illegible], [illegible] un billet de [illegible] [illegible].

Le [illegible] sortit de [illegible] [illegible]

— [illegible] que [illegible] [illegible] [illegible] [illegible] [illegible] un de [illegible]. Pouvez-vous [illegible] [illegible] [illegible]

[illegible] [illegible] [illegible] [illegible] [illegible] [illegible]

[illegible] [illegible] [illegible] [illegible] [illegible]

[illegible] [illegible] [illegible] [illegible] [illegible] [illegible] [illegible]

— [illegible] [illegible] [illegible] [illegible] [illegible] [illegible] [illegible] [illegible] [illegible] [illegible] [illegible] [illegible]

[illegible] [illegible] [illegible] [illegible] [illegible] [illegible] [illegible] [illegible] [illegible] [illegible] [illegible] [illegible] [illegible]

[illegible] [illegible] [illegible] [illegible] [illegible] [illegible]

[illegible] [illegible] [illegible] [illegible] [illegible]

CES DIABLES DE FLORENTINS

par James Holding

— *Si*, c'est une émeraude, dit le Signor Gozzoli de l'air du monsieur qui vient d'accomplir vertueusement un devoir ennuyeux. Je suppose que quelqu'un voudra prendre une décision quelconque. C'est le gardien de la chapelle qui m'a dit de venir vous voir.

— Il a eu tout à fait raison, dit Andrea Gantini, officier de police *prima classe* de la *questura* de Florence. Nous vous sommes reconnaissants d'avoir attiré notre attention sur ce point, Signor Gozzoli. Je vais m'en occuper personnellement. Immédiatement. Et pourtant, ne put-il s'empêcher d'ajouter en dépit de son urbanité coutumière, cela me semble vraiment improbable, je dois l'avouer. Extrêmement improbable.

Pour ôter à cette remarque ce qu'elle aurait pu avoir d'offensant, il sourit à son visiteur en soulevant de biais le coin de ses lèvres.

— Je ne vous blâme pas le moins du monde d'être sceptique, dit Gozzoli qui sourit à son tour.

C'est effectivement improbable. Mais, vous savez, Signor Cantini, j'ai une théorie là-dessus.

— Vraiment ?

— Oui. Je suis convaincu que dans de nombreux cas, l'éventualité la moins vraisemblable se révèle être la bonne. Il nous arrive trop fréquemment à tous de ne pas voir la vérité, pour la seule raison qu'elle paraît improbable. En voici justement un exemple. J'ai remarqué quand un rayon de soleil frappait ce bijou de biais, aussi improbable que cela puisse paraître, on avait l'impression pendant un moment, que ce n'était pas un morceau de verre vert, mais une authentique émeraude. J'ai donc attiré l'attention du gardien de la Chapelle sur ce point. Et me voici.

Il ouvrit les mains en un geste tout napolitain et se leva de sa chaise. C'était un homme fluet vêtu discrètement ; sa luxuriante moustache couleur sable était parfaitement entretenue, et ses lunettes grossissaient légèrement des yeux bleus qui reflétaient la sincérité. Il rassembla son appareil photo, ses jumelles et son guide. De sa voix chaude et amicale, il ajouta avec entrain :

— Je suis désolé, Signore, de vous avoir occasionné plus d'ennuis que ne vous en causent habituellement les touristes, mais j'ai pensé qu'il était de mon devoir de vous alerter à ce sujet.

Il serra la main de Cantini et se tourna vers la porte.

— *Mille grazie*, dit Cantini en souriant quelque peu complaisamment derrière Gozzoli. (Dans son métier, il avait acquis une large pratique des originaux, mais celui-ci était différent et lui apportait une bouffée de fraîcheur.) Attendez, dit-il impulsivement ; si vous voulez bien me laisser votre adresse ou votre numéro de téléphone à Florence, Signor

Gozzoli, je vous tiendrai au courant de ce que je découvrirai. Je suis sûr que cela vous intéressera de savoir si vous avez tort ou raison à propos de l'émeraude. Et si... (Il sourit de nouveau de son sourire torve et engageant)... l'éventualité la plus invraisemblable se révèle être la bonne dans ce cas précis.

Gozzoli s'arrêta à la porte :

— C'est très aimable à vous, dit-il. Bien sûr que cela m'intéressera. Je suis à l'hôtel Minerve, près de Santa Maria Novella. Au revoir, Signore.

Il sortit.

Cantini soupira et tendit la main vers son chapeau.

*
* *

Il se rendit à pied du quartier général à l'église de San Lorenzo, tout en sentant peser sur ses épaules la chaleur bénie du soleil de Toscane. Descendant ensuite le Canto di Nelli, près de l'église, il se fraya un chemin à travers la foule volubile des Florentins qui achetaient de tout, depuis des gants au crochet jusqu'à des tournevis, aux étals de la piazza Madonna, et pénétra dans la crypte de la chapelle Médicis, derrière l'église. Baissant la tête pour passer sous les arches basses, il trouva l'escalier qui menait à la chapelle des Princes, et le gravit d'un pas alerte.

Lorsqu'il posa le pied sur le pavement en mosaïque de la chapelle, il s'immobilisa un moment, imbu de cet orgueil qu'éprouve tout Florentin à l'égard de l'héritage artistique de sa ville. Il examina tout autour de lui la haute salle octogonale habillée de marbre précieux — une salle splendide qui abritait les sépultures de six grands-ducs Médicis — et la traversa jusqu'au tombeau de Ferdinand II, car c'était de lui qu'avait parlé le Signor Gozzoli.

Le sarcophage se trouvait dans une niche aménagée dans le mur, à bonne hauteur du sol. Sur le dessus massif, sculpté dans le granit et richement décoré, il y avait un large coussin. Et sur ce coussin de pierre, juste au pied d'une statue plus haute que nature du grand-duc, on pouvait voir la réplique de la couronne ducale, dorée et sertie de fragments de cristal et de verre coloré. Sur le devant de la couronne, exactement au centre, se trouvait une grosse pierre verte rectangulaire, qui pouvait avoir cinq centimètres de long sur deux et demi de large. C'était cette pierre-là qui avait paru authentique au Signor Gozzoli. Elle se trouvait à six mètres au-dessus de la tête de Cantini et, à ses yeux, ce n'était que quelque chose de très petit et de très vert.

Il se dirigea vers le gardien de la chapelle qui vendait aux touristes, des cartes postales et des reproductions en couleurs et lui fit signe de venir à l'écart.

— Tu m'as envoyé un type original, Giovanni, dit-il au gardien.

L'homme eut un sourire éblouissant :

— Le plus original jusqu'ici, dit-il.

— C'est vrai. Raconte-moi.

— Mais qu'y a-t-il à raconter ? Ne vous a-t-il pas tout dit lui-même ? *Investigatore* ? Le gardien l'appelait toujours *investigatore* — détective — pour le taquiner ; si Cantini n'y voyait pas d'objection, c'est que Giovanni était le cousin de sa femme.

— L'as-tu vu entrer ?

— Oui. C'était de bonne heure, juste après l'ouverture de la chapelle. Il a gravi l'escalier, est allé dans la sacristie avec son appareil photo et son guide, comme tous les autres touristes ; il y est resté un moment, un quart d'heure peut-être puis il en est ressorti et s'est mis à examiner cette chapelle. Je l'ai vu admirer le Ferdinand là-bas... ajouta-t-il en faisant un geste de la main... puis il a porté les jumelles à ses yeux et a examiné attentivement la couronne du duc. C'est alors qu'il s'est approché de moi.

— Qu'a-t-il dit ?

— Il m'a dit : « Signore, mon guide signale que les gemmes des couronnes qui reposent sur la tombe des ducs ne sont que des verres de couleur et de cristal. Exact ? » Je lui ai dit que oui. Alors, il a rétorqué qu'à son avis, la pierre de la couronne du duc Ferdinand, celle du milieu, n'était pas du verre vert, mais une authentique émeraude.

— Et tu t'es moqué de lui, je suppose, dit Cantini.

— Bien sûr, l'imbécile. Je lui ai assuré qu'il se trompait. Je l'ai même accompagné pour examiner de plus près la couronne avec ses jumelles. Il avait l'air d'un brave type, bien qu'il soit *un poco matto*, un petit peu timbré. J'ai essayé d'être poli.

Cantini hocha la tête :

— Et *toi*, penses-tu que la pierre verte ressemble à du verre ou à une émeraude ?

— Elle est exactement semblable à toutes les autres pierres des couronnes ducales qui se trouvent dans cette salle, fit Giovanni en riant. Je le lui ai dit, d'ailleurs, mais il pensait malgré tout que ce morceau de verre paraissait différent. Il m'a dit qu'à un certain moment de sa vie il avait été bijoutier et qu'il s'y connaissait un peu en bijoux. Alors je vous l'ai envoyé.

— Bijoutier ? fit Cantini. Pourquoi ne pas me l'avoir dit ?

Non sans raison, le gardien répondit :

— Mais je l'ai fait.

— Il ne m'en a pas parlé, dit Cantini. Va me chercher une échelle, Giovanni.

— Une échelle ? Êtes-vous fou, *investigatore* ? Il n'y a pas d'échelle, sinon dans la crypte. Et c'est le milieu de la journée. Regardez la foule autour de mon kiosque à cartes postales. Je ne peux pas m'en aller maintenant pour aller chercher une échelle.

— Va en chercher une, dit Cantini. Je prends la responsabilité de ton absence. On va regarder de plus près la couronne du duc Ferdinand.

***

Ce soir-là, le Signor Gozzoli avait à peine regagné sa chambre d'hôtel, après le dîner, quand il reçut un appel téléphonique de l'officier de police Cantini.

— Qui avez-vous dit ? demanda-t-il quelque peu déconcerté quand Cantini se fut fait connaître.

Cantini répéta son nom :

— Vous êtes venu me voir ce matin à la *Questura*, rappela-t-il à Gozzoli. A propos de la pierre verte de la couronne du duc Ferdinand...

— Ah ! oui, maintenant je m'en souviens. Je vous demande pardon, Signor Cantini. J'ai passé l'après-midi à admirer un des plus beaux panoramas du monde, la vue de Florence de la villa Mercedes à Bellosguardo. Magnifique. Tout le reste m'est sorti de la tête. Mes excuses.

— *Niente*, dit Cantini. J'ai des nouvelles pour vous au sujet de l'émeraude de la couronne de Ferdinand.

Gozzoli se mit à rire :

— Ne me dites rien. Je me suis trompé, je le sais. Mais avec ce rayon de soleil de biais, elle m'a vraiment paru authentique. Donc, pour cette fois, l'éventualité la plus invraisemblable n'était *pas* la bonne, hein ? Eh bien, il y a des exceptions en tout, je suppose, même dans les théories. Mais c'est très aimable à vous de m'avoir appelé, Signore.

— Vous ne vous trompiez pas à propos de l'émeraude, dit Cantini, obscurément content de pouvoir donner satisfaction à ce touriste observateur venu de Naples. Vous aviez raison.

— Vous plaisantez ! fit Gozzoli.

A la façon dont sa voix s'éleva et plana dans le combiné, sa surprise et son ravissement ne laissaient aucun doute.

— Ce n'est pas une plaisanterie, Signore. Pouvez-vous passer quelques minutes à mon bureau ? Je vous raconterai tout.

— Maintenant !

— Si vous êtes libre...

— Je serai là dans dix minutes, dit Gozzoli au comble de l'excitation.

— Parfait, dit Cantini. Je vous attendrai. Entrez directement. Ici, le soir, nous n'avons qu'un personnel réduit, vous comprenez. Mais vous savez où est mon bureau.

***

Gozzoli tint parole. Neuf minutes plus tard, il entrait dans le bureau de Cantini. Il était aussi petit, aussi soigné et paraissait toujours aussi cultivé que le matin. Il serra la main de Cantini et s'assit dans un fauteuil, face à son bureau :

— Vous parliez sérieusement ? demanda-t-il immédiatement. La pierre verte de la couronne est une véritable émeraude ?

Cantini esquissa un sourire.

— Il s'agit incontestablement d'une véritable émeraude, dit-il. Plutôt spéciale d'ailleurs.

Il savoura un moment l'impatience évidente de Gozzoli, puis il ajouta :

— Vous ne m'avez pas dit ce matin que vous aviez été bijoutier, Signor Gozzoli.

Gozzoli haussa les épaules :

— Ce n'était pas nécessaire. Vous m'aviez promis de faire une enquête sur la pierre verte. C'est à ce sujet que je venais vous voir. Mais, dites-moi, qu'a-t-elle de spécial cette émeraude ?

Cantini offrit une cigarette à son visiteur qui la refusa. Il en alluma une pour lui.

— Immédiatement après votre départ, ce matin, je suis allé à la chapelle, commença-t-il. Je me suis procuré une échelle et j'ai inspecté la pierre que vous m'aviez désignée dans la couronne du duc Ferdinand. Personnellement, j'étais bien incapable de dire si elle était authentique ou non, même de près, car elle est rectangulaire, plate sur le dessus et tellement grande quand on a le nez dessus, que l'on n'imagine pas que cela puisse être autre chose que du verre, vous comprenez ?

Gozzoli hocha la tête :

— Trop grande pour être vraie, acquiesça-t-il. C'est la réaction naturelle de l'amateur.

— Mais, poursuivit Cantini, il y avait sur la couronne, autour de la pierre verte, des éraflures qui n'ont certainement pas été faites au moment où on a serti la pierre. Cela donnait l'impression qu'un amateur s'y était attaqué car la pierre verte était placée de façon instable dans sa monture... contrairement à tous les autres bijoux de la couronne. J'ai donc fait venir un expert.

— Très sage, dit Gozzoli. Je sais quant à moi combien il est difficile de distinguer le vrai du faux en matière de pierres précieuses.

— Oui. L'expert en pierre que j'ai fait venir a

déclaré que, sans aucun doute possible, l'émeraude était authentique. Mais elle avait été enchâssée de force dans la monture par un fieffé maladroit.

Gozzoli sourit.

— Le sertissage des bijoux est un art que très peu de gens connaissent, malheureusement. Et ensuite ?

— j'ai demandé à mon lapidaire d'extraire l'émeraude authentique ; et de la remplacer par le morceau de verre vert d'origine que nous avons fini par découvrir, caché dans la niche, derrière la statue de Ferdinand.

— Splendide ! Et vous avez pu sortir l'émeraude authentique de la monture sans l'abîmer ?

— C'est un excellent lapidaire, dit Cantini, et il a fait attention. Je le lui avais demandé parce qu'il y avait sur le dessus de la pierre une empreinte de pouce merveilleusement nette et je ne voulais pas qu'elle soit abîmée, vous pouvez en comprendre la raison.

— Mais c'est passionnant, fit Gozzoli. Je suppose que vous vous êtes dit que cette empreinte digitale pourrait bien être celle de l'homme qui a substitué la pierre réelle à la pierre en verre, n'est-ce pas ?

— Exactement. Et c'était le cas.

— Comment le savez-vous ?

Cantini souleva le coin de sa lèvre.

— Parce que c'est l'éventualité la plus *vraisemblable*, dit-il doucement, le contraire de votre théorie. Nous avons l'empreinte du pouce dans nos fichiers. Toutes les *Questura* d'Italie la détiennent. C'est l'empreinte du pouce d'un des criminels les plus recherchés, Signore. Nous le recherchons pour trente-six délits, depuis le vol à main armée jusqu'au meurtre. Pour notre plus grande honte, c'est un Florentin, Vincente Carlo.

— Carlo ! Je crois avoir entendu parler de lui.

— Tout le monde a entendu parler de lui, Signore. Il est célèbre... dans le mauvais sens du terme... un vrai malfaiteur. Mais pendant deux ans, il s'est tenu tranquille. Nous espérions qu'il était mort ou qu'il avait émigré dans un autre pays, mais voilà que nous découvrons aujourd'hui, sur l'émeraude de la chapelle, l'empreinte de son pouce ! Il semble évident que c'est lui qui a placé le véritable bijou à la place de la pierre verte.

Derrière les lunettes grossissantes, les yeux bleus de Gozzoli reflétaient son incompréhension :

— Mais pourquoi ? demanda-t-il. Pourquoi a-t-il fait une chose aussi bête et aussi difficile ?

Cantini se balança sur sa chaise et éteignit sa cigarette.

— Nous ne pouvons qu'essayer de deviner, dit-il lentement en haussant les épaules. Admettons que ce Carlo ait eu en sa possession une énorme émeraude d'une valeur fabuleuse. Connaissant Carlo, nous pouvons être sûr qu'il ne l'a pas acquise honnêtement. Elle est trop grande, cette émeraude. Elle a trop de valeur. Elle est peut-être trop bien connue dans le monde où il opère généralement. Alors que doit-il en faire ? Il faut qu'il trouve pour ce joyau un marché privé et spécifique, qu'il le trouve lui-même pour pouvoir espérer en obtenir sa pleine valeur. Un collectionneur dénué de scrupules peut-être, ou un tailleur de pierres précieuses qui pourra découper l'émeraude en un certain nombre de pièces plus petites mais encore fort estimées, n'est-ce pas ? Pour découvrir un tel marché, il faut du temps... du temps qu'il n'a pas.

— Aaah ! fit doucement Gozzoli. Je commence à comprendre maintenant.

— Oui. Aussi Carlo souhaite-t-il déposer cette

émeraude dans une cachette où elle pourra rester sans être découverte, sans qu'on ait la moindre chance de la découvrir, jusqu'à ce qu'il trouve un acheteur...

Gozzoli l'interrompit :

— Il y a un certain Américain qui a écrit une nouvelle à propos d'une lettre qu'on avait dissimulée en l'exposant à la vue de tous...

Cantini hocha la tête :

— Rappelez-vous que Carlo est Florentin. Il connaît la ville sur le bout du doigt. Il connaît la chapelle Médicis, la chapelle des Princes. Donc, il cache son émeraude dans la couronne du duc Ferdinand, exposée devant un million de touristes, mais si haut au-dessus de leur tête que les chances pour que quelqu'un s'en aperçoive sont infinitésimales.

— Plutôt astucieux, dit Gozzoli qui exprimait son admiration à contre-cœur. Quoi qu'il en soit, il avait compté sans ce rayon de soleil oblique et sans un ex-bijoutier.

— Certes, assez intelligent. Sans vous, son émeraude attendrait patiemment le retour de Carlo, à l'endroit exact où il l'avait laissée.

Gozzoli fit le modeste :

— Un coup de chance, Signore. Rien de plus. Si ce n'est le désir de mettre à l'épreuve ma fameuse théorie sur l'éventualité la plus invraisemblable qui se révèle être la bonne.

— Toujours est-il que la police de Florence vous est reconnaissante de votre théorie, dit Cantini en souriant. Grâce à elle, nous allons pouvoir attendre maintenant de pied ferme que Vincente Carlo vienne reprendre son émeraude. Cela fait sept ans que nous attendons de lui mettre la main au collet.

— Il doit être bien insaisissable, dit Gozzoli.

Comment a-t-il pu placer sans être découvert, le joyau dans la couronne du duc alors qu'un lieu public comme la chapelle connaît des centaines de touristes ? Cela dépasse mon entendement.

— Oh ! cette partie-là du travail a pu être relativement simple.

— Simple ?

— Il y a deux ans, une équipe de plâtriers et de peintres travaillaient dans la nouvelle sacristie qui donne sur la chapelle des Princes. La salle que vous avez vue ce matin et qui renferme des sculptures de Michel-Ange. Ces ouvriers...

— Il y a deux ans ? interrompit Gozzoli. Mais sûrement...

— L'élément temps est intéressant, dit Cantini ; il est en rapport avec un autre fait dont je vais vous parler sous peu. Ces ouvriers, comme je vous le disais, avaient des échelles et des échafaudages pour travailler ; tout le temps qu'ont duré les travaux, ils les ont laissés dans la sacristie pendant la nuit. Je viens de l'apprendre cet après-midi au cours de mon enquête.

— Vous avez été très occupé, à ce que je vois.

— Oui. Il semble clair que Vincente Carlo se soit rendu dans la chapelle à cette époque-là, qu'il ait vu les échelles des ouvriers et imaginé cette idée brillante pour cacher l'émeraude.

— Mais comment ? Puis-je vous demander comment il s'y est pris pour ne pas attirer l'attention ?

— Nous pensons qu'il s'est laissé enfermer dans la chapelle pendant la nuit. Il a dû se cacher derrière l'autel ou dans une des alcôves du reliquaire, peut-être, jusqu'à ce que touristes, ouvriers et gardiens aient quitté les lieux pour la nuit et que la chapelle soit fermée à clef. Alors il a tout simplement emprunté l'échelle d'un ouvrier dans la sacristie, et s'est mis en demeure de remplacer la verroterie de la couronne par sa véritable émeraude. Il s'en est acquitté maladroitement, comme l'indiquent les éraflures de la couronne. Et c'est bien négligent de sa part que d'avoir laissé l'empreinte de son pouce sur la pierre. Mais le travail pouvait aller. Il a remisé l'échelle après avoir passé la nuit dans les lieux, et quand la chapelle a rouvert le lendemain matin, il est probablement sorti avec la première fournée de touristes.

— *Dio* ! souffla Gozzoli. Un homme astucieux. Mais si une échelle est absolument essentielle pour atteindre la couronne du duc, cela pose un joli petit problème pour le Signor Carlo quand il reviendra chercher son émeraude, n'est-ce pas ? A ce moment-là, il ne pourra pas compter trouver à portée de main une échelle d'ouvrier.

Cantini répondit d'un ton assuré :

— Oui, mais n'allez pas imaginer qu'il se serait laissé arrêter par cela. Il a déjà résolu des problèmes plus ardus. Toujours est-il que celui-là ne se posera pas. Nous avons anticipé ses faits et gestes.

— Et quel était l'autre fait que vous m'aviez annoncé ? demanda Gozzoli avec curiosité.

Cantini le considéra en souriant :

— Je gardais le meilleur pour la fin, dit-il. Non seulement vous avez découvert une émeraude, mon ami, mais comme je vous le disais plus tôt, une émeraude très spéciale. (Il se tourna vers un petit coffre qui se trouvait dans un coin de son bureau) Je l'ai ici. Voudriez-vous la voir ? Étant donné que vous avez été bijoutier vous-même ?

— Rien ne me ferait plus plaisir, dit Gozzoli avec ardeur. Une émeraude spéciale avez-vous dit ?

Cantini manœuvra la combinaison du coffre, en

ouvrit la porte et tendit la main dedans : il en sortit un nid de coton dans lequel se trouvait l'émeraude qui évoquait une vallée verte satinée entre deux collines neigeuses.

Dans son fauteuil, Gozzoli se pencha en avant pour regarder l'objet que le policier venait de placer sur le bureau.

— Quelle merveille ! dit-il d'une voix empreinte d'émotion. Elle est absolument ravissante !

Cantini se rassit et se renversa dans son fauteuil :

— La reconnaissez-vous ? demanda-t-il.

— Non. Le devrais-je ?

— Je pensais que vous la reconnaîtriez peut-être, dit Cantini, étant donné que c'est l'émeraude Panton.

La surprise arrondit les yeux de Gozzoli qui se pencha plus près de l'émeraude.

— La Panton ! J'en ai vu des photos, bien entendu, mais jamais l'objet lui-même. C'est la propriété du comte de Panton, n'est-ce pas ?

— Oui. Mais elle lui a été volée il y a deux ans, au moment précis où les peintres travaillaient dans la sacristie de la chapelle Médicis. Vous comprenez maintenant l'importance de l'élément temps ? Il y a deux ans, elle a été volée. Aujourd'hui elle reparaît. Mon expert l'a identifiée dès qu'il l'a eu retirée de la couronne. J'ai téléphoné sans plus attendre à Paris comme vous pouvez vous en douter. La police parisienne était enchantée. Elle m'a chargé de vous transmettre ses plus chaleureux remerciements.

Gozzoli, qui regardait toujours l'émeraude d'un air fasciné, ne dit pas un mot. Cantini continua :

— On me charge également de vous informer, Signor Gozzoli, que vous et vous seul recevrez la récompense généreuse offerte par les assureurs du comte de Panton à toutes personnes qui permettraient de retrouver l'émeraude.

Cantini alluma une autre cigarette sur laquelle il tira en observant la façon dont Gozzoli accueillerait cette bonne nouvelle.

— Une récompense ! s'écria Gozzoli. Le regard soudainement plus vif. Combien ?

— Généreuse, dit Cantini en faisant durer le suspense. Extrêmement généreuse.

— Combien, mon vieux ?

Cantini capitula en souriant :

— Un demi-million de lires.

Le visage de Gozzoli s'allongea :

— Seulement un demi-million ?

— Un demi-million, moi je trouve cela joli, fit Cantini en fronçant les sourcils.

Gozzoli répliqua :

— En tant qu'ex-bijoutier, je sais que cette émeraude vaut plus de cent fois cette somme. Un demi-million, c'est un rien radin.

Cantini resta muet de surprise. Il s'était attendu à toutes sortes de réactions, mais pas à celle-là.

A travers ses lunettes, Gozzoli contemplait l'émeraude sur le bureau. A la lumière électrique de la pièce elle lançait des milliers de feux qui dansaient et scintillaient :

— Non, dit-il d'un ton décidé. Non, Signore, je n'accepterai pas cette récompense. Je la refuse absolument.

— Mais pourquoi ? s'écria Cantini. C'est une merveilleuse aubaine. Et vous la méritez.

Gozzoli secoua la tête avec obstination :

— Non, dit-il. (Il inséra la main dans sa veste de très bonne coupe). Je crois que je préférerais avoir l'émeraude.

Le pistolet dirigé vers Cantini était muni d'un silencieux.

Cantini le regarda bouche-bée, stupidement. Dans le silence qui régnait, la vieille pendule accrochée au mur du bureau faisait entendre un tic-tac plus bruyant.

— Je n'ai pas joué tout à fait franc-jeu avec vous, Signor Cantini, dit Gozzoli en se levant et en prenant l'émeraude sur le bureau. Je voyage sous un nom d'emprunt, je porte des verres de contact bleus sur des yeux marrons derrière des lunettes grossissantes, et j'ai placé une grosse moustache sur ma lèvre généralement nue. Mais il faut tout de même que je vous remercie pour votre coopération. Vous avez été des plus aimables.

Il plaça négligemment l'émeraude dans sa poche, laissant le coton sur le bureau. Le canon du pistolet ne vacilla pas.

Cantini retrouva la parole :

— Vous êtes Vincente Carlo.

Grozzoli s'inclina :

— En chair et en os. Et cette émeraude m'appartient comme le prouve l'empreinte digitale que vous avez trouvée dessus.

— Vous l'avez volée... ! commença Cantini.

Mais Gozzoli l'interrompit.

— Bien sûr que je l'ai volée. Et la reconstitution que vous avez faite de la façon dont je l'ai cachée dans la chapelle Médicis était admirable, croyez-moi. Je suis désolé de vous décevoir de la sorte. Mais vous venez de dire vous-même à l'instant que je trouverais certainement un moyen de résoudre mon petit problème, à savoir comment récupérer l'émeraude, même sans échelle à portée de main.

— C'était moi votre échelle, dit Cantini.

Gozzoli inclina la tête.

— Et je vous en remercie mille fois. Je pars pour Rome dans dix minutes. De Rome je prendrai l'avion pour New York avant l'aube. Mon client nous attend, moi et l'émeraude Panton, qu'il me paiera à sa juste valeur.

Bien que Cantini n'eût aucune illusion sur Vincente Carlo, il dit :

— Vous ne sortirez pas de cet immeuble, Carlo.

Le petit homme tiré à quatre épingles lui sourit :

— Je pense que si, dit-il. Qui sait que je suis là ? Vous seulement. Qui sait qui je suis ? Vous seulement. Qui peut penser que je m'en vais avec une émeraude dans la poche ? Vous seulement...

Et il regarda le silencieux de son pistolet.

Puis il se mit à rire — un rire qui coulait aisément, venu du fond du cœur.

— Vous auriez bien fait ce matin de marquer un peu plus de respect pour ma théorie, dit-il sans cesser de rire. N'étais-je qu'un touriste innocent, ex-bijoutier de Naples, qui avait remarqué par hasard ce qui lui semblait être une véritable émeraude parmi un tas de verres teintés, et qui vous le signalait, comme c'était son devoir ? Ou étais-je ce criminel tortueux qui venait vous entretenir d'une émeraude dont il savait pertinemment qu'elle était authentique pour la bonne raison que c'était lui qui l'avait mise là et qu'il désirait la récupérer ? Telles étaient les deux éventualités qui s'offraient à votre choix. Et vous avez spontanément choisi la mauvaise, simplement parce que c'était la plus vraisemblable. (Il fit claquer sa langue d'un air réprobateur.) Je vais vous donner encore une chance. Voilà deux nouvelles éventualités : ou bien je m'enfuis en Amérique avec mon émeraude ; ou bien je suis arrêté avant de quitter cet immeuble. Quelle est, selon vous, la plus invraisemblable ?

— La première, dit Cantini en restant assis parfaitement immobile. Mais ce n'est pas la bonne, cette fois-ci. Regardez derrière vous.

L'autre eut un sourire méprisant.

— Rien à faire avec Carlo. Un truc vieux comme le monde, mon ami. (Il recula d'un pas et son doigt se durcit sur la détente de son arme.) Je pense que nous pouvons maintenant mettre un terme à cette affaire, *sciocco*.

Son pistolet muni d'un silencieux émit un petit crachement étouffé. Mais il est bien difficile de tirer droit lorsqu'on a des agents accrochés à vos bras. Sa balle alla s'enfoncer dans le plancher.

Cantini se leva tandis que ses hommes désarmaient Vincente Carlo et s'assuraient de son identité.

— Carlo, dit-il, vous pouvez garder cette émeraude dans votre poche pour vous réconforter en prison. Ce n'est, somme toute, que le morceau de verre serti à l'origine dans la couronne de Ferdinand. L'émeraude Panton, que vous avez aimablement signalée à notre attention, est déjà partie pour Paris par messager spécial.

Carlo, maintenu solidement par ceux qui l'avaient capturé, se tortilla dans leur poigne ; son visage n'était plus qu'un masque de furie.

La lèvre de Cantini se leva et dessina un sourire engageant :

— Votre propre théorie aurait pu vous sauver, Carlo, mais vous avez négligé de prendre en considération l'éventualité la plus invraisemblable de toutes : que même un stupide agent de police peut se montrer plus intelligent que vous.

Those cunning Florentines.
Traduction de Nicolète et Pierre Darcis.

CE N'ÉTAIT PLUS DU CINÉMA

par DONALD HONIG

Parksfield était une petite ville aux environs d'une grande cité de l'Est. Une petite ville paisible, modestement industrielle, composée de maisons anciennes à deux étages, que seuls dépassaient en hauteur un ou deux immeubles de construction récente et le bloc moderne formé par les grands magasins. Parksfield n'offrait à première vue rien d'extraordinaire et, en fait, n'avait rien d'extraordinaire. Pour y parvenir, pourtant, Danny South avait bel et bien traversé en voiture tout le continent depuis Hollywood, sa chère patrie. Auparavant, il avait passé six mois en investigations et en correspondance avec des quantités de gens aux quatre coins du pays. Il lui avait fallu tout ce temps pour se convaincre que le long voyage Hollywood-Parksfield s'imposait. Il n'est pas facile de percer l'anonymat des gens. Il n'est pas plus facile de disparaître pour le restant de ses jours pour peu que d'autres gens se mettent en tête de rechercher systématiquement votre trace.

Au volant de sa décapotable, Danny conduisait à

une allure modérée en longeant la grand-rue lumineuse et chaude sous le soleil de midi. Regardant tour à tour le trottoir de droite et celui de gauche, il semblait partagé entre la curiosité et le détachement. Pour la première fois en l'espace de six mois, il goûtait la volupté du laisser-vivre, l'esprit libéré de tout casse-tête ; et ce, bien que la partie qu'il s'apprêtait à jouer s'annonçât comme la plus serrée de l'ensemble du plan. C'est qu'il avait maintenant la certitude de toucher au but après avoir suivi une très longue piste. Il savait qu'*elle* et lui étaient à présent dans la même ville ; qu'*elle*, l'unique, pouvait être l'une quelconque de ces dizaines d'inconnues qui entraient et sortaient, allaient et venaient en faisant leurs emplettes dans le quartier central des grands magasins.

Darla McVey ! Aujourd'hui, Danny South la distinguerait moins facilement dans la foule. Il ne l'avait plus vue depuis quinze ans. Depuis le jour « J » où, sans un mot d'explication à personne, l'actrice avait quitté Hollywood. A l'apogée d'une brillante carrière, elle avait abandonné le plateau en pleine séance de tournage. Depuis cette date, elle n'avait jamais reparu dans la cité du cinéma, et la société qui l'avait engagée s'était vue dans l'obligation de sacrifier toute la première partie d'une production fort coûteuse. Bien entendu, la plupart des journaux avaient tiré parti de l'événement et publié, à la une, de gros titres explosifs. Mais on s'était perdu en conjectures. D'aucuns avaient prétendu que cette disparition soudaine n'était qu'un truc publicitaire. Mais, dès le début, Danny South y avait flairé bien autre chose. Au bout de quelques semaines, les gens avaient commencé à se demander si l'actrice avait volontairement pris sa retraite — de l'avis unanime, une retraite étrangement prématurée — ou si sa brusque disparition était due à quelque vilenie intentée contre elle. Les choses en étaient là lorsque Darla McVey en personne avait fait une réapparition-éclair pour prononcer officiellement une toute dernière déclaration.

Celle-ci avait eu pour cadre un commissariat de police à Los Angeles où la star s'était rendue sans se faire annoncer. Elle avait tenu à signaler au commissaire qu'elle renonçait à la vie mondaine et se retirait pour des raisons personnelles, de son propre chef, sans être l'objet de contrainte ni de menaces quelconques : elle aspirait simplement à une retraite solitaire.

Avant que les notables du studio eussent pu la rejoindre au commissariat en question, Darla McVey avait de nouveau disparu. La délégation du studio, conduite par le producteur de films, J.J. Millerman lui-même, avait alors exigé que la police lui indiquât pour quelle destination Miss McVey était partie. Mais le commissaire n'avait pas été à même de fournir la moindre indication, attendu que la disparue n'en avait donné aucune et que, d'autre part, la police n'avait eu nul motif pour retenir la visiteuse. Celle-ci s'en était donc allée librement, laissant la police entièrement satisfaite de son explication. Exaspéré, « J.J. » avait mené grand tapage, accusant la police du refus de divulguer les renseignements qu'elle détenait à coup sûr, et il était sorti avec son escorte du commissariat en claquant quasiment la porte.

Tel avait été l'épilogue de la toute dernière apparition de l'actrice Darla McVey, du moins pour le grand public.

Mais Danny South la verrait bientôt. Elle habitait ici, à Parksfield. Elle en était à son septième domicile depuis son départ d'Hollywood. Par l'intermédiaire d'amis, parents et détectives privés, il l'avait suivie à la trace de Hollywood à Denver, de Denver à Chicago, de Chicago à New York, puis, en passant par des villes moins importantes, finalement jusqu'à Parksfield. Évidemment personne ici ne savait qu'elle était Darla McVey. Elle se faisait appeler à présent Mme Starbuck, bien que, autant qu'en sût Danny, elle fût restée célibataire.

Starbuck, médita Danny avec une ombre de tristesse, en rangeant sa voiture au parking du centre. Y *aurait-il une explication freudienne au choix du nom, « Star » rappelant l'étoile de cinéma ?... Peut-être.* Darla lui avait toujours paru une jeune fille étrange, plutôt introvertie et extraordinairement sensible.

Je me demande si elle se souviendra de moi, poursuivit mentalement Danny. Il avait fait de la rédaction publicitaire pour le studio à l'époque où une vie dissipée l'avait mis dans une dèche noire. Il avait rencontré Darla à plusieurs reprises au cours de ces soirées orgiaques qu'elle abhorrait mais auxquelles elle ne pouvait se soustraire. Au fait, ils avaient tous deux pris part à celle qui s'était terminée par la fin tragique de la jeune starlette Audrey Elliott. Celle-ci, étourdie par l'alcool, s'était en quelque sorte jetée par la fenêtre d'un appartement au huitième étage d'un hôtel de Los Angeles, et, hurlante, avait fait une chute mortelle dans la rue. Une soirée mémorable que celle-là... Danny pouvait encore évoquer J.J. Millerman se ruant hors de cette chambre à coucher, échevelé, hagard... Un J.J. méconnaissable qui l'avait bousculé au passage en criant dans sa fuite : « Je n'y étais pas... Vous ne m'avez pas vu sortir de là !... »

Danny s'était rendu dans la chambre d'où Audrey avait plongé à pic dans la rue. Il avait trouvé Darla

McVey debout dans la pièce, mais encore en état de choc. « Épargnez votre émotivité. Réservez-la pour la caméra », lui avait-il conseillé. Mais Darla s'était évanouie.

En ce temps-là, Danny South était un hardi jeune homme. Actuellement c'était un homme toujours plein d'audace mais de quinze ans moins jeune. Il s'était promis autrefois de raconter dans un roman les dessous d'Hollywood. A l'heure actuelle, il pouvait affecter de sourire de cette ambition naïve, vu qu'il comptait parmi les odieux personnages qu'il aurait voulu peindre en littérature. Les scribes qui, en véritables bourreaux de travail, échafaudaient laborieusement des sénarios pour films policiers de court métrage, parlaient, eux aussi, d'écrire des romans. Mais, attelés à une tâche qui absorbait tout leur temps pour un salaire de famine, ils devaient étouffer dans l'œuf chacune de leurs idées géniales... Tandis que Danny South, lui, se faisait un revenu annuel de cinq à six chiffres en écrivant, pour certaines revues, des histoires plus ou moins indiscrètes sur Hollywood et l'envers du décor. (A noter toutefois que, malgré cet enviable revenu, le compte en banque de Danny était inférieur à celui de la plupart des scribes qu'il tournait en dérision : dame ! les arrivées toujours tardives des chevaux misés aux courses et la proximité relative d'un lieu de perdition comme Las Vegas...)

Ayant laissé la voiture au parking du centre, Danny découvrit un bar. Il y entra et commanda un bourbon on the rocks. A part lui et le barman, l'endroit était désert.

— Dites-moi, l'ami, s'enquit-il en se penchant par-dessus le comptoir afin de capter l'attention du barman, où peut-on trouver un logement ici ?

— Il y a un hôtel à environ cent mètres, répondit l'autre. Vous comptez séjourner longtemps ?

— C'est à voir, fit Danny. Ça dépendra.

— Voyageur de commerce ?

— Écrivain, précisa Danny. Auteur à gros tirage ; un as venu d'Hollywood. Je suis au courant de tous les potins, secrets et scandales. Mais ne me demandez pas si c'est la vérité que l'on colporte à propos de ci ou de ça, car je resterai bouche cousue. Quand je l'ouvre, moi, on me paie grassement.

Le regard du barman exprimait le doute.

— Un as ? N'importe qui peut en dire autant de lui-même, opina-t-il d'un ton blasé en s'éloignant.

De toute façon, je me suis trompé d'adresse pour prendre mes renseignements, songea Danny. Darla serait inconnue des tenanciers de bars : elle avait l'alcool en aversion et détestait ce genre d'endroits. Il la trouverait plutôt en train de nourrir des écureuils dans le parc ou lisant quelque vieux roman à la bibliothèque municipale.

Danny loua une chambre au *Parksfield Hotel.* Il y installa sa machine à écrire portative et défit ses bagages. Ensuite il prit une douche, se rasa, s'habilla avec soin et s'en alla dîner en ville. Après le repas, il se promena dans Parksfield qu'il visita avec une certaine condescendance. Ce patelin était bien le type du coin tranquille où les habitants menaient une vie des plus rangées, observant des habitudes immuables : entre autres le cinéma ou la danse autant dire classique, le samedi soir, l'église le dimanche et la reprise du travail le lundi matin. Image de l'Amérique laborieuse. Il était étranger dans la ville et on le jaugeait avec prudence. Les diverses jeunes femmes qu'il salua d'une légère inclinaison de tête l'ignorèrent froidement.

*
* *

Le lendemain matin, après une nuit passée en compagnie d'une bouteille de bourbon jusqu'à ce que le sommeil le surprît dans une stupeur béate, il se mit en campagne pour retrouver Darla. Dans l'annuaire local des téléphones, aucune Mme Starbuck. Il s'y attendait un peu ; c'eût été trop facile. *Sans poser trop de questions, comment découvrir l'adresse d'une personne habitant les parages ?* se demanda-t-il. L'un ou l'autre de ces scénaristes pour films policiers aurait sans doute résolu le problème en se jouant, du moins en faisant jouer ses doigts sur le clavier de sa machine à écrire. Mais dans la vie réelle, il n'en va pas toujours comme dans la fiction. Or, l'affaire qui amenait Danny South à Parksfield était des plus sérieuses. Il y avait beaucoup d'argent, une vraie fortune en jeu...

Le nouveau venu se rendit tout d'abord au Bureau des Postes pour savoir comment retrouver un ami venu habiter Parksfield. On lui indiqua l'Hôtel de Ville. *Au fond, c'est vrai. J'aurais dû y songer*, se dit-il en traversant la grand-place en direction de l'édifice dont le fronton s'appuyait sur de grises et sévères colonnes doriques. Là, enfin, après qu'on l'eût renvoyé de guichet en guichet, il obtint l'adresse de Mme E. Starbuck.

Danny s'informa de l'itinéraire à suivre et quitta le bâtiment. Il parcourut à pied tout un quartier résidentiel et déboucha dans un autre, une agglomération moins élégante et beaucoup plus dense. Après quoi, la rue se fit déclive et, au bas de la pente, le piéton se trouva en pleine zone industrielle. Arrivé là, Il fit halte, croyant s'être fourvoyé. Mais le pompiste du garage tout proche lui assura qu'il marchait toujours dans la bonne direction.

Danny regretta néanmoins de n'être pas venu en voiture.

Finalement, il s'arrêta devant un rang sinueux de maisons d'aspect misérable, qui semblaient s'épauler mutuellement pour ne pas tomber en ruines. *Chambres*, proposait une enseigne suspendue à l'extérieur d'une des masures. Or, c'était précisément celle qui portait le numéro indiqué à Danny par l'Administration publique. Enfilant le couloir qui sentait le moisi, il ne put s'empêcher d'évoquer par contraste la maison hollywoodienne de Darla, au sommet d'une colline, cette blanche demeure patricienne à l'ombre des palmiers, avec parmi ses dépendances, de petits chalets en stuc pour les amis, disséminés sur une immense pelouse verte.

Saisi d'un frisson, il parcourut des yeux la liste des noms inscrits en regard des boutons de sonnettes... E. STARBUCK ! Enfin ! *Incroyable mais vrai*, pensa-t-il. Il monta l'escalier jusqu'au palier du premier étage. Sans savoir dans quelle chambre elle habitait, il frappa à la première porte qui s'offrit à sa vue. L'huis fut ouvert par un tout petit homme, à l'air agité, qui pointa sur le visiteur un regard défiant.

— Excusez-moi, l'ami, dit Danny South, mais je cherche la chambre de Mme Starbuck. Pourriez-vous me mettre sur la voie ?

— Vous dites bien *Mme Starbuck* ? demanda l'espèce de nain.

— Oui, c'est exactement ce que j'ai dit.

— Mais vous voulez dire plutôt *Darla McVey*.

— Qui ? fit Danny South, incapable de cacher son étonnement. La véritable identité de l'ex-vedette était censée être tellement secrète... et voici que même l'idiot du village avait percé l'incognito...

Le bout d'homme eut un sourire affable.

— Bien sûr, elle nie le fait, dit-il. Mais la ressemblance — quoi qu'on en dise pour se moquer de moi — la ressemblance est par trop frappante. Elle reste jeune, toujours belle comme dans les films. Les gens se gaussent de moi en disant : *Pourquoi Darla McVey aurait-elle décidé d'habiter ici ?* Entrez donc, je vais vous montrer quelque chose. Et l'étrange locataire ouvrit largement la porte.

Avec un soupir de résignation, Danny obéit. Dans la chambre, une nouvelle surprise l'attendait : il se trouvait dans un véritable temple à la gloire de Darla McVey. Le pygmée devait lui vouer un culte : il avait tapissé les murs en juxtaposant d'innombrables photos de la jeune beauté. Ce fut avec une pointe de nostalgie que Danny South revit, tout autour de lui, le charmant visage au sourire un peu rêveur. Certaines photos provenant du studio étaient des instantanés luisants que l'avorton avait, de toute évidence, obtenus de petits revendeurs. D'autres avaient été coupées dans des revues anciennes ou dans le supplément dominical, consacré à l'écran, de vieux journaux. Parmi les instantanés pris au studio, plusieurs brillaient dans des cadres dorés disposés sur le bureau avec une symétrie parfaite.

— N'est-elle pas adorable ? dit paisiblement le petit homme, non sans orgueil.

— Vraiment adorable, opina le visiteur.

Le gringalet se dirigea vers l'une des photos murales.

— Celle-ci a été prise au cours du tournage de mon film préféré, bien que j'en aie trouvé la fin bouleversante. Avez-vous vu *Le Bras vengeur* ? C'est la film où, vers la fin, le bandit entraîne la fille dans les bois et l'étrangle au moment précis où l'amoureux accourt pour la délivrer, hélas, deux secondes trop tard. Néanmoins l'amoureux tue l'assassin de trois coups de poignard, résuma le gnome d'un ton lugubre. Alors il s'agenouille auprès de la victime du scélérat et embrasse sa bien-aimée qui n'est plus. J'ai vu le film une douzaine de fois. Vous rappelez-vous ?

— Et comment ! fit Danny South. (Il s'en souvenait d'autant mieux qu'à l'époque, c'était lui qui avait rédigé le commentaire des bandes-annonces.) Mais je vous rappelle, Jack, que je désire voir Mme Starbuck.

— Je ne me nomme pas Jack, mais bien Sam Jaspers, rectifia le nabot, un peu vexé. Autrefois, je jouais les grands amoureux devant le miroir, mais vous n'avez probablement jamais entendu parler de moi.

Un cinglé, pensa Danny. *Un authentique maboul* !

— Nous en reparlerons une autre fois. Mais à l'heure présente, je veux voir Mme Starbuck, confirma Danny.

— Pourquoi désirez-vous la voir ?

— Pour une question familiale.

— Qui êtes-vous ?

— Son cousin : Le cousin Danny, de Hot Springs.

— C'est réellement Darla McVey, n'est-ce pas ?

— Pas le moins du monde. C'est Mme Starbuck. Désolé, Sam.

— Je n'en crois rien. Une étoile sait toujours en reconnaître une autre.

— Je vous le concède. A présent, vous est-il possible de répondre tout simplement à ma question ?

— C'est la chambre d'en face. Je vais vous annoncer... dit Sam en faisant deux pas vers la porte.

Mais Danny coupa son élan.

— Non, merci. Je suis assez grand pour me

présenter moi-même. Laissez tomber, mon garçon, dit Danny en plantant là son interlocuteur.

Les anciennes idoles de l'écran sont immortelles, songea-t-il avec un soupir d'amertume en traversant le palier, *même si elles ne survivent que par de vieilles photos sur des murs délabrés, dans les plus misérables taudis des bas-fonds infestés de rats.* Il frappa à la porte. Et un moment plus tard, cette porte s'ouvrit.

Non, pensa-t-il en voyant la locataire de cette autre chambre, *jamais je ne l'aurais reconnue en la croisant en ville.* Il fallait, pour cela, la regarder bien en face et savoir qui elle était. Mais... où s'en était allé son charme de jadis ? Son regard séducteur ? La limpidité de ses yeux si bleus ? Sa personnalité pleine de fraîcheur et de vie que l'on avait toujours devinée sous son air rêveur ?... Tout cela s'était terni comme un reflet dans une glace embuée.

Négligés, les cheveux jadis blonds étaient maintenant laissés à leur teinte originelle, un brun sans éclat. L'irréparable outrage des ans avait, sans rencontrer de résistance, exercé des ravages autour des yeux et aux commissures des lèvres. Dans l'ensemble, une fleur blonde vilainement fanée, voilà ce qu'était devenue celle que Danny avait vu briller autrefois. Disparus également, les beaux atours et l'élégance de sa fastueuse époque hollywoodienne. Elle portait une robe achetée en solde et des souliers plats.

Elle reconnut immédiatement le visiteur. Il s'en rendit compte et en fut flatté.

— Que désirez-vous ? demanda-t-elle d'un ton plutôt revêche.

— Puis-je entrer ?

Elle hésita un instant, puis l'introduisit et referma la porte. Le regard observateur de Danny inventoria longuement la pièce : le lit à montants en tube de cuivre, le mobilier boiteux, les murs qui s'écaillaient, le plancher nu.

— Si j'étais poète, Darla, dit-il, je m'écrierais : *ô !*

— Mais vous ne l'êtes point.

— Non, admit-il en hochant la tête d'un ton nuancé de regret.

— Que désirez-vous, Danny ? interrogea-t-elle de nouveau.

— Une histoire.

— J'ai lu vos histoires pendant pas mal d'années, dit-elle. Vous ne vous débrouillez pas mal, il me semble.

— Merci, Darla, dit-il avec une sincérité légèrement ironique. Je suis heureux d'apprendre que vous vous êtes encore intéressée à votre ancienne patrie, quoique avec un rare effacement...

— Mais il n'y a guère d'histoires à obtenir de moi. Ni d'interview. Vous n'allez pas me repêcher ici et me faire ressurgir du passé à seule fin de livrer en pâture à vos lecteurs une odyssée poignante, un document humain. Cela n'entre pas dans mes vœux.

— Ni dans les miens, Darla. Je veux davantage. Puis-je m'asseoir ?

Elle ne répondit mot, et il s'installa confortablement dans un fauteuil rapiécé. Il soupira.

— J'ai fait un long voyage pour vous retrouver, Darla, dit-il. Car c'est toute une affaire. Pour vous comme pour moi. Mon éditeur m'autorise à citer de très gros chiffres. Cet argent, sauriez-vous en faire usage ?

— Pas de plaisanteries de mauvais goût, Danny !

— J'essaie précisément de ne pas être drôle.

— Mes tribulations ne sont pas intéressantes à ce point. On vous a mené en bateau.

— Oh ! mais détrompez-vous. Ce que vous pouvez me raconter est, au contraire, du plus haut intérêt. Je vais d'ailleurs vous exposer de quoi il retourne. Vous souvenez-vous d'une très jeune actrice du nom d'Audrey Elliott ? Sans aucun doute. Vous étiez présente ce soir-là... quand elle est tombée par la fenêtre. Nous y étions tous les trois : vous et moi... et J.J. Ce fut certes une tragédie. Les journaux appelèrent ce malheur un suicide.

— N'en était-ce pas un ?

— En était-ce bien un ? Qu'en savez-vous ?

— Qu'aurait-ce pu être d'autre ? répondit calmement Darla.

Elle se tenait près de la fenêtre et regardait pensivement à travers les rideaux décolorés par le soleil.

— Je n'en sais rien. Peut-être pouvez-vous me le dire. Vous étiez là. Ne prétendez pas le contraire. Je suis entré dans la chambre juste après le drame. J.J. en sortait précipitamment et vous étiez là, sur les lieux mêmes. Vous étiez allée vous repoudrer le nez dans la salle de bain. Or, cette dernière communiquait avec un autre appartement, composé de deux pièces ; et, en quittant le local après votre toilette, vous vous êtes trompée de porte. De sorte que vous étiez bel et bien dans la chambre à coucher d'Audrey Elliott quand la chose est arrivée.

— Comme se fait-il que vous sachiez tout cela ?

— De la déduction pure. Mais c'est bien ainsi que les choses se sont passées. Et je crois que ça m'est tombé presque immédiatement sous le sens. Toujours est-il que vous vous êtes empressée de disparaître. Vous aviez été le témoin d'une scène qui vous avait, soit bouleversée, soit inspiré une terreur folle : assez pour que vous abandonniez sans délai Hollywood et une brillante carrière ; assez pour vous enfuir en cherchant à brouiller la piste... et pour aller vous enterrer vivante dans des galetas comme celui-ci. Qu'aviez-vous donc vu, Darla ?

— Qu'attendez-vous de moi, Danny ? demanda-t-elle encore en éludant la question. Pourquoi ne me laissez-vous pas à ma solitude ?

— Nous y voilà. Eh bien, comme vous savez, J.J. est un grand, très grand bonhomme. Il le fut toujours. Mais il est en passe de le devenir plus que jamais. Le Président l'a chargé d'une mission outre-mer en qualité d'émissaire éducatif, en quelque sorte. Un poste du tonnerre ! Mais mon éditeur lui en veut ; il lui en veut à mort. *Je peux le mettre à votre merci*, ai-je proposé à l'éditeur, *mais cela coûtera cher...* Il m'a délivré un chèque signé en blanc.

— Oui, j'ai lu un article concernant J.J., commenta-t-elle.

— Bon. Eh bien, Darla, vous allez nous aider à le perdre. Il y aura dans cette affaire assez d'argent pour assurer le restant de vos jours. Et cela vous procurera en outre une double satisfaction : à la fois personnelle et d'ordre moral.

— Que voulez-vous que je fasse ?

— Je désire que vous me relatiez la scène à laquelle vous avez involontairement assisté ce soir-là, à Los Angeles, insista le sagace Danny South en plongeant dans ses yeux un regard pénétrant.

Elle abaissa les paupières un moment, puis elle secoua la tête.

— Allez-vous-en, Danny.

— Voyons, il n'y a rien à craindre. Quand tout sera terminé — et si tel était votre bon plaisir — vous pourriez retourner directement à votre vie obscure... mais d'un style plus luxueux tout de même. Vous en auriez les moyens car, pour ce faire, vous disposeriez de cent mille dollars, Darla.... Et de surcroît, vous éprouveriez la satisfaction de savoir qu'Audrey Elliott repose d'autant mieux dans sa tombe.

— J.J. est bien trop fort.

— Toute la question est là. Durant pas mal d'années il a opprimé et foulé aux pieds bien des gens de tous acabits, de petites gens et de gros bonnets. Il vous tenait également sous sa main de fer, prêt à vous écraser. Et il vous a épouvantée à tel point que vous avez choisi la fuite, n'est-ce pas Darla ?

Elle croisa les bras et, tournée vers la fenêtre, resta figée dans une immobilité de statue.

— *N'est-ce pas, Darla ?*

— Revenez demain, Danny.

— Vous n'allez pas me fuir, moi ?

— Ce problème-là est le vôtre. A demain.

En quittant la bicoque, Danny s'aperçut qu'il était suivi par Sam Jaspers. Il attendit que le petit homme le rattrapât.

— Vous désirez ? interrogea Danny.

— Que vous a-t-elle raconté ? Vous n'allez pas l'emmener, hein ? questionna anxieusement l'homuncule.

— Sûrement pas. Elle veut partir, mais je m'efforce de l'en dissuader. A propos, mon petit vieux, vous pouvez me rendre un service, enchaîna Danny.

Il entoura de son bras les épaules de Sam et, emprunta à dessein un ton ultra-confidentiel :

— Écoutez bien. Tout comme moi, vous voulez qu'elle reste à Parksfield. Elle y vit heureuse. Et vous lui plaisez.

— Vrai ? fit Sam, encore incrédule mais déjà tout en émoi.

— Ça saute aux yeux, voyons. Maintenant ouvrez

bien les oreilles. Comme vous l'aviez deviné, Mme Starburk et Darla McVey ne sont qu'une seule et même personne, mais Darla m'a prié de vous recommander une absolue discrétion envers tout le monde afin de sauvegarder son incognito.

— Vous pouvez avoir confiance en moi, lui assura Sam d'un ton ferme.

— C'est, pour ainsi dire, un secret d'amoureux, vous comprenez ?

— Un secret *d'amoureux* ?

— Exactement. Alors, voici. Ce que je vous demande, c'est de la tenir à l'œil, de la surveiller discrètement, de la suivre si elle quitte la maison... Faites bien attention : il ne faut surtout pas qu'elle s'en aperçoive.

— Comme dans le film... dit Sam avec élan. L'amoureux les suit jusque...

— C'est ça même ! coupa Danny en tapotant la poitrine de Sam. Vous avez déjà saisi. Au cas où Darla effectuerait des sorties inhabituelles, venez me voir au *Parksfield Hotel*, chambre 212. Compris ?

— Oui, c'est entendu, répondit Sam. Comptez sur moi.

Ayant obtenu cette promesse, Danny prit congé du gringalet et s'en fut à longues foulées vers l'hôtel. De retour dans sa chambre, il s'étendit sur le lit, alluma une cigarette et souffla des ronds de fumée vers le plafond. Il savourait une infinie satisfaction de soi.

***

Sam Jaspers observa la consigne avec vigilance mais sa surveillance s'avéra parfaitement inutile au cours des heures suivantes. Darla ne quitta pas la chambre ce jour-là. Assise près de la fenêtre, elle rumina sans cesse l'offre de Danny South. Peu à peu tout un passé émergeait des limbes de sa mémoire, ce somptueux passé à l'éclat factice, ce passé qui ne lui avait pas semblé réel à l'époque où elle l'avait vécu et qui, maintenant, lui paraissait non seulement irréel, mais incroyable.

Depuis le soir où Audrey Elliott avait effectué une sortie sans retour par cette fenêtre d'hôtel, l'existence de Darla s'était modifiée du tout au tout. Les événements de cette soirée avaient brutalement scindé sa vie en deux et il semblait écrit qu'elle dût achever ses jours dans l'isolement de ce gîte sombre et délabré.

Ç'avait été une soirée follement gaie dans cet appartement du huitième et dernier étage. Une foule de gens avaient envahi les différentes pièces. Elle se remémora les banderoles flottantes, les ballons renvoyés en l'air par de multiples paires de mains ; les plateaux chargés d'alcools, maintenus en équilibre sur le bout des doigts et que les convives se passaient par-dessus les têtes. On lui parlait de tous côtés à la fois. Le monde continuait d'affluer, et bientôt elle avait ressenti un début de migraine. Elle s'était alors dirigée vers la salle de bain pour s'asperger le visage d'eau fraîche. S'étant frayé un passage entre les groupes de bruyants fêtards, elle avait traversé une chambre à coucher pour se retirer dans la salle de bain dont elle avait refermé la porte. Après ses ablutions, elle avait voulu retourner auprès des autres, mais se trompant d'issue, elle était entrée dans une pièce faisant partie d'un autre appartement. C'est là qu'elle avait vu la scène. Elle avait commencé à en percevoir des bribes au moment d'ouvrir la porte et de s'introduire sans qu'on la vît dans cette chambre étrangère. La voix féminine suppliait : le ton de l'homme était coléreux et bourru. Ce qu'avait alors vu Darla McVey devait rester gravé dans sa mémoire. J.J. Millerman s'était dirigé, menaçant, vers Audrey Elliott qui, prise de peur, lui avait échappé à reculons. A demi dévêtue dans sa robe en lambeaux et dont pendait une manche presque arrachée, la jeune starlette en larmes avait imploré l'assaillant :

— *Non, Monsieur Millerman, je vous en supplie ! Non ! !*

J.J. avait levé le bras droit, la main ramenée en arrière, murmurant quelque chose de sa voix grondante et implacable... et au moment où il avait frappé la starlette, celle-ci avait fait un bond en arrière ; mais, la fenêtre étant très basse et grande ouverte, les jambes de la jeune fille en avaient heurté le rebord et, perdant l'équilibre, elle avait basculé dans le vide... Un cri atroce, et puis plus rien. Darla en avait été clouée sur place, le sang glacé, haletante d'horreur... J.J., se retournant, lui avait lancé un regard farouche avant de se ruer hors de la pièce. L'instant d'après, Danny était survenu ; puis, les autres accourant à leur tour, ç'avait été le tumulte... et Darla avait perdu connaissance.

C'était donc ça qu'on voulait l'entendre dire à présent. Qu'Audrey Elliott ne s'était pas jetée par la fenêtre dans une minute d'égarement mis sur le compte de ses libations. On voulait qu'elle révèle que la jeune fille ne s'était pas suicidée, mais que J.J. l'avait acculée à la chute mortelle sans toutefois la précipiter lui-même dans le vide. Darla se rappela la terrifiante communication téléphonique qu'elle avait reçue la nuit même du drame, à 4 heures du matin ; jamais elle n'oublierait la voix grave et dominatrice — d'ailleurs très reconnaissable — de J.J. tonnant à ses oreilles alors qu'elle était encore à moitié endormie : « *Vous n'avez rien vu ! Rien ! Ab-so-lu-ment RIEN !* » Puis le déclic du raccrochage. C'était alors qu'elle avait décidé de s'enfuir et d'aller se cacher à jamais, mue non seulement par la crainte que ses jours fussent en danger, mais aussi par l'impulsion irrésistible de quitter ce milieu de corruption, de vice et d'horreur.

Néanmoins, à présent... Elle était lasse de cette existence misérable et des privations continuelles, lasse également de se ronger l'âme en débats de conscience. Petit à petit, ses économies avaient fondu... Bientôt elle n'aurait plus le choix : il lui faudrait chercher du travail, s'exposant ainsi à être reconnue, à subir de véritables interrogatoires sur son passé... ce qui remettrait tout en question. Tandis qu'avec cent mille dollars... En continuant d'appliquer les principes d'économie que lui avaient inculqués ces quinze dernières années, une telle somme lui assurerait l'aisance pour le restant de ses jours. Elle pourrait renouveler sa garde-robe, s'offrir de meilleurs repas, habiter un quartier convenable... et, peut-être, recouvrer un peu de la dignité qu'elle avait perdu en fuyant.

Elle endura une longue nuit d'insomnie, ressassant en pensée tout le problème et s'interrogeant sans répit : *Pourquoi continuerais-je à m'imposer un tel sacrifice ? Mais oui, pourquoi ?* Sans cesse retentissait encore à ses oreilles le suprême hurlement d'Audrey Elliott...

***

Le lendemain matin, Danny South eut l'agréable surprise de recevoir une visite.

— Alors, Darla, demanda-t-il, avez-vous pris une décision ?

— Oui, celle que je crois devoir prendre, finalement.

— C'est la perspective d'une fortune qui l'a emporté, en fin de compte, hein ? Eh bien, je ne puis que vous en louer. Cent mille avec — qui sait ? — un petit supplément...

— Je vais vous raconter toute l'histoire, dit avec lassitude Darla McVey. Je suis à bout. J'en ai assez de vivre avec ce tourment qui tient de la hantise.

— Vous allez donc parler sans aucune réticence ?

— Version intégrale, répondit-elle avec aigreur.

— Suffisamment pour lessiver J.J. une fois pour toutes ?

— Plus qu'assez. J'ignore si cela s'appellera un meurtre, une agression ou autrement... mais cela suffira.

Danny applaudit :

— L'affaire criminelle du siècle ! dit-il avec animation. Allons prendre l'air. Nous parlerons en nous promenant.

Ils quittèrent l'hôtel et se mirent à flâner au hasard des rues. Menée par Danny, Darla entreprit de raconter la scène fatale de jadis. Lui revenait même à l'esprit certains détails qu'elle croyait avoir oubliés. Le fait d'en parler ressuscitait tout le drame jusqu'aux dernières paroles de la jeune fille affolée. Ce compte rendu, Danny le lui fit répéter plusieurs fois. C'était bien la vérité qu'il avait depuis toujours soupçonnée. Et maintenant ses présomptions se vérifiaient par les révélations de l'unique témoin oculaire.

Leur promenade errante les entraîna hors de la ville, dans un parc, puis dans un petit bois de plus en plus épais, tandis qu'ils discutaient l'affaire point par point, envisageant les conséquences probables...

— Vous n'avez pas peur ? demanda Danny.

— C'est à *son* tour de trembler, à présent, rétorqua-t-elle.

— Vous n'irez pas vous rétracter à la dernière minute ?

— Non, répondit-elle d'une voix ferme. En dévoilant la vérité, j'ai soulagé ma conscience d'un poids énorme. Vous ne pouvez pas savoir combien cela m'a pesé durant toutes ces années. Vous ne sauriez imaginer à quel point je me sens déjà la conscience plus nette et l'âme apaisée.

Ils étaient à présent en un endroit écarté et désert. Un endroit infiniment tranquille au silence peuplé seulement par le gazouillis d'oiseaux perchés sur les hautes branches d'arbres séculaires.

— Quelle ironie du sort ! reprit Danny South. Figurez-vous que j'ai vu J.J. juste avant mon départ d'Hollywood. Nous nous sommes entretenus de cette fameuse mission à lui confiée par le Président. Ça vaut son pesant d'or pour J.J. Et savez-vous ce qu'il m'a offert ? Son poste directorial au studio pour toute la durée de sa mission à l'étranger. Une véritable aubaine !

— Ce fut là, j'en suis sûr, une forte tentation pour vous, dit Darla.

— Plutôt, reconnut calmement Danny. Mais il y avait anguille sous roche...

— Connaissant J.J., le contraire m'eût étonnée.

— *Danny,* m'a dit Millerman de but en blanc, *vous savez quelque chose à mon sujet. Et cette chose est également connue d'une tierce personne...* »

La voix de Danny avait à présent un timbre particulier, une intonation plus grave, semblait-il. Surprise, Darla s'arrêta pour le dévisager, d'abord avec curiosité, puis avec défiance.

— Savez-vous, Darla, que vous avez obsédé J.J. quinze années durant ? reprit Danny South. Il n'a jamais été tout à fait sûr de votre silence. Aujourd'hui, il ne peut supporter plus longuement une telle incertitude. *Retrouvez-la,* m'a-t-il dit en poursuivant son idée. *Tâchez de savoir si elle continuera à se taire, s'il existe quoi que ce soit qui puisse l'inciter à parler : je veux savoir, non pas si elle gardera le silence, mais bien si elle parlera un jour.* Puis il a conclu par ces mots : *Allez régler cette affaire, et votre prix sera le mien.*

Face à face, ils s'affrontèrent du regard. Peu à peu la frayeur était venue altérer les traits de Darla.

— Je suis sûr que nous nous comprenons, Darla, dit Danny South, le sourire aux lèvres.

Subitement ses mains sautèrent à la gorge de Darla qui n'eut même pas le temps de pousser un cri. Son agresseur la jeta sauvagement à terre, le visage soudain brutal et démentiel.

— Comprenez-vous, Darla ? dit-il encore d'une voix sifflante, cependant que ses dix doigts s'enfonçaient comme des serres dans le cou de sa victime et que ses genoux rivaient au sol le corps luttant avec l'énergie du désespoir. « *Devenir un grand cinéaste, Darla ! Songez donc à ce que cela représente pour moi. Pourriez-vous m'en blâmer ? Mourez tranquille, je saurai me maintenir à l'abri de tout soupçon. J'ai été à bonne école en voyant des tas de films policiers... Dans mon plan tout est prévu...* »

Déjà étranglée, elle ne se défendait plus. Sa tête inerte, retomba de côté. Danny South retira ses mains, puis, s'étant relevé, il recula d'un pas, le regard encore fixé à terre.

Soudain Sam Jaspers surgit d'un fourré et se précipita sur l'assassin en brandissant un couteau à cran d'arrêt, et, au moment où Danny faisait un brusque demi-tour, le forcené lui planta la lame dans la gorge en hurlant : « Et alors, l'amoureux lui porta un coup de poignard... puis un second... et un troisième... et le bandit s'écroula ! »

Danny s'affaissa, perdant tout son sang qui jaillissait par saccades de son cou affreusement tailladé tandis que la souffrance déformait son visage empreint de stupéfaction. Il roula sur un tapis de feuilles mortes où il se débattit dans les spasmes de l'agonie.

— « Ainsi périt le vilain », déclama funèbrement Sam Jaspers en lâchant le couteau. « Et alors, tout à sa douleur profonde, l'amoureux s'agenouilla auprès du corps meurtri de sa bien-aimée, approcha son visage du sien et posa délicatement un baiser sur ces lèvres si jolies mais que rien n'aurait pu ranimer. »

Sam Jaspers mit un genou en terre et se pencha vers son idole...

Murder and make-believe.
Traduction de Jean Laustenne.

COUP MONTÉ

par Frank Kane

1

La fille au micro avait une voix à vous flanquer des fourmis du haut en bas de la colonne vertébrale. C'était une grande rouquine roulée au moule dont le corps ondulait d'une manière émoustillante pendant qu'elle se balançait au rythme de la musique. Sa robe noire, au décolleté vertigineux, lui collait à la peau comme un maillot de bain humide.

Au bar, Johnny Liddell vissa une cigarette à ses lèvres et oublia de l'allumer. Il pouvait entendre la respiration haletante qui sifflait entre les dents du barman.

Le bourdonnement des conversations qui remplissait la salle quelques minutes plus tôt s'était transformé en murmure ; les verres restaient immobiles tandis qu'elle pétait le feu sur la scène.

La chanson soudain se termina et les lumières se rallumèrent dans la salle. Il y eut un instant de silence comme si les spectateurs reprenaient leur respiration, puis les applaudissements éclatèrent.

Johnny Liddell se retourna vers le bar, découvrit la cigarette sans feu qu'il avait à la bouche et la jeta par terre. Son verre était vide et il fit signe au barman de le remplir.

— Du premier choix, précisa-t-il en souriant.

— Cette môme-là, c'est vraiment une femme, répondit le barman en s'essuyant le front du revers de sa manche. Je la vois faire son numéro deux fois par soirée, sept soirs par semaine, et elle me fait encore le même effet.

— La salle est bondée, dit Liddell. Elle attire le public comme ça tous les soirs ?

Le barman, la bouche en cœur, laissa aller son regard d'une table à l'autre.

— Tous les soirs. Et rien que des clients pleins aux as ; pas un seul fauché dans toute la salle. Rien que des gens de la haute.

Sur la piste, la rouquine était encore en train de saluer. Liddell prit une autre cigarette et l'alluma. Il aspira une longue bouffée et rejeta la fumée par le nez. Puis, pivotant sur son tabouret, il loucha à travers la fumée et examina les visages qui entouraient la piste. Quelques-uns lui étaient familiers, des gens qu'il reconnaissait pour avoir vu leurs photos dans les rubriques mondaines. Le barman avait raison de dire qu'il n'y avait dans l'assistance, que le dessus du panier.

Finalement, les spectateurs laissèrent partir la rouquine. Elle se retourna et se dirigea vers les coulisses. Sa démarche elle-même était un spectacle de choix.

L'orchestre reprit. Au bout d'un instant, la porte des coulisses s'ouvrit, livrant passage à un homme vêtu d'un smoking serré aux hanches et bien rembourré aux épaules. Celui-ci contourna la piste, se fraya un passage parmi les tables, vint au bar où était assis Liddell et s'arrêta à son côté.

— Vous êtes bien M. Liddell ? La voix laissait percer une trace d'accent.

Liddell laissa tomber sa cigarette et descendit de son tabouret.

— Oui, c'est moi.

— Veuillez me suivre.

L'homme en smoking le mena à travers les tables jusqu'à l'entrée des coulisses.

Passés l'éclat et les lumières de la salle, il n'y avait qu'un long corridor sombre sur lequel ouvraient plusieurs portes et où flottait une odeur mêlée de transpiration et de parfums. Ils s'arrêtèrent devant une porte marquée d'une étoile dorée. L'homme en smoking frappa et dit :

— C'est Charles, Mona.

— Vous pouvez entrer, je suis présentable.

La fille rousse était assise sur une chaise face à une coiffeuse. Une demi-douzaine de photos et de télégrammes étaient coincés dans la moulure d'un miroir situé au-dessus de la table. La chevelure rousse de Mona tombait sur ses épaules et elle avait troqué sa robe collante pour une robe de chambre de soie noire. Le visage démaquillé, elle avait l'air frais et jeune. Ses lèvres semblaient humides et douces.

— Merci, Charles, dit-elle en congédiant l'homme en smoking avec un sourire, attendant pour poursuivre que la porte se soit refermée sur lui. Je suis contente que vous ayez pu venir, Liddell. J'ai besoin de votre aide.

Elle étudia carrément son visage et sembla satisfaite de son examen. Elle prit une longue boîte en argent sur sa coiffeuse, en sortit une cigarette ; puis elle en offrit une à son visiteur. Liddell, la prit, la renifla et la reposa.

— Je préfère les miennes, expliqua-t-il en portant la main à sa poche pour en sortir une de ses cigarettes. Vous dites que vous avez des ennuis ?

La rouquine se pencha en avant, et prit du feu.

— Pas encore. C'est pourquoi j'ai besoin de vous. Pour que vous veilliez à ce que je n'aie pas d'ennuis. (Elle laissa la fumée douce s'échapper entre ses lèvres entrouvertes.) Personne ne vous a vu venir ici ?

— Seulement le type que vous m'avez envoyé.

— Charles ? Ça ne compte pas. Elle se leva, alla à la porte, l'entrouvrit et parcourut du regard le corridor. Satisfaite de voir qu'il n'y avait personne en mesure d'entendre, elle repoussa le battant.

— Il faut que j'aie une conversation avec vous, mais ici, ce n'est pas possible. Vous pouvez venir me voir après le spectacle ?

— J'aimerais croire que c'est à cause de mon charme personnel, mais je pense que c'est une question d'affaires ?

La rouquine acquiesça.

— Ça en vaudra la peine.

Liddell attrapa une chaise et s'y assit à califourchon, les coudes posés sur le dossier.

— Je le parie volontiers, dit-il en souriant. Mais vous ne pouvez pas me dire un peu de quoi il est question ? Peut-être que je pourrais employer utilement les deux heures à venir.

La fille rousse mordit ses lèvres pleines, puis secoua la tête.

— Je veux que vous ayez tous les détails avant de commencer et je ne peux pas vous les donner ici...

Elle alla à l'endroit où il était assis et passa sa

main sur le revers du veston de Liddell. De la langue, elle se mouilla les lèvres jusqu'à ce qu'elles soient brillantes.

— Ici, on ne sait jamais si quelqu'un ne va pas entrer... et l'idée d'avoir du monde en ce moment me rend nerveuse.

Liddell haussa les épaules.

— Je marche... Où et quand dois-je vous rencontrer ?

— Chez moi, vers trois heures.

Liddell lui adressa un sourire.

— Ce n'est peut-être pas très courtois de vous le demander, mais, où est-ce, chez vous ?

— Je croyais que vous étiez détective ? murmura-t-elle. J'habite à Marlboro Towers, troisième étage.

Elle le fixa pensivement pendant quelques instants, porta la main à sa poche et en sortit une clef.

— D'ordinaire je ne distribue pas ainsi les clefs de mon appartement, mais vous comprendrez. Ceci n'est qu'une question d'affaires et d'autre part, je peux ne pas être là exactement à trois heures. Comme ça, vous pourrez attendre à l'intérieur.

Liddell empoigna la clef, puis la mit en poche.

— Vous n'aurez pas d'ennuis d'ici trois heures ?

— C'est vous qui y veillerez, répondit la fille.

— Moi ? Comment ?

Elle alla jusqu'à la coiffeuse avec la même démarche qu'elle avait eue en traversant la piste de danse. Du tiroir elle sortit un petit paquet.

— Vous allez prendre soin de ça pour moi. Rien ne peut m'arriver tant que vous aurez ce paquet. C'est une espèce d'assurance sur la vie.

Liddell prit le paquet, l'examina sans curiosité, puis le mit dans la poche de son veston.

— Pas de questions ? dit-elle en lui dédiant tout l'attrait de son regard.

— Pas de questions. A moins que vous ne vouliez que j'en pose...

Il repoussa sa chaise et se leva. La rouquine passa gracieusement ses doigts dans ses cheveux et regarda Liddell pensive.

— Vous êtes vraiment un homme, Liddell. Mon type d'homme, je crois.

— C'est quoi votre type d'homme, Mona ?

Elle haussa les épaules.

— Un homme qui sait qu'il y a un lieu et un temps pour chaque chose. Qui pose des questions quand on doit les poser... et qui sait attendre les réponses.

— Je suis du genre patient.

— Deux heures ce n'est pas très long, dit-elle en souriant.

Elle alla à lui, se dressa sur la pointe des pieds et pressa ses lèvres contre les siennes. Elles étaient aussi douces qu'elles le paraissaient.

— ... Pour vous faire prendre patience.

Il essaya de glisser le bras autour de sa taille, mais elle se dégagea de son étreinte, penchée en arrière en prenant appui sur la table.

— Je vous attends à trois heures, Liddell. Vous ne serez pas en retard ?

— Même pas si j'ai les deux jambes cassées, répondit Liddell avec un sourire en coin.

2

Sur l'avenue, le vent frais du soir agitait les auvents de toile des boîtes de nuit et cela semblait bon après l'atmosphère étouffante du bar. Liddell consulta sa montre, constata qu'il lui restait deux heures à tuer et décida que la nuit était propice à la marche. Il avait presque franchi un pâté de maisons quand un homme arriva à sa hauteur et lui tapa sur l'épaule.

— Ne te retourne pas trop vite, Liddell, lui ordonna une voix pleurnicharde. J'ai l'index très sensible.

Le type prit place à la droite de Liddell et un autre se matérialisa à sa gauche. Le type de droite déplaça l'imperméable posé sur son bras droit, et, dans les plis du vêtement, apparut le canon d'un 45.

— Tournons le coin, c'est une belle nuit pour aller se balader.

Son compagnon fouilla le veston de Liddell et en retira son revolver qu'il empocha.

— Qu'est-ce qui se passe ? demanda Liddell en regardant l'homme.

C'était un maigre et de petite taille ; les épaules soigneusement rembourrées de son veston ne pouvaient pas cacher combien il était mal bâti. Sa chevelure épaisse ondulait en vagues huileuses à partir d'une raie tracée bas qui laissait apparaître la blancheur du cuir chevelu. Ses lèvres blêmes étaient légèrement séparées comme s'il essayait de sourire, mais il n'y avait pas la moindre trace de sourire dans les yeux qui regardaient par-dessus un affreux nez de vautour.

— On va à une réception.

Liddell jeta un regard au 45.

— Il est difficile de vous refuser. Mais je vais me faire foutre dehors, je ne suis pas habillé pour aller à une réception.

Les lèvres minces pâlirent encore davantage.

— Tu es assez bien habillé pour celle-ci. C'est une réception du genre venez-comme-vous-êtes-c'est-sans-façon.

Ils tournèrent le coin de la rue et se dirigèrent vers une voiture stationnée quelques mètres plus loin dans un coin sombre. L'homme au revolver fit signe à son compagnon de s'installer au volant, puis Liddell et lui se glissèrent sur le siège arrière.

— Qu'est-ce que la fille t'a raconté, Liddell ? demanda l'homme au nez de vautour. D'après le ton de sa voix, on aurait dit qu'il se foutait pas mal que Liddell réponde ou pas.

— Qu'est-ce qu'elle devait me dire ?

L'homme au revolver sembla ignorer la question.

— Pour qui tu travailles dans ce coup ? Pour la compagnie d'assurances ?

Liddell parut y réfléchir, puis il secoua la tête.

— Pour personne. Elle m'avait donné des idées avec sa chanson ; je suis allé voir dans sa loge si je pouvais lui faire du rentre dedans. D'après l'accueil qu'elle m'a fait, je suppose qu'un tas de types avaient déjà eu la même idée que moi.

Il se tassa dans le coin et se débrouilla pour sortir de sa poche le paquet que la fille lui avait remis. Il pouvait sentir la sueur ruisseler sur son front tandis qu'il poussait le paquet derrière le siège.

Le type au nez crochu tendit le bras et attrapa Liddell par le revers de sa veste.

— Qu'est-ce que t'as à te tortiller comme ça ?

Son visage faisait une tache blanche dans l'obscurité de la voiture. Le canon de son revolver était pointé vers l'estomac de Liddell.

— J'essayais d'attraper mes cigarettes.

Il repoussa Liddell.

— O.K. Mais attrape-la avec deux doigts. Si tu sors autre chose qu'une cigarette, t'auras plus de main.

Liddell en sortit une et se la planta dans la bouche essuyant du revers de la main la lèvre supérieure, moite de transpiration. La lueur de l'allumette révéla les lèvres de l'homme au revolver, tordues dans un mauvais sourire.

— J'avais toujours pensé que vous, les détectives privés, vous étiez des durs. A la télévision vous avez vraiment l'air à la redresse. Pourquoi que tu transpires ? ricana-t-il en enfonçant le canon de son revolver dans les côtes de Liddell qui émit un grognement. A la télévision tu me faucherais mon pétard. Mais, ici c'est moi qui distribue... T'auras tout. Tout le chargeur...

Liddell fumait silencieusement en examinant les quartiers qu'ils traversaient. Ils quittaient les faubourgs à forte densité d'habitations et se dirigeaient vers la grande banlieue, parcourant de plus en plus de coins déserts. A peu près quarante minutes après avoir franchi le Pont Queensboro, la voiture quitta la route goudronnée pour emprunter un chemin de terre qui menait vers le Sound.

— Quel est le programme ? demanda Liddell.

L'autre rigola.

— Une baignade ; seulement tu t'en rendras même pas compte.

La bagnole s'arrêta dans un crissement de freins et le chauffeur se retourna sur son siège.

— Hook, tu ferais bien de lui tirer d'abord les vers du nez. Le patron voudra certainement savoir ce que la fille a dans la tête. Si elle est en train de vendre la mèche...

— Je sais, je sais, grommela Hook. Occupe-toi de ton volant. Laisse-moi prendre soin du mec. Dehors, ordonna-t-il en enfonçant son arme dans les côtes de Liddell.

— Et si je ne veux pas ?

— Alors, je te descends ici. Tout de suite. Faut

pas croire qu'on aura peur de saloper la bagnole. On s'en fout, elle est pas à nous.

Liddell hocha la tête, ouvrit la porte et sortit. Au moment où Hook se levait de son siège pour le suivre, Liddell tenta sa chance. Il attrapa la portière et la claqua derrière lui. Il entendit le cri de douleur du type qu'elle avait cogné à la tête et il se mit à courir.

Le sable paraissait coller à ses pas et ses chaussures lui semblaient peser cent kilos tandis qu'il détalait vers un bouquet d'arbres et de broussailles situé à une vingtaine de mètres. Son cœur tambourinait contre sa poitrine et son souffle se faisait haletant au moment où il atteignit le bosquet. De la voiture parvinrent une série de claquements secs et des balles sifflèrent au-dessus de sa tête, arrachant des éclats à un tronc, tout près de lui. Il plongea en avant et resta étendu.

Hook poussait des jurons aigus et hurlait des ordres au chauffeur. Liddell resta quelques instants immobile puis il écarta les broussailles. Hook et l'autre s'approchaient prudemment, revolver au poing. Liddell rampa, s'enfonçant au plus épais du fourré et se releva, caché derrière un arbre.

— On se sépare. Tu vas par là et moi par ici, ordonna Hook à son acolyte. Il n'a pas de pétard et il faut qu'on l'attrape.

— Le patron aimera pas ça, s'il se débine, fit le chauffeur.

— Il s'en tirera pas, promit l'autre.

Liddell entendit les branches craquer tandis que les deux hommes se frayaient un chemin à travers bois. Il se blottit derrière l'arbre, caché dans l'obscurité. A sa gauche, il voyait le chauffeur se diriger vers lui.

L'homme arriva à sa hauteur et Liddell bondit,

essayant de passer le bras autour de la gorge pour qu'il ne puisse pas crier, mais il manqua son coup. L'autre poussa un cri de surprise et se débattit mais Liddell l'avait empoigné par le bras qui tenait le revolver et le lui avait tordu derrière le dos et à présent, il maintenait le chauffeur devant lui comme un bouclier.

Un buisson, sur la droite, sembla s'enflammer. L'homme qu'étreignait Liddell se raidit, fut agité de deux soubresauts, puis il devint tout mou. Liddell entendit le craquement des branches sur le passage de Hook qui courait vers la voiture. Il laissa tomber le corps sur le sol et perdit de précieuses minutes à chercher dans l'obscurité le revolver du mort. Au moment où il le trouva, retentit le grondement de la voiture dont les roues patinaient dans le sable. Liddell se fraya un chemin dans les buissons et sortit du bouquet d'arbres ; il pressa la détente de son arme et vida le chargeur. Mais le moteur de la voiture vrombit et les pneus hurlèrent.

Il revint à l'endroit où il avait laissé le chauffeur, retourna le corps sur le dos et gratta une allumette. Une des balles de Hook avait frappé la gorge, y faisant un petit trou noir au-dessus du nœud de cravate et le sang avait giclé, laissant une trainée écarlate sur la chemise.

Une balle avait suffi.

Liddell regarda son bracelet-montre et grogna en voyant qu'il n'avait plus qu'une heure devant lui pour rejoindre la rouquine. Il alla à la route et marcha pendant une heure et demie, sans voir une seule voiture, avant de trouver un endroit d'où il était possible de téléphoner.

Quand il atteignit enfin un drugstore ouvert jour et nuit, l'appartement de la rouquine ne répondit pas. La fille du standard de Marlboro Towers ne se souvenait pas si elle avait vu ou non rentrer Miss Varden. Liddell raccrocha brutalement l'appareil, introduisit un nouveau jeton dans la fente et fit le numéro du quartier général de la police.

3

Il était presque quatre heures du matin quand Johnny Liddell sortit de l'ascenseur au troisième étage de Marlboro Towers. Il alla jusqu'à la porte de Mona Varden, porta la main à la poignée et ouvrit. Un flic en uniforme qui se tenait près de la fenêtre le regarda entrer sans montrer aucun signe d'enthousiasme.

— L'inspecteur Herlehy est là ? Je suis Johnny Liddell.

Le flic désigna du doigt une porte fermée.

— Il vous attend.

Une lampe de chevet allumée éclairait le lit d'une faible lueur ambrée. Mona Varden était étendue sur le couvre-lit rose. Un bras pendait jusqu'au parquet, l'autre était replié devant le visage comme pour parer un coup. Elle avait la gorge tranchée et une petite mare de sang s'était formée sur la carpette.

L'inspecteur Herlehy de la Brigade Criminelle se tenait à l'autre bout du lit et mastiquait son éternelle tablette de chewing-gum.

— Votre tuyau est arrivé trop tard, Liddell, grommela-t-il en désignant le corps d'un signe de tête. Elle était dans cet état quand mes gars sont arrivés.

— Pas d'indice sur l'assassin ? demanda Liddell.

L'inspecteur haussa les épaules et sortit une tablette de chewing-gum de sa poche qu'il mit en bouche.

— Les types du laboratoire sont au boulot. On pensait que vous pourriez peut-être nous aider.

— Sortons, dit Liddell.

Il précéda Herlehy dans le living room, s'assit dans un fauteuil et chercha une cigarette.

— Quels étaient vos rapports avec la rouquine ? demanda l'inspecteur.

— Je ne lui avais jamais parlé avant ce soir. Elle m'a appelé à mon bureau à six heures et m'a demandé de la rencontrer au Club après le spectacle de minuit.

Herlehy rejeta son chapeau en arrière sur la nuque.

— On doit pouvoir vérifier ça.

— Pinky, ma secrétaire, confirmera. (Liddell tira une longue bouffée de sa cigarette, l'ôta de la bouche et cracha un petit brin de tabac qu'il avait sur le bout de la langue.) Elle voulait de l'aide pour quelque chose. Elle ne voulait pas parler là-bas et m'a demandé de la retrouver ici.

— Ça ne tient pas debout, grogna Herlehy. Pourquoi ne t'a-t-elle pas demandé de la rencontrer avant de partir au Club, ou bien même directement ici après le spectacle. Pourquoi te faire aller dans cette boîte snob juste pour te dire de la retrouver ici ?

— Je ne sais pas, peut-être... (Liddell s'interrompit et fit claquer ses doigts.) Ça y est ! Elle voulait simplement me remettre le paquet pour que je le garde. C'est ça ! Le paquet !

— Ça éclaire tout ! grommela Herlehy. *Quel* paquet ?

— Il était à peu près comme ça, répondit Liddell en le décrivant du geste. Elle m'a dit que c'était une sorte de garantie qui lui permettrait de me rencontrer ici.

— Où il est, ce paquet ?

Liddell écrasa sa cigarette.

— Je l'ai collé derrière les coussins de la voiture dans laquelle ils m'ont emmené en balade. C'est...

— C'est foutu ! gronda Herlehy. Ils ont certainement planqué la bagnole et...

— Non, ce n'était pas leur voiture. Il y a de fortes chances que Hook l'ait abandonnée dès son arrivée en ville.

Herlehy appela le flic en uniforme.

— Notez ça et téléphonez après, je veux que ça soit immédiatement transmis par radio. Donne-lui les détails, ajouta-t-il à l'adresse de Liddell.

— C'était une voiture noire... ou bleu sombre. Je crois bien que c'était une Lincoln 1953. Il se peut qu'il y ait quelques trous faits par des balles à l'arrière. J'ai vidé tout un chargeur dessus. La police locale a identifié le cadavre du conducteur ?

Herlehy secoua la tête.

— Pas encore, mais on y arrivera. Et ce type, Hook, tu le connais ?

— Il me semble que j'en ai entendu parler. Donne-moi deux heures et le dossier des surnoms, et je l'identifierai. Je n'oublie jamais un visage.

On frappa à la porte et le flic en uniforme alla ouvrir. Un homme grand et vêtu avec recherche se tenait dans l'entrée, un chapeau à larges bords à la main. Il regarda curieusement autour de lui, surpris par la vue d'un flic en uniforme et fronça les sourcils en voyant les deux autres.

— Je suis Lee Morton, du *Dispatch*, déclara-t-il à la ronde. J'ai rendez-vous avec Mona Varden.

— Lee Morton... Vous tenez la rubrique des potins ? demanda Herlehy.

Morton acquiesça. Ses petits yeux brillants fouillaient la pièce sans rien laisser passer.

— Mona Varden m'a téléphoné, elle m'a dit de

venir cette nuit. Qu'elle avait une histoire formidable pour moi.

— Vous avez une idée de cette histoire ? demanda Herlehy.

Le journaliste fit la moue et secoua la tête.

— Elle ne voulait pas en parler au téléphone. Elle avait souvent de bons tuyaux pour moi et je venais les chercher ici.

— Pourquoi ? Vous étiez au Club cette nuit, lui dit Liddell. Je vous y ai vu.

Morton eut un sourire triste.

— J'y suis presque tous les soirs. Ça fait partie de mon boulot. Mais si on avait vu Mona me parler, on l'aurait rendue responsable de tout ce que j'écris. Vous êtes Johnny Liddell, hein ? dit-il encore en levant sur le détective un regard indifférent.

Liddell acquiesça.

Le journaliste se tourna vers l'inspecteur.

— Je ne voudrais pas paraître curieux, Inspecteur, mais je peux peut-être quand même vous demander ce qui se passe ? Après tout, ce n'est pas ordinaire d'avoir rendez-vous avec une chanteuse de cabaret et de trouver la police et le plus connu des détectives privés en train de jouer les chaperons. Où est Mona ?

Liddell releva les sourcils comme s'il réfléchissait.

— Juste maintenant, on doit être en train de la mettre dans un tiroir à la morgue.

Morton en laissa échapper son chapeau gris qui roula sur le sol. Il le ramassa, l'épousseta d'un geste mécanique de la paume de la main.

— C'est vrai ? demanda-t-il en se tournant vers Herlehy,

L'inspecteur acquiesça.

— Qui est l'assassin ? demanda le journaliste.

— C'est ce qu'on est en train de chercher, Morton, grogna l'inspecteur. Pour le moment, on est descendu à neuf millions de suspects, mais demain on pourra peut-être en éliminer encore quelques-uns.

4

Aux bureaux de la Police, l'inspecteur Herlehy, affalé dans un fauteuil, regardait Johnny Liddell feuilleter patiemment un à un les dossiers de photos. La porte s'ouvrit et un officier de police en uniforme entra.

— Trouvé quelque chose ? demanda Herlehy.

— Je ne suis pas sûr, Inspecteur. On a examiné tous les dossiers de surnoms, puis ceux des hommes de petites tailles seulement. Ça nous a amenés à seize suspects. Dans les fiches classées par façon d'opérer, on a sorti celles des types connus pour être armés d'un 45 et ça nous a ramenés à trois types. Il y en a un de mort, un autre en taule à San Quentin, et ça ne semble pas être celui-ci, dit-il en tapotant une carte du doigt.

Liddell leva le nez de ses dossiers.

— Pourquoi pas ?

— Il n'a jamais tué. On l'a coffré plusieurs fois pour des casses de bijouteries et des hold-ups, mais il s'est jamais servi de son feu. (Il regarda la carte.) Il s'appelle Lou Eastman. Surnommé Hook.

Liddell jura à mi-voix et fit claquer ses doigts.

— Je vous ai dit qu'il me semblait familier. Vous vous rappelez l'affaire des bijoux Van Deventer, il y a sept ans ? Notre agence était dessus. Eastman était dans le coup, mais au procès, il s'en est tiré.

Il alla à la rangée de classeurs, ouvrit un tiroir, parcourut les photos, en sortit une et l'examina d'un air renfrogné :

— C'est bien lui, inspecteur. Lou Eastman, dit Hook.

Herlehy adressa un signe de tête au policier en uniforme, se leva et alla jusqu'au distributeur d'eau fraîche accroché au mur. Il se servit à boire puis jeta le gobelet de carton dans une corbeille à papiers.

— Vous en êtes sûr, Liddell ? Je me souviens de cette petite fouine. Je ne peux pas croire que c'est un tueur. Trop foireux pour ça.

— Il s'est débiné, hein ? C'était bien Eastman.

— Ça peut pas faire de mal d'avoir une conversation avec lui, concéda Herlehy. (Il alla à son bureau, pressa un des boutons du téléphone.) Faites passer un avis de recherche, le type s'appelle Hook Eastman, suspecté d'attaque à main armée. Prenez son signalement à l'identité judiciaire. J'arrive pas à voir le rapport qu'il peut y avoir entre un spécialiste du vol à main armée et une fille comme Mona Varden avec la gorge tranchée, dit-il après avoir raccroché.

— On a des nouvelles de la bagnole ?

Herlehy secoua la tête.

— Pas encore. Mais on la trouvera si elle est en ville. Je ne pense pas qu'une crapule des rues comme Eastman abandonne la bagnole en pleine campagne et se débrouille pour revenir en ville. C'est le genre de gars qui ne se sent en sécurité qu'à proximité d'une bouche de métro ou d'égout où il peut disparaître.

Il était presque midi quand le téléphone sonna, réveillant l'inspecteur Herlehy dans son bureau. Il décrocha et grogna quelques mots.

Liddell se retourna sur le divan.

— Qu'est-ce que c'est ? fit-il en bâillant.

— La brigade de la circulation a découvert la

bagnole dans Canal Street il y a environ une heure. Les services de l'Identité Judiciaire ont recherché des empreintes. Ils ont fait chou blanc.

Liddell fit glisser ses jambes à bas du divan et s'assit.

— Et le paquet ?

— Ils l'ont trouvé derrière les coussins. On l'amène.

Quelques instants plus tard, un agent de la circulation entra. Il adressa en souriant un salut à Liddell et jeta sur le bureau de l'inspecteur un paquet d'aspect familier, enveloppé de papier brun.

— On l'a trouvé exactement où vous aviez dit, inspecteur, déclara Hennessy.

Herlehy hocha la tête. Il ramassa le paquet, le retourna avec curiosité puis cassa la ficelle.

— Voyons donc la cause de toutes ces histoires...

Il enleva le papier et l'on vit un petit sac de toile dont l'ouverture était cousue très lâche. Du doigt il cassa le fil et versa le contenu du sac sur son bureau.

Une cascade de diamants de toutes tailles inonda le dessus du bureau.

— Ça alors ! fit Liddell.

Herlehy fouilla d'un doigt nerveux le tas de bijoux.

— Enfin, ça veut dire quelque chose. Voilà qui explique le rôle d'Eastman.

Il ramassa une des plus grosses pierres, la mit en pleine lumière et eut un murmure appréciateur.

— C'est bien le paquet que la fille Varden vous avait remis la nuit dernière ? demanda-t-il en remettant les pierres dans le sac.

Liddell acquiesça,

Herlehy fouilla dans son tiroir et en sortit un

rouleau de sparadrap avec lequel il ferma hermétiquement le sac qu'il reposa sur son bureau.

— Vous en tirez les mêmes conclusions que moi, Johnny ?

— La série de vols de bijoux ?

Herlehy fit oui de la tête.

— Ça se tient. La plupart des victimes étaient des gens qui fréquentaient les boîtes de nuit. Qui peut se trouver dans un meilleur coin pour indiquer les coups ? Mona Varden tandis qu'elle se pavanait dans la salle pouvait jeter un bon coup d'œil à la quincaillerie qu'étalaient les dames. Après elle n'avait qu'à les signaler à quelqu'un.

— Eastman ?

Herlehy réfléchit puis secoua la tête.

— Non, pas Eastman. Il fallait que ce soit quelqu'un qui soit là tous les soirs et qui pouvait y être sans se faire remarquer. Eastman ne pouvait pas. En tant qu'ancien bagnard, dans un coin comme ça, il se serait vite fait repérer.

— Les types du laboratoire n'ont rien découvert dans la chambre de Mona Varden ? demanda Liddell.

Herlehy secoua la tête.

— Un bonhomme qui ne pouvait pas dormir a vu quelqu'un frapper à la porte mais ce n'était que Morton, le journaliste. On le savait. A part ça, rien. Si on pouvait trouver Eastman et le secouer un bon coup pour savoir qui lui avait donné l'ordre de te ramasser...

— Pourquoi on prendrait pas les choses dans l'autre sens ? Qui savait que j'allais voir Mona Varden ? Seulement le maître d'hôtel, le gars qui s'appelle Charles. C'est lui qui a dû renseigner Eastman.

Herlehy sembla pensif.

— Un maître d'hôtel, hein ? Ça peut coller dans le tableau. Il est au Club, tous les soirs, c'est peut-être à lui que Mona indiquait... (L'inspecteur grogna et secoua la tête.) Ça ne va pas. Supposons que Mona indiquait les coups. Elle décide de les doubler et de garder un paquet de bijoux pour elle. Ça ne tient pas debout qu'elle ait laissé savoir au patron à qui elle les confiait. »

Liddell se pinça le nez.

— Sauf si Charles et Eastman avaient décidé de doubler le grand patron. Ils pouvaient s'en tirer encore mieux en lui disant que Mona allait lâcher le morceau.

Herlehy grogna :

— La seule façon de le savoir c'est de leur demander. Je les fais rechercher tous les deux. Nous les trouverons et quand on les aura, ils répondront à quelques questions.

5

Le réceptionniste de l'hôtel où logeait Liddell lui tendit une enveloppe.

— Il y a une lettre pour vous, Monsieur. Vos amis ont été désolés de vous manquer. Ils ont demandé s'ils pouvaient vous laisser un message.

Liddell ouvrit l'enveloppe, qui ne portait d'autre mention que son nom, et en sortit une feuille de papier pliée en deux. Elle était blanche. Il grogna à mi-voix, attrapa le registre des entrées et s'assura qu'il n'y avait pas eu d'arrivées et qu'aucune nouvelle personne n'occupait une chambre adjacente à la sienne.

— Comment étaient-ils, mes amis ? demanda-t-il.

— Je n'en ai vu qu'un. Il avait une légère pointe d'accent...

Liddell grommela.

— J'espère que tout va bien, Monsieur Liddell, ajouta l'employé.

— Je le souhaite.

— Je n'ai évidemment pas indiqué le numéro de votre chambre. Jamais je...

Liddell s'arrêta et lui adressa un sourire sans joie.

— Vous ne lui avez pas donné le numéro de ma chambre. Vous vous êtes contenté de poser l'enveloppe dans ma case numérotée...

Il lui tourna le dos et se dirigea vers l'ascenseur.

Au sixième étage, il regarda de tous côtés, puis satisfait de voir qu'il n'y avait personne dans le corridor, il alla à sa chambre. Là, il mit l'oreille contre sa porte. Aucun bruit.

La serrure ne semblait pas avoir été forcée mais on n'avait pas besoin d'être serrurier pour se rendre compte que ce type de verrou pouvait aisément être ouvert à l'aide d'un fil de fer tordu. Liddell introduisit sa clef et la tourna. Il ouvrit la porte et s'aplatit contre le mur, attendant une indication quelconque de la présence d'un de ses « amis » à l'intérieur.

Finalement il jeta un coup d'œil par l'embrasure de la porte. La chambre avait été fouillée de fond en comble. On avait vidé le contenu des tiroirs sur le parquet, les coussins du divan et des fauteuils avaient été éventrés.

Liddell fit un pas en avant. Il aperçut alors Charles, le maître d'hôtel du Club, assis dans un fauteuil. Un sourire glacé sur les lèvres, il fixait Liddell sans ciller. Il avait la gorge ouverte d'une oreille à l'autre.

6

Tard dans l'après-midi, Johnny Liddell, assis dans son bureau de la 42e Rue, regardait par la fenêtre le Bryant Park. Il pivota en entendant s'ouvrir la porte et adressa un sourire à sa secrétaire rousse qui apportait toute une pile de courrier.

— Vous feriez bien de signer ça pendant que vous pouvez encore écrire. Il y a des lettres vieilles d'une semaine, dit-elle en jetant le tout sur le bureau. Vous avez vu le journal du soir ? Lee Morton vous casse quelque chose dans sa rubrique. Il dit que la meilleure façon de se débarrasser d'un client est de le laisser se faire assassiner. Il se demande dans quel genre d'entreprise vous allez vous lancer après ça.

Liddell grogna, attrapa un stylo, et se mit à signer son courrier.

— Il croit qu'on lui cache quelque chose. De toutes façons c'est un cabotin.

Pinky fit la moue.

— Peut-être, mais un type comme ça pourrait être utile. A cause de son boulot il connaît tous les gens qui fréquentent le Club. N'oubliez pas qu'il y est presque tous les soirs.

Liddell haussa les épaules.

La rouquine ramassa les lettres et vérifia qu'il les avait bien signées.

— Mon intuition féminine me dit que vous avez un atout dans la manche. (Ses yeux allèrent des lettres au visage de Liddell.) Ça n'irait pas à votre genre de beauté d'avoir la gorge tranchée.

Il allait répondre quand on frappa violemment à la porte. Il mit un doigt sur la bouche, ouvrit le tiroir de son bureau, en sortit un 45 et alla à la porte, la main tendue vers la poignée.

Il fut presque déséquilibré par la violence avec laquelle s'ouvrit le battant. Une femme entra, claqua la porte derrière elle et s'y adossa.

Elle était jeune et blonde. La pâleur générale de son visage faisait ressortir les parties qu'elle avait maquillées. Elle portait une jupe et un chandail vert-nil bien remplis. Son regard alla de Liddell à la rousse puis de nouveau à Liddell. De sa main aux doigts fuselés elle remit en place une mèche folle, essayant désespérément de reprendre son sang-froid et semblant presque y parvenir.

— Il faut que je vous parle, Monsieur Liddell, fit-elle en haletant.

Liddell l'examina puis il désigna un siège d'un signe de tête. Il alla jusqu'au petit bureau de sa secrétaire, ouvrit la porte du corridor pour vérifier qu'il n'y avait personne. Puis il passa son 45 dans sa ceinture et regagna son propre bureau.

— Je vous connais ?

La blonde secoua la tête.

— J'étais l'amie de Charles. Je tenais le vestiaire au Club.

Liddell s'assit sur son bureau et lui fit signe de continuer.

— C'est vrai que Charles est mort ? demanda-t-elle en se passant la langue sur les lèvres.

— Tout à fait mort. Vous savez qui l'a descendu ?

— Tout ce que je sais c'est que c'est exactement comme pour Mona. Maintenant ça va être mon tour. (D'une main tremblante elle porta une cigarette à sa bouche écarlate.) Ils sont probablement déjà après moi.

Liddell lui donna du feu et attendit qu'elle ait tiré une bouffée.

— Qui ça *ils* ?

— Je ne sais pas.

Liddell la fixa pendant quelques instants puis passa derrière son bureau.

— Commençons par le commencement. Vous étiez l'amie de Charles. Comment vous appelez-vous ?

— Bea Clarke, dit-elle en écrasant sa cigarette. Ne les laissez pas me tuer, Monsieur Liddell. Protégez-moi.

Liddell acquiesça.

— Vous étiez dans le coup pour les bijoux ?

La fille se mouilla les lèvres et opina de la tête.

— Qui était le grand patron, Bea ?

Elle fit un geste d'ignorance.

— Je n'en sais rien, je vous jure. Il n'y avait que Mona qui le connaissait.

— Et Charles ?

— Non, seulement Mona.

Liddell tapota le bord de son bureau.

— Vous connaissez Hook Eastman ?

La fille se cacha le visage dans les mains et se mit à sangloter.

— Il faisait partie de la bande. C'est lui qui avait fait le dernier coup, dit-elle en levant son visage mouillé de larmes. Le grand patron signalait à Mona qui devait être attaqué...

Pinky apporta deux verres et une bouteille de whisky et servit à boire à la fille.

— Ça se tient, concéda Liddell. Mona n'aurait pas pu repérer de la piste si les bijoux n'étaient pas du toc. Donc le patron devait se faire voir, ajouta-t-il les sourcils froncés. Continuez, et après ?

— Mona me faisait savoir quels bijoux il fallait voler. Charles s'occupait alors du vestiaire et je sortais prendre l'air. Je devais être au coin de la rue au moment où la victime sortait. Eastman, plus bas dans la rue, attendait que je la lui désigne.

Liddell se remplit un verre.

— Et si plusieurs femmes sortaient en même temps. Comment savait-il laquelle attaquer ?

La fille but une longue gorgée de whisky et toussa.

— Si j'arrangeais le côté gauche de mon chapeau, c'était la femme de gauche, si je touchais au côté droit, la femme de droite.

— Qu'est-ce qui s'est passé la nuit dernière ? Comme se fait-il que Charles soit venu chez moi ?

— Le patron a téléphoné à Charles. Il venait juste de quitter l'appartement de Mona et les bijoux n'étaient pas chez elle. Eastman lui avait pourtant apporté un paquet de bijoux avant le spectacle de minuit. Charles lui a parlé de votre visite à la loge de Mona. Il a pensé que vous aviez laissé les bijoux chez vous. Ils y sont allés... C'est la dernière fois que j'ai vu Charles, conclut-elle en s'essuyant les yeux.

— Vous ne savez pas avec qui il est parti ?

Bea secoua la tête.

— Charles devait rencontrer le patron devant votre hôtel ; il avait reçu l'ordre d'y aller seul.

Liddell se leva et arpenta la pièce. Quelques instants plus tard, il s'arrêta à côté de Bea.

— Vous feriez mieux de vous cacher pendant quelque temps. Pinky, peux-tu t'occuper d'elle jusqu'à ce que j'aie débrouillé cette affaire ?

— Bien sûr, répondit Pinky. Mais qu'est-ce que vous allez faire ?

— D'abord je vais améliorer mes relations avec la presse. Je pense que Lee Morton acceptera plus volontiers de coopérer avec moi si je lui amène deux tuyaux exclusifs.

— Lesquels ?

— Le nom de l'assassin et celui du patron du gang des bijoux. Tu emmènes Bea chez toi, Pinky.

Je resterai en contact avec toi, dit-il en saisissant le bras de sa visiteuse pour lui faire quitter son siège.

Quand la porte du hall se fut refermée, Liddell décrocha le téléphone et fit le numéro du *Dispatch*.

— Je voudrais parler à Lee Morton, dit-il à la standardiste.

Un moment plus tard, il entendit la voix du journaliste.

— Morton ? Ici Johnny Liddell.

— Qu'est-ce que vous voulez ? Faire du foin pour mon article d'aujourd'hui ? demanda Morton avec nonchalance.

— J'ai la peau épaisse, ça m'est égal qu'on essaie de m'égratigner, lui assura joyeusement Liddell. Il n'y a pas de raison pour qu'on ne soit pas amis. On peut s'entraider, vous et moi.

— Comment voulez-vous m'aider ?

— Je pourrais avoir une bonne histoire pour vous. Une information exclusive.

Le ton du reporter ne changea pas.

— Et quand changerez-vous de ligne de conduite à mon égard ?

— Vous êtes un type méfiant. Pour vous prouver ma bonne foi, je vais vous donner un petit tuyau. Bea Clarke, la petite amie du maître d'hôtel qui s'est fait égorger dans mon appartement, va se livrer à la police ce soir à dix heures.

La voix du journaliste semblait prudente.

— Alors ?

— Alors, elle va se mettre à table et déballer tout ce qu'elle sait sur les vols de bijoux. Comment les coups étaient montés, qui les indiquait, qui faisait les hold-ups, tous les détails.

Morton sembla davantage intéressé.

— Maintenant vous commencez à exciter ma

curiosité. Personne d'autre que moi n'est renseigné ?

— Personne. Je vous réserve mes informations. On peut même s'arranger pour qu'elle vous voie avant de se livrer aux flics.

— C'est d'accord, Liddell. Je marche avec vous. Quoi d'autre ?

— Je sais où découvrir la preuve positive qui nous désignera l'assassin de Mona. Je vous passerai également le tuyau. Bea me l'a indiqué en parlant, sans se rendre compte de l'importance de ce qu'elle disait...

La voix du journaliste l'interrompit avec impatience.

— Qu'est-ce que c'est ?

— Je vais faire mieux que vous le dire. C'est dans l'appartement de Mona. J'y vais tout de suite, vous voulez m'accompagner ?

— Ne bougez pas, je viens vous chercher à votre bureau.

7

Liddell et Morton sortirent de l'ascenseur à l'étage de l'appartement de Mona. Liddell examina le couloir et ouvrit la porte de l'appartement avec une clef qu'il prit dans la poche de sa veste. La porte s'ouvrit sans bruit. Il fit passer le journaliste devant et referma sur eux.

Liddell sortit une lampe de poche, éclaira la pièce jusqu'à la porte de la chambre à coucher. Il fit signe à Morton de le suivre et alla à la pièce où l'on avait découvert le corps. Apparemment sûr de lui, il alla directement à la tête du lit et en éclaira la frise décorative puis il se pencha pour l'examiner de plus près.

— Vous voyez, pour voir si quelqu'un étendu sur le lit est bien mort, il faut se pencher. Quel est le geste le plus naturel ? Vous vous tenez à ce panneau pour garder l'équilibre. Juste ?

Morton parut y réfléchir et acquiesça :

— Ça me semble bien possible.

— O.K. Notre tueur a cru se montrer malin et a effacé les empreintes qu'il avait pu laisser, dit Liddell en dirigeant le rayon de sa lampe sur la frise. Mais il y a quatre-vingt-dix-neuf chances sur cent qu'il ait oublié qu'il avait posé la main sur ce panneau. Et c'est à cause de ça qu'on le prendra.

— La police est au courant ?

Liddell secoua négativement la tête.

— Pas encore. Je voulais examiner ça avant d'appeler Herlehy. A présent je suis convaincu que les empreintes de l'assassin se trouvent là.

Ils retournèrent au living-room.

— Vous montez la garde ici, Morton. Moi, je vais chercher Bea Clarke et l'inspecteur.

— Pourquoi amener la fille ?

— J'ai idée qu'elle est venue ici et a trouvé le corps. On peut trouver ses empreintes et les miennes car je me suis penché au-dessus du lit. Il faudra éliminer ces empreintes-là.

Morton opina de la tête.

— Vous pensez être revenu avant l'arrivée de Herlehy ?

— Je ne sais pas. Il vaut mieux que je lui laisse un mot pour lui dire où les gars du laboratoire doivent rechercher des empreintes. Vous avez un crayon ?

Il prit le crayon à l'aniline que lui tendait le journaliste, ramassa sa lampe de poche.

— Je vais voir par où ils doivent commencer à chercher. Après on n'aura plus à attendre et vous aurez votre édition spéciale.

Liddell disparut dans la chambre à coucher et en revint quelques minutes plus tard avec une feuille de papier pliée en deux.

— Donnez ça à Herlehy quand il arrivera.

8

Vingt minutes plus tard, Lee Morton ouvrait la porte à l'inspecteur Herlehy et à l'équipe du laboratoire.

— Où est Liddell ? grommela Herlehy. Il m'a appelé, me disant de venir ici d'urgence pour attraper un assassin. Il vaudrait mieux pour lui que ça ne soit pas encore un de ses tours d'écervelé.

Morton haussa les épaules et tendit la feuille pliée à Herlehy.

— Il a laissé ça pour vous au cas où vous seriez arrivé ici avant lui.

Herlehy lut le mot en fronçant les sourcils d'un air déconcerté.

« Faites examiner par les hommes du laboratoire la partie supérieure droite du panneau situé à la tête du lit. Chercher les empreintes de l'assassin.

Il regarda les policiers en civil d'un air renfrogné.

— Qu'est-ce que t'en penses, Ed ? Tes gars ont déjà examiné cette partie du lit ?

Le plus petit des deux détectives haussa les épaules.

— Je crois. Mais, de toute façon, ça fera pas de mal de vérifier. Pourquoi ce coin-là en particulier ?

Morton répondit :

— Liddell croit que l'assassin s'y est appuyé quand il s'est penché sur le corps de Mona.

Le flic en civil sembla réfléchir, haussa les épaules et se dirigea vers la chambre à coucher.

— On va voir ce qu'on peut en tirer.

Herlehy ôta son chapeau et le posa sur la table.

— Liddell a dit combien de temps il serait absent ?

— Non, il a dit qu'il allait chercher Bea Clarke, la petite amie du maître d'hôtel. Elle doit se livrer à la police ce soir (il consulta sa montre) à temps pour ma première édition, j'espère.

— Vous aurez des tas de nouvelles ce soir, dit l'inspecteur. On a attrapé Eastman, le type qui maniait le pétard dans les vols de bijoux. Avec la fille et lui, on va pouvoir commencer à reconstituer l'histoire.

Liddell ouvrit la porte et entra. Il adressa un sourire à l'inspecteur.

— Je suis content que vous soyez là.

— Où est la fille ? demanda Herlehy.

— Elle m'a battu d'une longueur. Elle avait peur de subir le même traitement que Charles et elle s'est livrée à la police il y a une heure.

Lee Morton, d'un bond, se mit debout.

— Alors tous les reporters de la ville sont au courant. Vous m'aviez promis un reportage exclusif, Liddell !

— Ne vous emballez pas, Morton. J'en ai un meilleur pour vous. Je vous ai promis de découvrir l'assassin et je tiendrai ma promesse. Les gars ont fini ? demanda-t-il à l'inspecteur.

— Vous occupez pas des gars, grogna Herlehy. Comment pensez-vous faire pour nous livrer l'assassin. Vous savez qui c'est ?

Liddell acquiesça.

— Le voici, inspecteur, dit-il en désignant Morton.

Le journaliste marcha vers Liddell en écumant :

— Vous pouvez faire tourner la police en bourrique, Liddell, mais moi, je ne me laisse pas faire. Je ne sais pas où vous voulez en venir, mais vous ne vous en tirerez pas. Quand j'en aurai fini...

Liddell sourit en repoussant à l'intérieur de la pièce Morton qui esquissait une sortie :

— Oh ! ça va ! Le numéro de l'innocence insultée, c'est plutôt usé.

Le regard d'Herlehy alla du détective privé au journaliste puis revint à Liddell.

— Vous êtes cinglé ? Pourquoi aurait-il tué Mona Varden ?

— Elle le plaquait, lui et sa bande. Elle avait un colis de bijoux à lui remettre, mais elle avait décidé d'en faire le prix de son silence. Il a tué Charles parce qu'il a dû lui révéler son identité pour essayer de savoir ce que Mona avait fait des bijoux. C'est Morton qui était le grand patron, inspecteur.

Le journaliste se tourna violemment vers Herlehy :

— Ou bien vous sortez ce dingue de mon chemin, inspecteur, ou bien je vous tiendrai pour aussi responsable de tout ça que lui.

La porte de la chambre s'ouvrit. Un des types du laboratoire allait dire quelque chose, mais Liddell l'arrêta d'un geste.

— Vous savez que vous allez devoir prouver tout ça, Johnny ? lui déclara Herlehy.

— Et comment qu'il va devoir donner une preuve, Herlehy. Vous pouvez encore vous en tirer, dit Morton avec rage.

— Apportez-moi une serviette humide, demanda Liddell aux policiers en civil.

Ils regardèrent l'inspecteur qui acquiesça. L'un d'eux disparut dans la salle de bain et en revint avec une serviette mouillée qu'il tendit à Liddell.

— Vous voyez, Herlehy, je savais qu'il fallait amener l'assassin à s'exposer et je lui ai tendu un piège. Je lui ai dit qu'il y avait des empreintes sur le panneau décoratif à la tête du lit de Mona. Aucun assassin n'aurait pu résister à la tentation de les effacer. Pendant que j'étais parti, Morton l'a soigneusement essuyé.

— Essayez de le prouver, aboya le journaliste. Essayez donc.

— D'accord, mon pote.

Liddell alla au journaliste et lui frotta la main droite avec la serviette humide. La main devint pourpre.

L'inspecteur considéra quelques instants le phénomène puis gronda :

— Qu'est-ce que ça prouve ?

— Les gars, dites à l'inspecteur ce que vous avez trouvé dans la frise.

— Pas d'empreintes, répondit le plus petit des deux détectives, mais tout le bois sculpté a été rempli de poussière de crayon indélébile à l'aniline. Celui qui a essuyé la frise a dû s'en coller plein les mains. A l'instant où l'on mouille les mains recouvertes de cette poussière, dit-il en regardant Morton, elles deviennent pourpres.

Le journaliste jura, se rua vers Liddell en lui envoyant un coup de poing dans la figure. Son second coup n'eut pas le temps d'arriver. Liddell le bloqua d'un crochet à la mâchoire puis le cueillit en plein dans l'estomac. Un direct brutal le fit pivoter et il heurta la table. Liddell l'attrapa par l'épaule, l'obligeant à se retourner, et lui envoya une droite qui le fit voltiger au-dessus du meuble. Il retomba de l'autre côté et ne bougea plus.

— Arrêtez de le bousculer, grogna Herlehy, on a des recettes spéciales pour ça au poste. Vous feriez mieux de me mettre dans le coup avant qu'il revienne à lui.

— Bon, on était tous les deux d'accord que l'assassin et le chef de la bande des voleurs de bijoux ne faisaient qu'un. Il fallait que ce soit quelqu'un qui soit présent au Club tous les soirs, hein ?

Herlehy d'un signe de tête l'engagea à continuer.

— Comme vous l'avez dit, la police des boîtes de nuit aurait vite repéré un gars qui se serait montré tous les soirs dans la même boîte. Mais personne n'aurait fait attention à un reporter puisque ça fait partie de son boulot d'être là.

— Tout à fait juste, mais pourquoi Morton ? Pourquoi pas une demi-douzaine d'autres journalistes ?

— Son train de vie. Tout le monde sait bien que le *Dispatch* rapporte plus de célébrité que de billets de banque. Et pourtant Morton portait les costumes les plus coûteux, s'offrait les voitures les plus chères. Seule une combine rapportant gros pouvait permettre un tel train de vie.

De la main, Herlehy se caressa le menton.

— Pourquoi ces meurtres ?

— Mona voulait tout plaquer et garder les bijoux pour elle. Morton ne savait pas qu'elle m'avait remis les bijoux jusqu'au moment où il l'a refroidie et a découvert qu'ils ne se trouvaient pas chez elle. Il a appelé Charles pour faire fouiller mon appartement. Puis il a réalisé qu'il s'était mis ainsi à la merci de Charles, alors il l'a effacé. Tuer c'est comme le reste, il n'y a que le premier pas qui coûte.

Herlehy l'interrompit d'un geste.

— Mais pourquoi est-il retourné à l'appartement de Mona cette nuit-là ? On n'aurait même pas su qu'il la connaissait.

Liddell sourit.

— Ça, c'est un coup de maître. Vous vous souvenez, vos gars avaient déniché un témoin qui avait vu Morton frapper à la porte de Mona. On a évidemment pensé que c'était la fois où il nous y avait trouvés. C'était ce qu'il voulait nous faire croire. En fait, le type l'avait vu la première fois qu'il était venu, la fois où il avait tué Mona.

Herlehy jeta un coup d'œil sur le parquet où le journaliste gémissait en reprenant lentement conscience. Il fit signe à un de ses hommes de lui passer les menottes.

— Ça colle ? demanda Liddell en souriant.

— C'est un peu schématique dit l'inspecteur, mais ça collera. Avec le relevé de son compte en banque et ce qu'Eastman nous racontera, on aura une accusation assez solide.

Liddell essuya du revers de sa manche la transpiration qui lui mouillait le front.

— Où est-ce qu'un gars peut trouver un verre dans le coin ? Et en combien de temps ?

Herlehy adressa un clin d'œil à ses hommes.

— Emmenez Morton et bouclez-le. Je vais offrir un verre à Liddell.

Liddell le fixa longuement.

— Un policier ? offrir un verre ? C'est la chose la plus immorale que j'ai entendue de la journée.

Big steal.

D'après la traduction de Jean Godart.

ON TOURNE

par RICHARD LEVINSON et WILLIAM LINK

Le micro, accroché au bout d'une longue perche, planait au-dessus de lui et le suivit quand il remonta l'allée et sonna à la maison. La caméra n° 1 se déplaça derrière son dos pour obtenir une vue plongeante au-dessus de son épaule. Quand la femme ouvrit la porte, la caméra s'attarda pour faire un gros plan, sur son visage, sur ses cheveux blonds vaporeux, tirés en arrière en un chignon austère. Sur le sourire qu'elle fit en reconnaissant son visiteur. Sur ses yeux bleus, avisés.

— Entrez, dit-elle, il est au travail.

L'homme referma la porte derrière lui. Il y eut un lent fondu enchaîné de la caméra 1 à la caméra 2, à l'intérieur. Le micro n° 2 les prit en charge tandis qu'ils traversaient l'entrée en bavardant et pénétraient dans la salle de séjour. Lorsqu'ils furent assis sur le divan et qu'ils s'embrassèrent, la caméra s'avança très près.

— Quand doit-il rentrer ? demanda l'homme.

— Tard. Nous avons tout notre temps.

La voix atteignait le micro incliné, parcourait un ensemble de fils et émergeait dans la salle de contrôle. Le préposé au son, le doigt sur ses écrans, l'intensifiait ou l'atténuait, en corrigeait la tonalité pour en faire de parfaits signes électroniques destinés à l'émission.

La caméra n° 1 éclaira l'extérieur de la maison. Elle montrait un autre homme en train de remonter l'allée. Son visage était sombre, son pas rapide. Il enfonça une clef dans la serrure, poussa vigoureusement la porte et pénétra à grandes enjambées dans le vestibule.

La caméra n° 2 montra le couple interrompant son baiser au bruit soudain des pas. La femme, surprise, tenta de se lever, mais son équilibre était précaire et elle retomba doucement sur le divan.

La caméra n° 3, inactive jusque-là, éclaira l'entrée de la salle de séjour. L'homme qui était entré dans la maison, franchit le seuil et s'arrêta net.

— Al... dit la femme. Écoute, je...

Al plongea la main dans sa poche et en sortit un pistolet.

— Eh ! dites donc... ! fit sur le canapé l'homme dont le visage était dans l'ombre.

Al vida son chargeur sur eux. Pendant une fraction de seconde, le perchman souleva le micro afin que le bruit des détonations n'endommageât pas les membranes délicates.

Al et la caméra n° 3 regardèrent l'homme et la femme affalés au pied du divan. Al laissa tomber le pistolet à terre et porta la main à son visage.

— Oh ! mon Dieu, dit-il. Oh ! mon Dieu !

Puis, alors qu'il se tenait planté là, les projecteurs des trois caméras s'allumèrent en clignotant. Sur leur roues de caoutchouc, les machines s'avancèrent droit sur lui, en tirant derrière elles leurs câbles. Il vit que personne ne les faisait fonctionner, qu'elles se mouvaient toutes seules. Lourdement, elles s'avançaient. Telles des museaux, les longues lentilles de huit pouces le visaient. Se sentant brusquement affolé, Al jeta un coup d'œil par-dessus son épaule et s'apprêta à reculer, mais la perche du micro plongea vers le bas et l'arrêta. Puis toutes les lumières — les sunlights aveuglants ainsi que tous les petits spots — tournèrent sur leurs pieds et firent converger leur éclat sur lui. Les caméras roulaient, la perche du micro se balançait et le harcelait, les projecteurs brillaient d'une lumière intense. Il s'affaissa en hurlant. Le choc eut l'heureux résultat d'entraîner une rassurante obscurité.

* * *

C'était, bien entendu, un rêve et Al Standish l'avait fait plusieurs fois au cours de la semaine. Mais bien qu'il se fût répété fréquemment, Al ne s'y était pas habitué. Ce jour-là, comme tous les autres matins, il émergea de son sommeil à la manière d'un nageur qui sort de l'eau. Et quand il se rasa, il ne put contrôler ses mains. L'instrument rasait doucement à travers la mousse lorsque la main se tordit et qu'une petite coupure sanglante apparut. Il fronça les sourcils et soigna la plaie.

Quand il descendit prendre son petit déjeuner, Carole comprit en le voyant qu'il avait de nouveau fait ce rêve.

— Encore ? dit-elle.

— Ouais. C'est la cinquième nuit de suite. Ce sacré rêve ne change pas d'un poil.

— Chéri, pourquoi ne me dis-tu pas de quoi il s'agit ? dit-elle en faisant courir des doigts paresseux dans ses cheveux blonds et en resserrant l'attache de plastique qui maintenait son chignon.

Standish buvait son café.

— Ce n'est pas grave. Ce n'est pas le rêve qui me tracasse, c'est la façon dont je le rêve. Comme si c'était une foutue émission de télévision.

— Tu as besoin de vacances, dit Carole. Ce n'est pas plus compliqué que ça.

— Je sais ; mais va dire ça à Merrick. (Il secoua la tête) Tu sais, j'ai entendu dire que des choses de ce genre étaient déjà arrivées à des metteurs en scène de télévision. Lorsqu'ils rêvent, ils voient des caméras et des gros plans — exactement comme s'ils dirigeaient leurs rêves d'une salle de contrôle. C'est comme si on était au palais des glaces.

— C'est bizarre pourtant que tu fasses le même rêve toutes les nuits. Je veux dire, je comprends que tu rêves de télévision ; après tout, tu es metteur en scène de télévision. Mais... enfin, *l'histoire* du rêve est toujours la même, il ne semble pas y avoir d'explication à cela, n'est-ce pas ?

— Non, je suppose que non, dit-il en se levant.

— Est-ce que j'y participe ? demanda-t-elle.

— A quoi ?

— A ton rêve. Je suis dedans ?

— Non, fit-il mal à l'aise. Personne que je connaisse n'en fait partie.

— Oh ! ça passera ! Ce soir, tu prendras un cachet.

Elle traversa avec lui la salle de séjour et le suivit dans le vestibule jusqu'à la porte, où, d'un geste mécanique, elle l'embrassa.

***

Les studios KCAB - TV se trouvaient à huit

kilomètres de chez Standish, un trajet de dix minutes si les feux lui étaient favorables. Derrière les haies protectrices, les studios s'élevaient avec leurs vitres fraîchement lavées et leurs pierres blanches qui étincelaient. Au-dessus du tourniquet de l'entrée se trouvait en plastique le sigle de la station. Chacune des lettres mesurant un mètre de hauteur était éclairée par des ampoules incrustées. Sur la pelouse, en façade, un drapeau américain flottait au bout d'un mât.

Standish conduisit sa voiture jusqu'au parking qui se trouvait derrière les studios et descendit. Il se dirigea d'un pas rapide vers les lourdes portes insonorisées du studio 3 et entra en ayant conscience d'être en retard.

Toute l'équipe avait déjà pris possession du plateau réservé au « Red Holliday Show ». Sur la coursive, Babitz était en train de taper sur les projecteurs afin de leur donner l'orientation voulue. Lederer tapotait les micros. Rowe, le chef d'équipe, avait commencé à faire chauffer les caméras. Tous regardèrent Standish lorsqu'il ouvrit la porte du fond pour entrer, laissant l'insolite lumière du soleil inonder le sol cimenté du studio.

— Bonjour, dit Standish. Désolé d'être en retard.

Red Holliday était dans un coin en train de se farder. Son visage juvénile, reflété dans une petite glace, était tourné d'un air irrité vers Standish :

— Le spectacle passe toujours à la même heure, Al. Quand vous êtes en retard, il faut que nous réduisions le temps de répétition.

Standish n'aimait pas Red Holliday. Merrick lui avait donné le spectacle à réaliser en dernier ressort, après que deux autres metteurs en scène avaient abandonné, dégoûtés : « Vous pouvez le manœuvrer, Al », avait dit Merrick. « Bien sûr, il est de rapports difficiles mais il entraîne les autres. Voyez ce que vous pouvez faire, hein ? C'est notre meilleure émission du matin, celle qui attire le plus d'annonceurs. »

Au cours des premières semaines, Standish avait fait l'impossible pour s'entendre avec Holliday. Il avait discuté avec lui de problèmes techniques. Il lui avait concédé des points mineurs ; pas mal de majeurs aussi. Il l'avait même ramené chez lui plusieurs fois pour dîner. Holliday n'était pas marié. Il souriait à la femme de Standish : « Carole, disait-il, vous n'avez pas idée de ce que représente pour moi un dîner préparé à la maison. Votre mari a de la chance. » Puis il souriait, de ce sourire signé Red Holliday.

Les choses avaient bien marché pendant quelques mois. Puis, comme l'avaient prédit les autres metteurs en scène, leurs rapports s'étaient détériorés. Une fois qu'on lui en avait donné la possibilité, Holliday avait exagéré. Tout en jouant sur scène, il s'était mis à donner des ordres, faisant signe aux caméras de se rapprocher ou critiquant les effets de lumière que Standish avait préparés avec Babitz.

Ce matin-là, sans cesser de se farder, il dit en s'adressant à la coursive :

— Dis donc, Earl, pourquoi ne coupes-tu pas ce projecteur ce matin ? J'étais mangé par la lumière hier. Sers-toi d'un plus petit spot.

Standish s'avança vers lui.

— Red, il y avait une raison à cela. Vous ne ressortez pas avec un plus petit spot. Vous pouvez vérifier sur l'écran de la salle de contrôle.

Holliday s'inclina.

— J'entends et j'obéis. Bien que parfois, Al, je ne voie pas comment vous pouvez vous occuper de tous les détails en arrivant en retard comme ça.

— Dix minutes, Red. J'étais en retard de dix minutes.

— Doucement, fit Holliday en souriant. Je blaguais.

Babitz appela de la coursive :

— Vous voulez qu'on l'allume ou qu'on l'éteigne, ce truc, Al ?

— Laissez-le, dit Standish. Nous verrons après le programme si ça va ou non.

Holliday partit en souriant régler un détail technique tandis que Standish conférait avec les hommes du plateau. Il n'y avait pas beaucoup de problèmes à résoudre. Pour Standish, le « Red Holliday Show », exception faite de la vedette, était une production facile. Elle était destinée aux ménagères de la ville et se situait entre leur petit déjeuner et leur repassage. Le fait qu'elle passât une demi-heure tous les matins, cinq jours par semaine, créait ce que Merrick aimait appeler un climat d'habitude. L'émission comprenait une jeune chanteuse, un jeune joueur d'harmonica, et entre eux, et autour d'eux, parlant et bavardant avec eux, il y avait Red Holliday. Standish n'aimait pas particulièrement ce programme. Il préférait les émissions d'actualités qu'il dirigeait un peu plus tard dans la soirée. Ces émissions ne nécessitaient de sa part qu'un simple travail technique ; elle n'impliquaient jamais de difficultés dues à des rapports humains.

Standish monta à la salle de contrôle :

— Okay, les gars, dit-il dans le micro, préparez-vous pour la répétition.

Au cours de la demi-heure suivante, ils travaillèrent sur des questions simples de mouvement de caméras. La salle de contrôle, une longue cabine munie d'une paroi de verre permettant de voir le plateau, était isolée, et dans cet isolement, Al se sentait à l'abri des exigences et des problèmes des gens qui évoluaient sous ses yeux.

Devant lui, juste au-dessus du panneau vitré, il y avait la rangée des récepteurs-témoins ; chacun d'eux reproduisait l'image prise par une caméra. Il lui suffisait d'appuyer sur un bouton pour sélectionner celle qu'il désirait conserver pour l'émission.

Une partie de son esprit était occupée à faire le choix de l'image voulue ; son doigt appuyait sur le bouton correspondant. Mais la plus grande part de ses pensées s'égarait. Au-dessous de lui, les grosses caméras qui roulaient et s'arrêtaient, lui rappelaient son rêve. Il avait un peu l'impression de se trouver dans un aquarium et d'observer une forme de vie qui n'avait aucun rapport avec lui. Les caméras roulaient, les projecteurs fonctionnaient, et il se revoyait dans sa salle de séjour. La lumière vacillante des récepteurs-témoins le berçait ; il les observait à travers ses yeux mi-clos.

Une fois de plus il se voyait traverser son entrée. Une fois de plus une caméra imaginaire fixait son objectif sur le couple enlacé sur le divan. Sa femme était jolie. Elle embrassait l'inconnu lèvres ouvertes, avec une ardeur qu'elle ne lui accordait plus depuis des années. Standish se penchait de sa position de metteur en scène-acteur avec l'espoir de voir le visage de son compagnon. Il aurait aimé que la caméra s'approche. Mais le visage de l'homme restait dans l'ombre, comme toujours. Puis de nouveau une image s'imposait à lui : il se voyait dans son salon, mettant la main dans sa poche pour y prendre son pistolet.

— Cinq minutes !

La voix du chef de plateau lui parvint par les haut-parleurs de la salle de contrôle. Standish, alerté par le bruit, se frotta les yeux et jeta un coup d'œil à la grosse horloge murale. L'aiguille rouge en balayait l'orbite avec un soubresaut à chaque tour. Babitz entra dans la salle de contrôle et s'assit devant son panneau d'éclairage. Lederer s'installa dans la cabine de son. Rowe, après les vérifications de dernière heure sur le plateau, monta et se laissa aller dans son fauteuil, près de Standish.

— Allons-y les gars, dit Standish comme chaque matin. Créons la magie.

Ils le regardèrent d'un air inexpressif et concentrèrent leur attention sur leur tableau de contrôle.

Standish, un œil sur la pendule, inclina le micro vers sa bouche :

— Prêt ?

Au-dessous de lui, l'agitation cessa quand les acteurs eurent gagné leurs places respectives. Red Holliday se tenait assis à son pupitre, faisant face à la caméra n° 1. Il s'humecta les lèvres et sourit. La danseuse attendait debout derrière un écran de gaze qui s'agitait dans l'air que brassaient deux ventilateurs. Le joueur d'harmonica était assis sur un tabouret près de la perche micro et regardait son instrument d'un air morne. La seconde aiguille toucha le douze.

— Allons-y, dit Standish. Donnez l'indicatif. Attention la Une. Sur Holliday. La Une !

Il donna le signal à la caméra n° 1 et le sourire de Holliday éclaira la rangée des récepteurs-témoins devant lui.

— Bonjour Mom, dit Red Holliday. Voilà pour vous un nouveau bavardage de Red Holliday. Alors pourquoi ne pas vous asseoir et finir cette tasse de café en m'écoutant ? Hein ? Qu'est-ce que vous en dites ?

*
* *

L'émission se déroula comme toujours sans anicroche ni contretemps. Depuis longtemps Standish s'était rendu compte qu'il pouvait diriger l'émission machinalement, tout comme le chauffeur d'une voiture peut changer de vitesse et tourner son volant, sans cesser de soutenir une conversation. Tandis que ses doigts couraient sur le tableau de contrôle, il réfléchissait au problème qui le préoccupait depuis ces derniers mois. Il ne pouvait se le cacher plus longtemps : son travail l'ennuyait. Il avait besoin de repos, d'un voyage vers des lacs bleus et de chauds soleils. Et puis une chose le troublait par-dessus tout : la vague impression que Carole s'éloignait de lui. Telle était bien entendu l'origine du rêve. Mais pourquoi, se demanda-t-il tout en réglant soigneusement un fondu de la caméra 1 à la caméra 2, le rêve mettait-il en scène un autre homme ? L'attitude distante de Carole n'impliquait pas son infidélité. Mais serait-il suffisamment jaloux dans la vie réelle pour se servir d'un pistolet s'il découvrait des preuves d'infidélité ? Bien sûr que non. D'ailleurs, il n'avait pas de pistolet.

Puis l'idée lui vint que le veilleur de nuit en avait un. Il l'enfermait au sous-sol, dans un casier peu résistant muni d'une serrure de solidité douteuse.

Se sentant bête, Standish se consacra à ses récepteurs-témoins. La pendule minuta les différents éléments du programme, Red Holliday se montra folâtre, la fille chanta, le garçon joua de son harmonica et, pour finir, Standish lança dans son micro : « Coupez ! »

— Eh bien, voilà qui est terminé pour ce matin, dit Holliday en gardant un œil fixé sur sa réplique.

Nous nous retrouverons tous demain et nous aurons quelque chose de vraiment spécial pour vous. D'accord ? Portez-vous bien et passez une bonne journée.

— Envoyez l'indicatif, dit Standish (et la ritournelle s'éleva du coin de la cabine d'écoute). Retour au noir.

Il se pencha en avant et lança dans l'inter-com à l'intention de la cabine de contrôle principale :

— A vous, Maître.

Puis le récepteur-témoin s'illumina avec l'indicatif de la station : « Ici KCAB », dit une voix « KCAB qui vous offre les meilleurs programmes d'actualités et de variétés. »

Standish s'adossa à son siège et retira son casque d'écoute. Il alluma une cigarette. Les trois ingénieurs quittèrent la salle de contrôle en traînant les pieds et en faisant claquer les interrupteurs. A l'étage du dessous, le plateau se vida rapidement tandis que les manœuvres enlevaient certains éléments de décor et que les caméramen se dirigeaient vers la cafeteria de la station.

Standish était toujours légèrement surpris par la rapidité avec laquelle le studio se vidait. Tant que l'émission passait sur les ondes, que tout le monde s'appliquait avec zèle pour que tout allât bien. Et puis, dès qu'elle était terminée, en quelques secondes, les lumières s'éteignaient, les câbles étaient roulés et le plateau se retrouvait désert. Assis dans la salle de contrôle, Standish observait ce phénomène. L'air en paraissait plus chaud à cause de l'énergie qu'il avait déployée, et il se sentait somnolent. Sa prochaine émission ne passait pas avant deux heures et le studio serait vide jusqu'à l'après-midi. Il se laissa aller en arrière dans son fauteuil tournant, jeta sa cigarette dans un cendrier et s'assoupit.

***

C'était un sommeil superficiel ; il ne dormait pas vraiment et il pouvait rêver à ce qu'il voulait. Il revoyait Carole, telle qu'elle était cinq ans plus tôt, lors de leur voyage de noces dans le Maine, repliée sur elle-même et rougissante sous les arbres chamarrés de l'automne. Puis il la revoyait, telle qu'elle était maintenant chaque matin, bizarrement lointaine, évitant soigneusement tous les moments de tendresse. Cette dernière évocation réveilla tout à fait Standish et il fronça les sourcils. Il transpirait et sa chemise collait à son dos. Au-dessous de lui, sur le plateau, quelqu'un, debout dans un coin d'ombre, parlait au téléphone. Exception faite de cette personne qu'on ne pouvait distinguer, le studio était vide. Standish remarqua négligemment que la perche-micro, laissée par l'équipe, était suspendue au-dessus de la tête de l'homme qui téléphonait. Tout aussi négligemment, il jeta un coup d'œil à l'audiomètre et à ses interrupteurs. Tout en souriant à l'idée de la blague qu'il allait faire, il brancha le son.

— ... Pourrai partir d'ici quelques minutes. Dès que je me serai démaquillé.

C'était la voix de Red Holliday. Standish fut sur le point de couper, mais il n'en fit rien.

— Okay. Parfait. La dernière émission d'actualités est à quatre heures. Il ne rentrera probablement pas avant quatre heures trente. D'accord. Appelle-le et dis-lui que tu seras sortie pendant la plus grande partie de l'après-midi pour l'empêcher de téléphoner. Très bien. Je serai là dans vingt minutes... Bien sûr, mon chou, bien sûr. Suivit un déclic amplifié quand le combiné retomba sur sa fourche.

Standish regarda Holliday traverser le studio sous la batterie de projecteurs morts et sortir par la porte latérale. Puis il coupa le micro et resta là, plongé dans ses réflexions.

— Al ? fit une voix provenant de l'inter-com du contrôle principal. Al, es-tu dans la salle de contrôle du studio 3 ?

— Oui.

— On te demande au téléphone.

— Merci.

Standish décrocha.

— Allo ?

— Qui est à l'appareil s'il vous plaît ? dit la voix du standardiste.

— Al Standish.

— Oh ! une minute monsieur Standish, j'ai un appel pour vous.

Il y eut un moment de silence, puis la voix de Carole.

— C'est toi, Al ?

— Oui.

— J'ai essayé de t'appeler dans ton bureau, mon chéri, mais tu n'y étais pas.

— Je suis dans la salle de contrôle.

— J'ai regardé l'émission, dit-elle.

— Ah ! Oui ?

— Oui, très bonne. Il y a eu de belles photos de la chanteuse. Et Red était plutôt drôle. Bonne émission.

— Merci.

— Je t'appelle parce que je voulais te dire que je vais sortir tout l'après-midi faire des courses. Je ne rentrerai qu'un peu avant toi. Au fait, à quelle heure en auras-tu terminé ?

— A quatre heures.

— Très bien. A tout à l'heure, en ce cas. Nous pourrions peut-être sortir pour dîner. Au revoir.

— Au revoir.

Standish raccrocha et sortit de la salle de contrôle. Il traversa le plateau du studio et passa dans le couloir. Deux secrétaires le saluèrent. Mlle Jason, la secrétaire de Merrick lui dit que Merrick désirait le voir quand il aurait une minute. Et un des types du studio, en réponse à sa question, lui dit que Red Holliday venait de partir.

Standish prit l'ascenseur jusqu'au sous-sol et se dirigea vers le casier du veilleur de nuit. La serrure tint le coup, mais les gonds latéraux cédèrent et le casier s'ouvrit sans offrir beaucoup de résistance.

*
* *

Il gara sa voiture et remonta l'allée de devant. La décapotable rouge de Holliday était garée un peu plus haut dans la rue, dans l'ombre d'une haie voisine. Standish ouvrit sans bruit la porte et traversa le petit vestibule, marchant avec précaution sur le tapis moelleux.

L'électrophone était en marche dans la salle de séjour et il entendit des bruit de verre. Lorsqu'il entra, tous deux le regardèrent avec de grands yeux. Sa femme essaya de se lever, mais elle retomba sur le divan

— Al... dit-elle.

Holliday reposa son verre sur la petite table et se leva :

— Je suppose que ça paraît plutôt drôle, n'est-ce pas ? dit-il en souriant à demi. Croyez-moi, Al, ce n'est pas ce que vous pensez. Je suis seulement passé pour....

Et il se tut à court d'invention.

Standish sortit le pistolet de sa poche.

— Eh ! dites donc... commença Holliday.

Standish tira deux fois. Puis il tourna le pistolet vers sa femme. Elle essayait de se lever lorsqu'il la toucha.

Au bout d'un moment, quand ils furent tombés tous les deux, Standish regarda autour de lui pour voir s'il y avait une perche-micro ou des caméras soigneusement disposées. Il s'assit dans un fauteuil et laissa le pistolet tomber par terre. Puis il attendit patiemment que l'obscurité l'enveloppât.

***

Lorsqu'il se réveilla, il sourit parce que l'idée lui vint que son rêve avait changé. Cette fois-ci, pas de caméra, rien qui lui eût suggéré le palais des glaces. Cette fois-ci, un rêve pur et simple. Étant donné que certains de ses éléments de base avaient changé, peut-être le rêve allait-il cesser. Il allait descendre, prendre son petit déjeuner et annoncer la nouvelle à Carole.

Il jeta un coup d'œil sur la pièce, ahuri. Sans doute dormait-il encore. Holliday et sa femme, sans vie, gisaient l'un près de l'autre. Le pistolet était par terre. Standish se sentit un peu déconcerté ; ses pensées étaient confuses. Il essaya de réfléchir, mais le martèlement à la porte d'entrée le gênait.

Il décida d'aller ouvrir, de se débarrasser de son visiteur puis de revenir s'asseoir en attendant tranquillement l'heure du réveil.

Shooting script.

D'après la traduction de Nicolète et Pierre Darcis.

MA COUSINE DE PROVINCE

par MARGUERITE MCCLAIN

J'étais assise à côté d'Herbert sur le banc réservé à la famille, dans la petite chapelle de Centervale. J'assistais, sans pouvoir verser une larme, aux obsèques de ma cousine Cassie.

Je suis reporter à la Tribune de Washington. Mon métier de journaliste m'a mise en contact avec suffisamment de détresses pour que je sache reconnaître si un chagrin est sincère. Celui d'Herbert l'était, j'en avais la conviction ; les sanglots qui secouaient ses épaules étroites étaient réels : il aimait Cassie. Mais il la connaissait beaucoup moins bien, et depuis beaucoup moins longtemps que moi.

Pendant que le pasteur poursuivait de sa voix monotone l'énumération des qualités de la chère disparue, je donnai une petite tape amicale sur l'épaule du malheureux veuf en murmurant :

— Allons, allons.

Il se tourna vers moi, et la vue de son visage ravagé, de ses yeux rougis, me fit pitié. Un violent tremblement agitait sa main libre. Les doigts de l'autre main, qu'il s'était cassée en essayant vainement de sauver sa femme de la noyade, étaient raides sous le plâtre. Herbert n'était plus qu'un pauvre être frissonnant qui, les yeux fixés sur le cercueil fermé, semblait en proie à quelque affreux remords.

Rien, cependant, ne justifiait cette attitude. C'était accidentellement que Cassie s'était noyée dans les eaux azurées, mais dangereuses, du lac Willis, à deux cent cinquante kilomètres au nord de Centervale : il ne pouvait y avoir aucun doute à ce sujet. D'après les renseignements que j'avais recueillis à mon arrivée à Centervale, Cassie avait décidé de prendre un bain matinal pendant qu'Herbert dormait encore, elle s'était glissée hors de la villa qu'ils avaient louée la veille à Resort Rondo. A son réveil, inquiet de constater la disparition de sa femme, Herbert avait donné l'alerte. Pendant que la police et les badauds accourus en foule passaient au crible chaque coin de la plage, Herbert avait courageusement plongé de l'embarcadère pour tenter de retrouver Cassie au milieu des piliers, mais il avait heurté violemment l'un de ceux-ci et, dans la confusion générale, avait bien failli se noyer lui-même.

Cela s'était passé le mardi matin. Le corps de Cassie avait été retrouvé au cours de l'après-midi et, dans l'intervalle, le pauvre Herbert avait dû absorber force calmants. Je n'avais pas besoin de regarder son bras en écharpe pour être convaincue qu'il avait fait l'impossible pour sauver sa femme. C'était Cassie qui avait eu l'idée de louer cette villa au bord du lac pour les vacances : il ne pouvait donc même pas se reprocher *cela*. Pas plus, d'ailleurs qu'il ne pouvait s'accuser d'avoir souhaité inconsciemment la mort de sa femme, car il aimait celle-ci avec toute la passion qu'un homme d'un certain âge peut éprouver pour une belle créature. (C'est à dessein que j'emploie ce terme.) D'ailleurs, il ne reconnaissait à Cassie aucun défaut.

Je regardais sans les voir les fleurs qui entouraient le catafalque. Lorsqu'il avait ramené le corps de Cassie à Centervale, Herbert, au milieu de ses larmes, avait insisté pour que le cercueil restât fermé. Et je l'avais approuvé de se refuser ainsi à satisfaire la curiosité morbide des assistants. Je connaissais Cassie : elle aurait eu horreur d'être exposée aux regards dans une circonstance où elle n'était pas tout à fait à son avantage. Or, un cadavre qui a séjourné plusieurs heures dans l'eau et dont les rapaces tortues du lac se sont repues... Brrrr !... D'ailleurs, elle aurait détesté d'un bout à l'autre cette cérémonie qui n'en finissait pas et le ton larmoyant du pasteur. Malgré les éloges que lui avait prodigués celui-ci, Cassie était loin d'être une sainte !

Tu as l'âme mesquine, me disais-je, en m'efforçant d'évoquer avec nostalgie les jours d'autrefois, où Cassie et moi jouions comme deux enfants turbulentes. A six ans, ma cousine, dans un moment d'exubérance, avait sauté brusquement de la balançoire à l'extrémité de laquelle elle était assise, me laissant aux prises, à l'autre bout, avec les lois de l'équilibre. Sous l'effet de la surprise — et du choc — je m'étais violemment mordu la langue. Une autre fois, au cours d'un pique-nique, Cassie avait jeté mes souliers neufs dans le feu que nos parents venaient d'allumer pour faire des grillades. Était-ce la même année, ou bien l'été suivant ?...

Les souvenirs tourbillonnaient dans ma tête avec une surprenante vividité. Je me rappelais Cassie, à l'âge de douze ans, posant comme modèle pour un photographe. Quand papa et maman avaient vendu la propriété de famille pour aller s'installer en Californie, j'avais découvert par hasard au grenier une de ces photographies représentant Cassie assise sur une chaise basse, ses beaux cheveux retombant en grosses boucles sur les épaules, sa robe d'organdi pudiquement tirée sur les genoux.

Elle s'était rendue au studio pendant près de six semaines, tandis que sa mère qui était veuve gagnait sa vie en ornant de perles des mocassins, vendus ensuite comme produits de l'artisanat indien. (Naturellement, les Indiens sont bien trop occupés à attirer le touriste par leur pittoresque, pour perdre leur temps à enfiler des perles !) Au bout de ces six semaines, les scellés avaient été apposés sur le studio et la brigade des mœurs avait entrepris de vaines recherches pour retrouver le photographe.

Bien entendu, pensais-je avec la mesquinerie qui me caractérise, toutes les autres fillettes du quartier qui s'étaient laissées attirer dans ce studio étaient rentrées chez elles, après la première séance de pose, pour n'y plus jamais retourner. Elles n'avaient pas eu assez de bon sens pour raconter ce qui leur était arrivé, mais suffisamment tout de même pour se tenir désormais à l'écart. Seule, Cassie était restée fidèle à ses rendez-vous quotidiens. Et, quand la police l'avait interrogée, elle s'était refusée à toute déclaration.

Mais c'étaient là des folies de jeunesse, et je me dis sévèrement que je ne devais pas en garder rancune à la pauvre Cassie, maintenant que celle-ci n'était plus. Le parfum des roses me soulevait le cœur et les reniflements d'Herbert m'horripilaient. En constatant à quel point je manquais de charité envers mon prochain, je m'adressai mentalement cette semonce : « Attention, Jane Jenson, reporter dure-à-cuire de vingt-neuf ans, si tu continues comme ça, tu vas te retrouver dans la peau d'une vieille fille acariâtre et desséchée ! »

Je pensai à ma mère, qui devait tirer le diable par la queue, là-bas, à Palo Alto, et des larmes bienfaisantes montèrent enfin à mes yeux. Je pleurais abondamment quand le maître des cérémonies, tout vêtu de noir, vint prendre mon bras pour me faire sortir de la chapelle, dans l'éclatante lumière d'août. Je montai dans le grand fourgon automobile qui attendait devant la porte, et Herbert, toujours reniflant, prit place à côté de moi. Tels deux pois en deuil dans une cosse trop grande, nous suivîmes le corbillard au cimetière. Derrière nous se déroulait la procession des voitures. Centervale, où Cassie s'était installée après son mariage, est une paisible petite ville de quatre mille habitants. Comme les distractions y sont rares, la plus grande partie de la population assiste régulièrement aux enterrements. Celui de Cassie présentait en outre l'attrait de la tragédie.

Les reniflements d'Herbert se changèrent en sanglots. Je lui tapotai de nouveau l'épaule en murmurant :

— Vous avez eu cinq années de bonheur, ne l'oubliez pas.

Comme tous les lieux communs, celui-ci constituait un argument peu convaincant. Cinq années de mariage avec Cassie pouvaient se comparer à cinq années d'efforts pour remonter l'Amazone à contre-courant ! La dernière fois que j'avais vu ma cousine, c'était chez moi, à Washington, par une chaude soirée de juillet. Son joli visage et son corps aux formes parfaites étaient bruns comme une coque de noix de coco. Ses cheveux blonds, qu'elle avait relevés sur sa tête, lui faisaient une auréole, et ses yeux verts brillaient dans la pénombre comme ceux d'un chat.

— Herbert est trop vieux, m'avait-elle dit de sa voix un peu rauque, en pirouettant devant la glace pour admirer son corps à demi-nu. Il m'arrive, la nuit, de ne pas pouvoir m'endormir tellement j'ai envie de rire de lui, de... Merci, Jane, de me témoigner de la compréhension en m'invitant à venir te voir. Il faut absolument que je m'échappe de temps en temps, sinon je finirais par exploser !

Nous franchîmes le portail du cimetière et je pensai avec soulagement que cette funèbre cérémonie serait bientôt terminée. J'allais retrouver mon appartement, mon travail, et mes seuls rapports avec Herbert consisteraient en un échange de vœux à Noël. Julia, qui l'avait vu naître et qui restait chez lui en qualité de gouvernante, se chargerait de le choyer et de lui faire reprendre goût à la vie. Et puis, pour s'occuper, Herbert avait ses fonctions de président de la Banque de Centervale et les tulipes qu'il cultivait avec amour. Le temps aidant, il trouverait peut-être une autre femme. Quand le chagrin qu'il éprouvait de la mort brutale de Cassie se serait un peu apaisé, il reprendrait son équilibre. Et il avait les moyens de courtiser, ou d'acheter, n'importe quelle femme, jeune ou moins jeune, qui pourrait lui témoigner de l'intérêt, pour lui-même ou pour sa banque.

Nous restâmes devant la tombe ouverte, serrés l'un contre l'autre, pauvres mortels en sursis, tandis que le pasteur récitait les dernières prières. Quand ce fut terminé, je sentis les regards des assistants se tourner vers moi, et je me rappelai aussitôt la vieille coutume — survivance du Moyen Age — de ces petites villes : toutes les personnes qui ont suivi le cortège funèbre s'attendent, à l'issue de la cérémonie, à festoyer dans la famille du défunt. Julia, d'ailleurs, était restée à la maison pour préparer le repas.

— Venez donc tous vous restaurer un peu, dis-je bravement, d'un ton très doux.

Cette invitation eut pour résultat une ruée vers les voitures qui attendaient à la porte du cimetière. Je soutins Herbert pour l'aider à monter la côte, en souhaitant que ses genoux flasques ne se dérobent pas sous lui. Une fois assise dans le fourgon, je jetai un dernier regard, derrière moi, sur les pierres tombales qui dominaient le gazon bien tondu, d'un vert tendre. Les reproches des vivants n'atteignent pas les morts. « Repose en paix, Cassie », murmurai-je, et , inopinément, je fondis en larmes. A la vue de celles-ci, Herbert, par esprit de contradiction sans doute, fit montre pour la première fois d'autre chose que d'une peur annihilante.

— Restez avec moi, Jane, murmura-t-il. Ne me quittez plus !

Il ne pensait pas ce qu'il disait, bien entendu. Je ne suis pas, pour employer une expression triviale, suffisamment désirable pour qu'un président de banque, veuf d'aussi fraîche date, me supplie de ne jamais le quitter ! Je répondis cependant que je resterais auprès de lui aussi longtemps qu'il aurait besoin de moi.

— En tout cas, jusqu'à demain, ajoutai-je vivement, pour éviter de me laisser entraîner plus loin que je ne l'aurais souhaité.

Cette déclaration parut avoir sur lui un effet apaisant.

Quand nous arrivâmes chez Herbert, je fis asseoir le maître de maison dans le coin le plus retiré du salon et, pendant les deux heures qui suivirent, je m'employai à passer et à repasser des assiettées de sandwiches et de petits fours à des invités qui n'avaient nul besoin d'être encouragés à y faire honneur. J'allais d'un groupe à l'autre, vantant à chacun les vertus et les mérites de Cassie, au point d'arriver à y croire moi-même.

Enfin, l'heure de prendre congé sonna pour nos hôtes. Sans attendre les questions indiscrètes qu'on ne manquerait pas de me poser sur la date de mon départ, je m'empressai de déclarer que je resterais à Centervale aussi longtemps que le cher Herbert aurait besoin de mes services. C'était mesquin de ma part, je l'admets ; mais j'ai toujours détesté les gens intéressés, et les coups d'œil appréciatifs jetés par certaines de ces dames sur la porcelaine fine, les cristaux et la moquette de haute laine ne m'avaient pas échappé.

En prenant congé des invités, je me sentais heureuse à la pensée de reprendre bientôt ma vie active, mais paisible, à la rédaction du journal, où le seul souci que puisse vous causer un mort est celui d'épeler correctement son nom. La nuit tombait lentement, comme elle tombe toujours, en été, dans les États de la Prairie. On entendait de temps en temps la stridulation d'un grillon ou le chant d'un rouge-gorge. La maison retenait encore l'écho de trop de voix bruyantes, et j'aurais voulu pouvoir aller au jardin méditer sur le sens de la vie. Mais Julia avait besoin d'aide pour faire la vaisselle. Je refermai donc la porte et me dirigeais vers la cuisine quand j'entendis Herbert m'appeler.

Au moment où je m'approchais de lui, il murmura dans un souffle :

— Arrangez-vous pour faire sortir Julia. Je n'en peux plus : il faut que je vous parle.

Faire sortir Julia, si Julia n'avait pas envie de sortir, c'était un peu comme essayer de jouer aux boules avec le rocher de Gibraltar ! Heureusement, Julia elle-même, tout en rinçant les assiettes à l'eau chaude, déclara que la pauvre Mme Wallin, retenue chez elle par une crise de rhumatismes, devait mourir d'envie d'avoir des détails sur la cérémonie. Dix minutes plus tard, j'eus la satisfaction de voir la vieille servante quitter la maison par la porte de la cuisine, avec, au bras, un panier contenant les reliefs du repas. Je fermai à clef la porte de service et retournai en hâte auprès d'Herbert.

Mais, en le voyant assis près de la fenêtre, dans son fauteuil à haut dossier, je ne me sentis plus le courage d'assumer le rôle de confesseur.

— Vous êtes fatigué, lui dis-je. Vous feriez mieux d'essayer de dormir.

Il tourna vers moi ses yeux bordés de rouge, dont l'expression hagarde me donna la chair de poule.

— Je n'ai aucune nouvelle d'elle, gémit-il. Où est Cassie, Jane ? Où est-elle ?

— Herbert, répondis-je, vous venez de subir une terrible épreuve, mais vous n'avez rien à vous reprocher. C'est Cassie qui a voulu partir en vacances avec vous au bord du lac. Elle me l'a écrit elle-même. (Je m'efforçai de me rappeler les termes de la lettre.) Ces vacances devaient être pour vous une deuxième lune de miel, ajoutai-je. (Ce n'était pas précisément la chose à dire, mais... quelle était la chose à dire ?) Vous avez vécu ensemble cinq années de bonheur. Désormais, elle vivra dans votre souvenir, jeune à jamais...

— Elle n'est pas morte, Jane, interrompit Herbert d'une voix basse, émouvante. Cassie n'était pas avec moi cette nuit-là : j'étais accompagné d'une autre femme. Nous nous sommes inscrits à l'hôtel comme mari et femme. Il passa sur son visage une main tremblante, avant de reprendre :

— Jane, je *devais* absolument prétendre que c'était Cassie. Je ne pouvais faire autrement. Vous ne comprenez donc pas que ?...

Je comprenais bien, si. Mais je n'éprouvais rien d'autre qu'une torpeur mêlée de crainte, la torpeur que provoque un choc dont on ne saisit pas très bien la portée.

— Ne me haïssez pas, Jane !

— Je ne vous hais pas, dis-je enfin d'une voix empâtée.

Puis on n'entendit plus que les sanglots d'Herbert. Mon esprit essayait en vain d'assembler les petits morceaux du puzzle : la noyade à deux cent cinquante kilomètres de là, le cercueil fermé... Pauvre maladroit Herbert, qui avait essayé de s'engager dans une idylle et était retombé de son haut.

Dehors, les ténèbres s'épaississaient, percées tout à coup par le cri d'un engoulevent appelant sa bien-aimée.

— Cassie ! murmura Herbert d'une voix brisée.

Cassie... Quelque part, par-delà les ombres, elle attendait son heure. Pourquoi avait-elle laissé enterrer sous son nom une autre femme ? Je cherchais vainement une raison, une excuse à sa conduite. Je dis, sans presque m'en rendre compte :

— Commençons par le commencement, voulez-vous, Herbert ?

Il débita son récit d'une seule traite, sans se soucier le moins du monde de la clarté des mots ni de l'enchaînement des faits. Quand il eut achevé, mes nerfs à vif auraient souhaité ignorer la vérité, mais mon esprit professionnel cherchait par habitude à dégager, du flot de paroles confuses prononcées par Herbert, le qui, le quoi, le pourquoi et le comment de ce qu'il m'avait raconté.

J'approchai ma chaise de la sienne et, m'efforçant

de donner à ma voix un ton à la fois calme et pressant, je lui dis :

— Il faut absolument vous ressaisir, Herbert. Vous avez laissé enterrer une jeune fille étrangère dans la concession qui appartient à votre famille. Quelque part, une autre famille est en train d'effectuer des recherches pour retrouver cette jeune fille. Avez-vous pris le temps de penser à cela ?

— Oui...

Herbert jouant les séducteurs : qui l'eût cru ! Comment s'était-il lancé dans cette aventure ? C'était l'une des questions que je me posais sans pouvoir y répondre. Mais son récit m'avait tout de même permis de réunir quelques données. Je poussai un profond soupir et déclarai :

— Je vais répéter ce que vous venez de me dire, Herbert, et me vous reprendrez si j'omets quelque chose. Cassie et vous avez donc quitté Centervale lundi à midi. Vous avez traversé Washington sans vous y arrêter...

— J'avais proposé à Cassie d'aller vous faire une petite visite au journal, interrompit-il d'une voix rauque. Mais elle m'a répondu que vous deviez être très occupée à flirter avec le rédacteur en chef. (Un pauvre sourire erra un instant sur ses lèvres.) Cassie aimait bien faire de petites plaisanteries de ce genre, sans aucune arrière-pensée d'ailleurs.

Tu parles qu'elle n'avait pas d'arrière-pensée, me dis-je. Mais je me repris. J'avais pensé à Cassie au passé, et elle faisait toujours partie du présent.

— Je sais, Herbert, dis-je à voix haute. Mais, pour en revenir à votre récit, vous étiez en route vers le lac Willis et vous vous êtes arrêtés pour dîner à l'auberge de Pine Point. C'est là que Cassie vous a quitté.

— A cause de vous, répondit Herbert.

Il fouilla dans sa poche et en tira une feuille de papier pliée qu'il me tendit. La jolie écriture ovale me rappela Cassie elle-même, dont la beauté extérieure masquait tant de noirceur d'âme. La lettre disait : « *Cher Herbert, je prends l'autocar pour Washington, mais, je t'en prie, va à Carron Lodge comme nous l'avions prévu. Je t'y rejoindrai demain. Jane a de sérieux ennuis et il faut absolument que j'aille la voir. Je n'ai pensé qu'à cela toute la journée et, si je ne t'en ai pas parlé, c'est uniquement pour ne pas gâcher tes projets. Mais on ne peut pas se dérober à son devoir, n'est-ce pas ton avis ? Je t'en prie, je t'en supplie, ne m'appelle pas chez Jane. Je te le demande dans son propre intérêt. Donne-moi jusqu'à demain et, surtout, je te le recommande, ne bois pas d'alcool d'ici mon retour...* »

Et voilà ! Une énigme de plus ! Je rendis la lettre à Herbert.

— Rangez-la soigneusement, lui recommandai-je. Que Julia ne la trouve pas, pour l'amour du Ciel ! Qui vous l'a remise ?

— La serveuse. Cassie était allée aux toilettes et elle est restée absente si longtemps que je me suis senti gêné. Je me suis mis à boire du café...

En affectant l'indifférence, sans doute. En essayant d'arborer le sourire indulgent d'un homme qui comprend les petites faiblesses féminines. Pauvre Herbert !

— Et ensuite ? questionnai-je.

Je suis allé sur le pas de la porte, et j'ai vu que la voiture était toujours là. Alors, je suis rentré m'asseoir à ma table et j'ai demandé à la serveuse l'horaire des autobus. Quand elle m'a dit que celui de Washington venait de partir, j'ai compris que Cassie l'avait bien pris...

Il faisait tous ses efforts pour rester maître de lui-même.

— J'étais furieux... jaloux que vous m'ayez enlevé Cassie, qu'elle m'ait quitté pour aller vous aider dans vos difficultés...

— Elle n'est pas venue chez moi, et je ne le lui ai jamais demandé. Elle devait avoir une autre raison pour vous laisser seul à l'auberge de Pine Point.

— Elle est partie sans emporter de vêtements de rechange, et elle n'avait pas beaucoup d'argent sur elle.

Puis, l'énormité de son propre péché l'empêchant apparemment de relever les contradictions contenues dans le message de Cassie, il gémit :

— Oh ! pourquoi ai-je fait cela ? Pourquoi me suis-je arrêté pour prendre un verre dans cet horrible cabaret de Resort Rondo ? Pourquoi me suis-je compromis avec Didi ?...

Didi... Je cherchais à me représenter cette fille appelée Didi qui gisait dans la tombe sous le nom de Cassie, mais mon esprit se refusait à cet effort.

— Cassie m'avait recommandé de ne pas boire, reprit Herbert d'une voix brisée. J'aurais dû savoir que j'aurais des ennuis si je m'arrêtais à ce cabaret. Mais j'avais besoin de réfléchir, de faire le point de la situation. Je ne cherchais pas une... compagnie : Je ne cherchais rien. Et puis, cette fille a engagé la conversation avec moi. Elle m'a dit qu'elle n'avait pas d'argent, pas d'endroit où aller... (Une lueur d'orgueil éclaira son visage.) Elle m'a fait confiance : elle savait bien qu'elle serait en sécurité avec moi.

— Vous voulez dire que... que vous ne l'avez pas *touchée* ? Une fille comme ça, qui raccroche les hommes ? m'écriai-je crûment.

Mais l'heure n'était pas aux subtilités. Herbert se renferma dans une dignité offensée.

— Il me semble qu'une telle question est superflue ! Avez-vous cru un seul instant que j'aie pu être infidèle à Cassie ?

J'entendis qu'on essayait d'ouvrir la porte de la cuisine. Me levant aussitôt, je posai une main sur l'épaule tremblante d'Herbert en demandant :

— Mais, dans ce cas, pourquoi diable vous êtes-vous inscrits à l'hôtel comme mari et femme ?

— Il ne restait plus qu'une seule chambre à Resort Rondo. Comment pouvais-je la retenir pour nous deux sans nous inscrire comme M. et Mme Stensrud ?

— Bon, bon, admis-je. Maintenant, tâchez de vous calmer et de prendre un peu de repos. Nous reparlerons de tout cela demain. Votre voiture est-elle au garage ?

Il fit un signe affirmatif.

— Donnez-moi les clefs.

Il me les tendit et je me dirigeai vers la porte de service, pour ouvrir à Julia qui me jeta un regard en dessous. Il me sembla qu'un siècle s'était écoulé depuis que je l'avais vue partir.

De Resort Rondo, quelqu'un avait ramené la voiture d'Herbert pendant que celui-ci faisait le voyage par le train pour accompagner le cercueil. Pendant que Julia était allée faire les lits à l'étage au-dessus, je me glissai furtivement dans le garage. Mes prévisions étaient justes : il y avait trois valises dans le coffre, deux belles valises de cuir identiques, et une autre en mauvaise imitation de peau de porc. Pouvais-je les porter dans la maison à l'insu de Julia ? Je décidai d'essayer.

C'était montrer beaucoup d'optimisme ! Au moment où je quittais le garage, chancelant sous le poids de deux valises, j'entendis la voix de Julia :

— Qu'est-ce qu'vous faites donc là, miss Jenson ?

Je m'arrêtai court en voyant sa lourde silhouette appuyée contre le montant de la porte.

— C'est vous, miss Jenson ? reprit la voix.

— Oui, Julia, répondis-je respirant plus librement car je venais de me rendre compte que j'étais dans l'ombre et qu'elle ne pouvait pas me voir. Les bagages de Cassie, ajoutai-je plus bas, il faut bien les déballer... Mais nous devons autant que possible épargner ce pauvre Herbert...

Heureusement, la valise de Didi était dans ma main droite et je pus profiter de l'obscurité pour la glisser rapidement derrière un massif d'hortensias. Je montai alors les marches du perron sous le regard maussade de Julia.

La lourde valise que celle-ci me prit des mains était en cuir bleu pâle et portait les initiales C.S. — Cassandra Stensrud — imprimées en lettres dorées sur le côté. La personne qui, à Resort Rondo, avait placé les bagages dans le coffre de la voiture ne devait pas — je l'espérais du moins — être quelqu'un de perspicace.

— Eh ben, elle en a emporté des vêtements, pour un p'tit voyage de trois jours ! remarqua Julia avec aigreur. Et elle ajouta, après : Y devraient vous aller, en les r'prenant un peu, ajouta-t-elle en me toisant.

— Nous allons les examiner ensemble, répondis-je de mon ton le plus engageant, et vous pourrez choisir ceux qui vous plairont.

Encouragée par la lueur de convoitise que je vis briller dans ses yeux, je poursuivis :

— La valise d'Herbert est restée dans le coffre. Voulez-vous aller la chercher ?

Julia abandonna la valise bleu pâle avec la mine de quelqu'un qui a déjà pris possession de son bien et, de son pas lourd, se dirigea vers la porte. J'attendis quelques secondes, puis m'élançai dehors, repris vivement la petite valise que j'avais cachée et la montai dans ma chambre. J'étais en train de la pousser sous mon lit, quand Julia frappa à ma porte et annonça :

— Ça y est, j'l'ai montée, miss Jenson.

Je la fis entrer et restai assise sur mon lit à la regarder passer l'inspection. Sans accorder un coup d'œil aux vêtements d'Herbert, bien pliés dans la valise, la servante fixa toute son attention sur le contenu de la valise appartenant à Cassie : chemise de nuit en soie rose, lingerie finement brodée, un maillot de bain largement ouvert dans le dos, un costume de plage, une robe de toile blanche portant la griffe d'un grand couturier, un ensemble en nylon bleu...

— Tiens, j'trouve pas sa robe de soie grise, remarqua Julia. Elle l'avait pourtant bien emportée : j'l'ai vue la mettre dans sa valise. Toute neuve, qu'elle était, c'te robe. Montante, avec des manches longues : elle avait l'air d'une nonne, là-d'dans.

La réponse logique qui me vint aux lèvres fit se glacer mon sang dans mes veines.

— Je suppose que... Cassie a été enterrée avec.

— Toute neuve, qu'elle était, répéta laconiquement Julia. C'est dommage quand même...

C'est dommage que les morts ne soient pas enterrés nus dans leurs cercueils, voilà ce qu'elle voulait dire et, à ce moment-là, je me pris à la détester.

— Je suis fatiguée, dis-je brusquement. Vous pouvez laisser les vêtements de Cassie sur ma chaise. Bonne nuit, Julia.

Le regard qu'elle me jeta disait assez clairement qu'elle avait fait son inventaire et que je ne pourrais rien ôter de la valise sans qu'elle s'en aperçût. Je fermai la porte à clef derrière elle, avec une impolitesse voulue, et j'entendis ses pas se perdre dans le couloir.

Après avoir baissé les stores, je tirai de sous mon lit la petite valise, l'ouvris non sans une certaine répugnance et en étalai le contenu sur le parquet ciré.

La jeune morte ne possédait pas grand-chose de beau : un maillot de bain défraîchi, des sous-vêtements que le lavage avait jaunis, un paquet d'épingles neige, une robe en cotonnade rouge, des chaussures à lanières, rouges elles aussi, deux paires d'escarpins aux talons usés, une jupe de velours noir et une blouse de satin blanc sale, une robe du soir en soie d'un rouge criard, une bouteille de whisky aux trois quarts pleine.

Je m'aperçus qu'il restait quelque chose dans les poches de la valise et me levai pour voir ce que c'était. En fouillant dans la poche droite, je sentis le contact d'un objet en acier : c'était un petit revolver, dont la vue me donna la chair de poule. Je le remis bien vite en place, comme si j'avais craint de le voir partir d'une minute à l'autre — ce qui à dire vrai, était un peu le cas.

L'autre poche contenait un sac de toile rouge assez usé, dans lequel je ne trouvai que des objets sans valeur : bâton de rouge à lèvres, poudrier, peigne, quelques billets d'un dollar et une poignée de petite monnaie. Pas de permis de conduire, ni aucun papier qui eût pu me renseigner sur l'identité de la jeune fille. Je refermai la valise et me déshabillai pour la nuit. La bouteille de whisky, que j'avais laissée sur la table, attira mon regard et, pensant qu'un peu d'alcool me ferait sans doute du bien, je l'emportai dans la salle de bain. Je versai un peu de whisky dans le verre à dents, ajoutai de l'eau. « A ta santé », dis-je tout haut. Mais ma voix me parut venir d'outre-tombe... Boire du whisky trouvé dans la valise d'une jeune fille qui vient de se noyer... Porter un toast à une morte... Soudain, je ne m'en sentis plus le courage et, d'un mouvement brusque, je jetai le contenu du gobelet dans le lavabo.

Je me lavai la figure et les dents et remportai dans ma chambre la bouteille de whisky. Elle était froide au toucher... comme un corps privé de vie, me dis-je en la replaçant, avec un frisson, dans la valise de Didi. Puis je me couchai et éteignis la lumière.

Les rayons de la lune filtraient à travers les rideaux d'un blanc de neige. Je pensai à la tombe fraîchement creusée au cimetière, à la jeune fille qui aimait le rouge et qu'on y avait enterrée dans une robe grise montante, aux longues manches, comme celle d'une nonne. Ce n'était certainement pas le genre de robe qu'elle avait l'habitude de porter ; mais ce n'était pas celui de Cassie non plus et, pourtant, c'était Cassie qui l'avait achetée. Pourquoi ? C'était bien là un petit mystère comparé à tout le reste, mais il tourmentait mon esprit fatigué.

Enfin, je m'endormis et je rêvai que Cassie riait de moi à gorge déployée, et qu'une jeune fille sans visage, vêtue d'une robe montante, levait les bras pour appeler au secours.

***

Je me levai à sept heures, m'habillai et réussis, sans être vue de personne, à placer la valise de Didi sur le siège arrière de ma Plymouth avec mon sac de voyage. Pendant qu'Herbert et moi mangions du bout des dents notre petit déjeuner, Julia nous rapporta, avec une satisfaction macabre, les commérages des voisins sur la disparition de Cassie. Chacun, nous dit-elle, était d'avis qu'Herbert « prenait très bien la chose », remarque qui, si elle était vraie, dénotait de la part des habitants de Centervale un esprit d'observation assez faible. Dans le grand soleil du matin, Herbert avait l'air d'un condamné en route pour le supplice.

— Quel dommage que nous n'ayons pas pu la voir exposée dans son cercueil ! dit Julia. Naturellement, l'eau... (Elle s'interrompit pour engouffrer un gros morceau de pain grillé.) Ça les fait gonfler terriblement, à c'qu'on dit...

Au moment de quitter Herbert, j'hésitai à lui proposer de m'accompagner à Washington. Mais la réaction de Julia à la perspective de nous voir partir ensemble comme deux tourtereaux — sans parler de l'opprobre dont Centervale tout entier ne manquerait pas de nous couvrir — me parut trop horrible à affronter. Mieux valait laisser Herbert où il était.

— Qu'est-ce que vous comptez faire, Jane ? me demanda-t-il, profitant de l'absence de Julia qui était allée balayer le porche.

Nous n'avions pas pu nous trouver seuls un instant, mais cela n'avait guère d'importance car il n'avait plus rien à me dire. Tel le pénitent qui se délivre du poids de ses péchés au confessionnal, Herbert avait rejeté sur moi le fardeau de sa faute. Désormais, mon rôle était d'agir ; le sien, d'attendre passivement.

— Je vais demander une semaine de congé au journal, répondis-je, et je m'arrangerai d'une façon ou d'une autre pour prendre contact avec Cassie. D'ailleurs, peut-être, de son côté, cherchera-t-elle à me joindre. Restez tranquillement chez vous, Herbert. On ne vous attend certainement pas aujourd'hui à la banque, et moins vous verrez de monde, mieux cela vaudra.

— Retrouvez-la, dit-il d'une voix tremblante.

Il me faisait pitié, ce pauvre petit homme chétif aux prises avec une affaire compliquée de confusion d'identités, avec une femme infidèle qui se cachait dans l'ombre pour se moquer de lui. Cassie était-elle *vraiment* mauvaise ? Je ne pouvais penser à elle sans parti-pris : je la connaissais trop bien. Sa mère, morte à présent, était la sœur de la mienne. Nous avions grandi ensemble, dans deux maisons voisines.

Pour tous, elle était la jolie petite Cassie, et moi, ce laideron de Jane. Enfant, je l'avais enviée, et j'avais cherché à l'imiter. Devenue jeune fille, j'avais pris la fière résolution de la surpasser dans tous les domaines où j'estimais important de briller. Le flirt, les sorties, l'amusement ne comptaient pas : c'était ce que je m'étais dit, en m'efforçant d'y croire.

On a coutume de dire que les jolies filles sont sottes, et de considérer celles qui sont sans beauté comme beaucoup plus intelligentes. C'est là, bien entendu, un raisonnement faux, mais en le prenant à mon compte, je réussis, pendant toute la durée de mes études, à me maintenir à la tête de ma classe. Cassie, elle, avait quitté l'école le jour de ses seize ans. « Elle le regrettera un jour, avait prédit ma mère. Quand elle aura perdu sa jeunesse et sa beauté, où en sera-t-elle ? »

Et, au fait, *où* en était-elle ? Si les choses avaient suivi leur cours normal, elle serait encore la maîtresse de maison la plus enviée de Centervale, elle serait toujours la femme follement aimée du plus gros banquier de la ville. Et cependant, pour quelque mystérieuse raison, elle se trouvait... Dieu seul savait où.

Julia se rapprochait de nous, le balai en main.

— Courage ! murmurai-je en prenant congé d'Herbert.

Au volant de ma Plymouth, je suivis la route embaumée de tous les parfums de l'été, dépassai le poteau indicateur qui annonce aux touristes : *Vous quittez Centervale, le plus important des bourgs de la région. Betteraves, couvertures, huile de lin...* En parcourant le long ruban de route dont le soleil faisait coller l'asphalte à mes roues, je me sentis tout à coup un peu effrayée. Je commençais à me rendre compte que la tâche dont je m'étais chargée était peut-être trop lourde pour mes épaules. « Dans quel guêpier suis-je allée me fourrer ? me demandai-je, et qu'est-ce qui m'attend ? »

Je m'efforçais de reconstituer dans mon esprit le récit qu'Herbert m'avait fait. C'était le lundi, vers dix heures vingt, que Cassie l'avait quitté à l'auberge de Pine Point. Un peu plus tard dans la soirée, il s'était rendu à Resort Rondo où il avait rencontré cette fille. Nous étions maintenant vendredi. Cassie n'avait pas de vêtements de rechange, pratiquement pas d'argent, et il lui était impossible de tirer un chèque puisqu'elle était légalement morte.

Peut-être — cette idée me fit sursauter — peut-être Cassie n'était-elle pas au courant de la noyade ? Peut-être était-elle allée tout bonnement à Carrow Lodge, pensant y retrouver Herbert, puisqu'ils devaient s'y rendre ensemble ?

Mais, en admettant cette hypothèse, où était-elle *maintenant* ? Et comment pouvais-je découvrir sa retraite sans éveiller de soupçons ?

Je me sentais reprise de mon vieux complexe d'infériorité et je me voyais telle que Cassie devait me voir. Cette pauvre Jane qui prend les choses tellement à cœur et qui navigue sur l'océan de la vie, en évitant soigneusement les remous !... D'un air de défi, j'appuyai sur l'accélérateur, m'efforçant de chasser ces pensées défaitistes. Ce n'était pas le moment de laisser se rouvrir les anciennes blessures. En bonne journaliste, je devais savoir sérier les questions.

Je m'arrêtai pour prendre de l'essence et boire un café et, à dix heures précises, je filais comme l'éclair, au volant de ma voiture, dans la rue en sens unique qui mène directement au centre de Washington. Je tournai à gauche dans la première avenue, contournai le dépôt d'autobus, et eus la chance de trouver aussitôt un emplacement libre où garer ma voiture. Après avoir glissé mes dix cents dans le compteur de stationnement, j'allai m'enfermer dans la cabine téléphonique la plus proche pour appeler la rédaction du journal. Ce fut Massey, le rédacteur chargé des nouvelles locales, qui me répondit.

— J'appelle de Centervale, lui dis-je. Le mari de ma pauvre cousine est dans un tel état de dépression nerveuse qu'il m'est impossible de le quitter en ce moment. Pourrais-je prendre dès maintenant une de mes trois semaines de congé ?...

— Et le voyage aux Bermudes que vous comptiez faire cet hiver ? interrompit Massey. Il y a pas mal de millionnaires en vadrouille là-bas. C'est intéressant pour une journaliste...

— Herbert a besoin de moi, insistai-je. Je voudrais rester auprès de lui au moins une semaine encore.

— Très bien, prenez votre semaine, mais ne vous enterrez pas dans ce trou !

Au moment de raccrocher, je ne pus me défendre d'un sentiment de nostalgie en évoquant la salle de rédaction de mon cher journal, et l'ambiance de franche camaraderie qui y régnait. Je dus me répéter plusieurs fois, pour tenter de m'en convaincre, que j'avais bien de la chance de pouvoir prendre une semaine de congé.

Ma chance ne m'abandonna pas. A la gare des autocars, où je me rendis ensuite, la vue de ma carte de presse fit une vive impression sur l'employé du service des renseignements. Je déclarai à celui-ci que j'avais l'intention de rédiger un article sur un certain conducteur d'autocar dont je ne connaissais pas le nom mais qui, je le savais, avait suivi la route qui longe le lac Willis, en passant par Pine Point, le lundi vers dix-huit heures trente. L'employé consulta ses horaires, demanda par interphone quelques renseignements complémentaires qu'il nota sur une feuille de papier.

— Il s'agit d'Harry Grindle, Mademoiselle, me dit-il. Il est de repos aujourd'hui, mais voici son adresse.

Je le remerciai et retournai prendre ma voiture. Grindle habitait un quartier très populeux, et j'eus de la peine à me frayer un chemin au milieu de la circulation intense et des marchés en plein air qui encombraient les rues étroites. Enfin, après avoir traversé le pont du chemin de fer, je m'arrêtai devant un immeuble d'assez belle apparence par rapport à celle de ses voisins. J'entrai, ma carte de presse bien serrée dans ma main. L'homme de la rue n'est pas hostile à une certaine publicité et je comptais sur le désir que pourrait éprouver Harry Grindle de voir son nom dans le journal pour me tirer d'embarras. Un tableau apposé dans le vestibule de l'immeuble portait les noms des locataires et le numéro de leur appartement. Je montai au 203, où habitait Grindle, et frappai à la porte. Au bout d'un moment, une voix d'homme questionna :

— Qui est là ?

— Un reporter de la Tribune. Je voudrais vous dire un mot, si vous voulez bien, Monsieur Grindle.

— Une seconde.

J'entendis grincer les ressorts du lit, puis il y eut un bruit de pas ; enfin la porte s'ouvrit et je me trouvai en présence d'un jeune homme de forte carrure, au visage sanguin, vêtu d'un pantalon havane et d'une chemisette voyante qu'il achevait de boutonner.

Je lui présentai ma carte et lui débitai mon boniment. La Tribune désirait faire paraître un article sur les difficultés auxquelles se heurte un chauffeur d'autocar dans l'exercice de sa profession. C'était lui qu'on m'avait conseillé d'interviewer à ce sujet et je serais heureuse s'il pouvait répondre à quelques questions... Plus tard, on viendrait prendre des photos...

D'un geste machinal, Grindle se lissa les cheveux avant de répondre :

— Moi, j'veux bien, mais j'n'ai peut-être pas grand-chose d'intéressant à vous raconter. Enfin, allez-y, posez vos questions et j'tâcherai d'y répondre.

De la main, il me désigna une chaise à côté du divan encore défait, en expliquant comme si cette remarque était nécessaire :

— J'ai fait la grasse matinée.

— Je regrette de vous avoir réveillé, dis-je avec un sourire, mais ce sera vite fait...

— J'en doute pas !

Le ton goguenard de cette réponse me fit rougir jusqu'aux oreilles. Grindle s'en aperçut car il reprit en riant :

— Vous en faites pas, ma belle : on n'en veut pas à votre vertu ! D'abord, j'ai pas envie de m'attirer des histoires avec vot' journal.

Un peu rassurée par cette déclaration, je me mis à lui poser des questions auxquelles il répondit avec prolixité.

Ah ! ça, pour des embêtements, le métier en comportait ! Il ne comportait même guère que ça. Entre les gosses qui penchent leur tête par la portière pendant que leurs bécasses de mères les regardent faire sans rien dire, les voyageurs qui se trompent d'autocar et qui s'en prennent au chauffeur parce qu'ils ne savent pas lire la pancarte, ou bien parce qu'on ne trouve pas à acheter de sandwiches aux postes d'essence...

— ... Et puis, ya ceux qui veulent descendre en dehors des arrêts normaux, et qui est-ce qui se fait attraper, ensuite, si l'horaire n'est pas respecté ?... A mon avis...

— Et cependant, dis-je, compatissante, vous n'avez pas le droit d'être de mauvaise humeur... Oh ! à propos, une de mes amies m'a parlé dernièrement d'un conducteur d'autocar (je réussis à donner à ma voix un ton admiratif), très beau garçon, paraît-il, et qui s'est montré envers elle d'une courtoisie parfaite. Voyons... C'est lundi soir qu'elle a pris l'autocar. Était-ce vous qui le conduisiez ? Mon amie est une jolie fille, qui a beaucoup d'allure, et je pense que vous l'auriez remarquée. S'il s'agissait de vous, j'aimerais bien parler de cet incident dans mon article.

Un changement saisissant s'opéra aussitôt en Grindle. Il me regarda fixement avec une hostilité marquée :

— Comment ça s'fait que vous la connaissez ? Et qui est-ce qui vous a raconté c't'histoire ?

— Je vous ai dit que la personne en question était une de mes amies, répondis-je en m'efforçant de contenir le tremblement de ma voix. Nous avons été à l'école ensemble. Elle m'envoie toujours des cartes postales quand elle est en voyage.

Harry Grindle sauta à bas du divan défait sur lequel il était assis.

— Bon Dieu ! Elle ne vous a pas parlé d'ça sur une carte postale, quand même ! C'est un truc à m'faire perdre mon boulot ! Voilà c'que c'est que d'rendre service à... à une... (Il se laissa retomber sur le divan.) C'est pour ça qu'vous êtes venue ? Pour vous renseigner sur elle ?

— Bien sûr que non, répondis-je avec un petit rire forcé, et ça n'a d'ailleurs aucune importance. Il se trouve que mon amie a fait allusion, dans une *lettre*, une lettre cachetée, à ce chauffeur si poli et si serviable, et j'avais pensé qu'il serait intéressant d'ajouter cette anecdote à mon article. Je vous assure que cela ne présenterait aucun inconvénient. Cette amie et moi, ajoutai-je avec chaleur, étions autrefois dans la même classe et nous avons continué à...

— Eh ben, vous êtes dans des classes différentes, maintenant, ma brave demoiselle, interrompit Harry qui était assis, les jambes écartées, ses grosses mains croisées entre les genoux, comme un écolier cherchant à se tirer d'une situation embarrassante. Elle m'a dit qu'elle était d'Chicago, mais ces poules-là sont toutes des menteuses.

Devant mon regard choqué, il ajouta :

— Fichtre ! Mais vous n'avez pas l'air de savoir c'qu'elle est devenue !... Pourquoi diable vous figurez-vous qu'elle s'balade comme ça dans la nature ? Pour admirer le paysage ?...

— Je ne savais pas, répondis-je faiblement, et, vraiment, monsieur Grindle, je ne sais plus quoi dire.

C'était la vérité : je ne savais pas. Était-ce bien de Cassie qu'il parlait ?

— A votr'place, j'éviterais d'la fréquenter maintenant, me conseilla-t-il d'un ton paternel. J'comprends : vous n'vous étiez pas rendu compte. Pour nous, les hommes, c'est différent : on les r'père comme ça (il fit claquer ses doigts), du premier coup. Surtout ici, dans l'nord, où y en a tellement l'été. Celle-là, elle s'est offert un voyage à l'œil.

— Vous voulez-dire qu'elle n'avait pas d'argent ? demandai-je, suffoquée.

— Si elle en avait, elle s'y cramponnait bien. C'est comme ça qu'elles font, toutes ces filles-là. Ah ! elles savent s'y prendre : elles vous racontent une histoire triste à faire pleurer... J'vous assure qu'y a un tas d'choses que les gros bonnets de la Compagnie n'savent pas, eux qui restent tranquillement assis dans leur bureau, à discuter service, le sourire aux lèvres. Ah ! j'pourrais leur en raconter, si j'voulais...

Je fis signe que j'en étais absolument convaincue.

— Pour c'qui est d'la fille, reprit Grindle, elle est montée à Beaumont, au sud de la frontière canadienne. C'est là que j'prends mon service. J'm'étais arrêté pour casser la croûte quand elle est v'nue m'trouver et qu'elle s'est mise à m'baratiner. Si j'voulais bien l'emmener à Washington, elle saurait bien m'récompenser, qu'elle m'a dit. Moi, j'l'ai fait monter, simplement parce qu'elle m'faisait d'la peine. Y avait pas d'aut' raison, j'vous assure. Et puis, je m'suis mis à réfléchir que, pt'être bien, elle n'était pas aussi fauchée qu'elle voulait bien le dire, mais qu'c'était pas mes oignons. Et puis, elle m'intéressait pas particulièrement si vous voyez c'que j'veux dire. J'croise l'autocar qui va en sens opposé et Andy, un copain, qu'était au volant, me klaxonne.

Alors, j'dis à la fille qu'était assise sur le siège avant, qu'c'est un signal pour me faire savoir qu'un inspecteur attend à Pine Point, et que je n'peux pas la laisser continuer ce voyage à l'œil. J'm'arrête donc un instant à Harrison, et elle descend sans faire d'histoires.

Il s'interrompit un instant, me regarda et reprit :

— Puisque vous avez r'çu une lettr' d'elle, c'est qu'tout s'est bien passé. Harrison, c'est déjà un gros bourg. Elle n'a pas dû avoir de mal à s'débrouiller pour rentrer.

Il fallait que je sache de qui il parlait.

— Portait-elle une robe rouge ? demandai-je sans avoir l'air d'y toucher. Elle a toujours aimé le rouge.

— Ouais : robe rouge, souliers rouges. Pas de bas, mais d'jolies jambes ! Elle tenait à la main une valise minable. (Il s'interrompit, repris de soupçons). Mais c'est quand même bizarre qu'vous soyez v'nue m'interviewer pour votr' journal et qu'vous vouliez en apprendre tellement sur le compte de cett'fille...

— C'est que la conversation a dévié, répondis-je d'un ton léger. Mais il ne vous reste qu'à oublier cette petite histoire. Vous m'avez donné *tellement* de détails intéressants pour mon article !

Un coup d'œil à mon bloc-notes, puis j'ajoutai :

— Ce doit être terriblement difficile de respecter les horaires ? Prenons Pine Point, par exemple. Il doit y avoir beaucoup de voyageurs qui montent là ?

— Non, c'est un arrêt facultatif. Y a bien trois semaines que j'n'ai pris personne à cet endroit-là.

— Eh bien, murmurai-je en me levant avec plus de hâte que de grâce, j'ai été très heureuse de pouvoir vous interviewer, monsieur Grindle. Nous allons faire paraître en automne toute une série d'articles du même genre que celui-ci.

— Et quand est-ce que l'photographe va venir ? demanda-t-il avec intérêt.

— Oh ! ils ont tous énormément à faire en ce moment. Mais il ne faudra pas vous montrer impatient, monsieur Grindle. Évitez de téléphoner aux rédacteurs pour les questionner à ce sujet, car ils seraient capables de laisser tomber l'article. (Je fouillai dans mon sac et en tirai deux invitations pour un des théâtres de la ville). Pouvez-vous utiliser ces billets ? Vous et votre bonne amie ?

— C'est très chic de votr'part, répondit-il avec empressement. Mais, et vous ? Vous n'pourriez pas m'accompagner ? J'vous ferais passer une bonne soirée, j'vous assure !

— J'en serais ravie, répliquai-je avec mon sourire le plus aimable, mais mon ami ne serait peut-être pas très content. (Puisque je devais mentir, autant y aller carrément.) Il est boxeur, ajoutai-je.

— Oh ! s'écria Grindle. Bon, tant pis, n'en parlons plus. Merci pour les places.

Je pris congé et descendis en me remémorant ce qu'il m'avait appris. Didi était montée dans l'autocar à Beaumont, pour le quitter à Harrison, à quelques kilomètres plus au sud. Harry Grindle avait traversé Pine Point sans s'arrêter. Cassie n'avait donc pas pris place dans cet autocar.

Ce n'était pas grand-chose, mais c'était mieux que rien. Je me rendis à mon appartement, situé dans la troisième Avenue et éprouvai un immense réconfort à me retrouver dans mon confortable trois-pièces. Je pris une douche, m'habillai, me maquillai. Mon intention était de déjeuner chez moi et de faire route ensuite vers le nord.

Mon briquet étant cassé, je me mis en quête

d'allumettes pour allumer le fourneau à gaz et je découvris dans un tiroir une pochette gris argent portant en lettres rouges ces mots : *Chez Mark. Nightclub*. La couleur rouge me fit penser à Didi, et je regardai de plus près la pochette d'allumettes.

Ce n'était pas moi qui l'avais apportée à la maison, et je ne croyais pas avoir jamais entendu parler du Nightclub « Chez Mark. » Ce nom de Mark, pourtant, me disait quelque chose, mais quoi ?... Mes œufs étaient presque cuits lorsque je me le rappelai. C'était par une chaude nuit d'été, au cours d'une des fréquentes visites que Cassie venait me faire à l'improviste. J'allais m'endormir quand j'avais entendu, derrière la porte, sa voix qui disait : « Je me suis tellement amusée... Bonne nuit, Mark... »

Une minute plus tard, elle était entrée sur la pointe des pieds et s'était laissée tomber sur le divan du salon. Je me souvenais de la contrariété que j'avais éprouvée, comme toujours, à constater que ses visites chez moi lui servaient d'alibi pour ses fredaines. Chaque fois qu'elle venait à la maison, elle attendait le coup de téléphone d'Herbert, qui l'appelait régulièrement à dix heures, puis elle sortait. Et je savais bien que ce n'était pas pour aller au cinéma... Mais la crainte de ses railleries mordantes m'avait toujours retenue de lui dire ma façon de penser.

Ce jour-là non plus, je n'avais fait aucun commentaire. Je n'avais pas dit à Cassie que je l'avais entendue souhaiter bonne nuit à un homme devant ma porte. Cela ne me regarde pas, m'étais-je dit. Mais cette fois-ci, c'était différent. Harry m'avait parlé d'un autocar allant vers le nord. Peut-être était-ce dans celui-là qu'elle était montée, pour égarer Herbert sur une fausse piste au cas où il aurait cherché à la suivre. Elle avait pu aller jusqu'à

Beaumont et, de là, prendre l'autocar suivant pour retourner à Washington.

Je mangeai, sans grand appétit, mes œufs brouillés, bus un verre de lait, pris ma veste et mon sac de voyage que je n'avais pas déballé. Mon idée était de me rendre à Pine Point pour tenter de recueillir de nouveaux renseignements, mais, auparavant, j'avais l'intention de m'arrêter « Chez Mark ».

Devant la porte du night-club, une grande enseigne au néon brillait d'un éclat aveuglant dans le chaud soleil de midi. Je garai ma voiture dans le vaste parc de stationnement où se trouvaient seulement un camion laitier et une Chevrolet carrossée en jardinière, puis j'allai pousser la lourde porte du night-club. La grande salle dans laquelle je pénétrai était plongée dans une demi-obscurité, au milieu de laquelle les nappes blanches des tables apparaissaient comme des fantômes aplatis. J'entendis les accords d'une musique de jazz avant d'apercevoir le grand piano à queue à l'autre bout de la pièce. Je me dirigeai de ce côté, péniblement consciente du regard ironique que fixait sur moi le pianiste.

Celui-ci s'était mis à jouer au rythme de mes pas... Plus j'approchais de lui, plus j'éprouvais d'antipathie à son égard. C'était un jeune homme aux cheveux bruns, au visage mince et assez laid, et dont les yeux très enfoncés semblaient s'amuser de quelque bonne plaisanterie qu'il était seul à voir.

— Bonjour, mignonne, me dit-il d'un ton cavalier. Si vous venez vous présenter comme vendeuse de cigarettes, c'est trop tard : le boulot est pris. (Son regard glissa paresseusement le long de mes jambes.) Dommage... ajouta-t-il, vous auriez bien fait l'affaire.

— Je voudrais parler à Mark, déclarai-je d'un ton glacial.

— Mark n'est pas là en ce moment. Est-ce que je peux faire quelque chose pour vous ?

— Eh bien...

J'hésitais, cherchais à gagner du temps. Pouvais-je espérer obtenir de lui les renseignements en simulant, encore une fois, une interview ? Mais je repoussai cette idée : ce jeune homme n'avait rien d'un Harry Grindle.

— Eh bien, repris-je, j'avais espéré qu'on pourrait m'embaucher... (Je pris ma voix la plus émouvante pour achever.) Ça doit être passionnant de travailler dans un endroit comme celui-ci !

— Passionnant est le mot juste, admit-il d'un ton gravement ironique, avant de se lever en dépliant son long corps. Voulez-vous faire le tour du propriétaire ?

Et il passa son bras sous le mien, en ajoutant :

— Attention, le parquet est très glissant...

J'avais traversé la salle toute seule sans difficulté mais, au contact de cette main sous mon bras, je me sentis gênée et trébuchai. De ma main libre, je battis l'air et mon sac tomba, éparpillant tout son contenu à terre.

— Je suis désolé, dit le jeune homme.

Il se pencha, ramassa ma carte de presse et me la tendit en reprenant, sans changer de ton :

— Tenez, Jane Jenson, de la Tribune de Washington. A mon tour de me présenter : Dan Marlin, pianiste chez Mark.

— Merci, dis-je niaisement, en me dandinant sur un pied tandis qu'il achevait de récupérer les objets tombés de mon sac.

Inutile, à présent de chercher à obtenir des renseignements de ce jeune homme. Il savait que j'étais journaliste et il n'avait pas l'air particulièrement influençable.

— Je ferais mieux de revenir quand Mark sera là, murmurai-je. Merci encore.

— Pas du tout ! Nous allons visiter les lieux comme c'était prévu.

Glissant de nouveau sa main sous mon bras, il me conduisit à travers la vaste salle jusqu'à un bureau privé, où il me fit entrer en me poussant doucement, mais fermement. Puis il ferma la porte derrière nous et dit d'un ton calme :

— Et maintenant, cousine Jane, expliquez-moi ce qui vous amène.

Comme je gardais le silence, il haussa les épaules et reprit d'un ton impatient :

— Je sais que vous êtes la cousine de Cassie. Il n'y a pas deux Jane Jenson qui écrivent dans la Tribune. Et à propos, comment se fait-il que les journaux locaux n'aient pas parlé de la mort de Cassie ? Si je n'étais pas abonné à un autre journal, je n'en saurais rien encore. Vous qui travaillez pour la Tribune, vous auriez pu au moins faire à votre cousine les honneurs d'un petit article !

— Nous ne nous chargeons pas de la nécrologie pour les villes qui ne sont pas dans le district de Colombia, répondis-je, à moins, bien entendu, qu'il ne s'agisse d'un personnage important ou que les circonstances du décès soient insolites...

Je me mordis la langue, un peu tard ! Mais Marlin ne me regardait pas. Il avait tiré de sa poche une cigarette qu'il alluma et je remarquai distraitement qu'il avait de jolis doigts fins qui contrastaient étrangement avec ses traits durs et plutôt laids.

— Pourquoi vouliez-vous voir Mark ? me demanda-t-il.

— Sans aucune raison spéciale, répondis-je d'un ton vague. Je savais que c'était un ami de Cassie et j'ai pensé qu'il était de mon devoir de lui annoncer sa mort.

Je me dirigeai vers la porte, mais il me barra le passage.

— Il faudra trouver mieux que ça, cousine Jane ! Voyons. Cassie est morte mardi, on l'a enterrée jeudi. Son mari est banquier, si je ne me trompe ?

Je fis un signe affirmatif.

— Et un personnage aussi important, dans une petite ville comme Centervale, ne peut pas se permettre de faire savoir à tout le monde que sa femme fréquentait les bas-fonds de la société. Une noyade accidentelle, ça fait moins mauvais effet qu'un meurtre. Alors, qu'on l'enterre au plus vite, et ni vu ni connu ! C'est pour ça que vous êtes venu, pour dire à Mark qu'il n'avait rien à craindre ?

— Mais qu'est-ce que c'est que cette histoire ? m'écriai-je, au bord de la crise de nerfs. Je ne comprends absolument rien à ce que vous racontez. Je suis venue ici... Mais, après tout, la raison pour laquelle je suis venue ne vous concerne en rien ! Je peux simplement vous affirmer qu'elle n'a aucun rapport avec un meurtre.

Il eut un nouveau regard amusé et reprit :

— Vous devriez venir passer une soirée ici. On s'amuse énormément « Chez Mark », vous savez ! Ça ferait l'objet d'une carte postale intéressante à vos amis et connaissances. Et vous ne croiriez jamais que ce sont les mauvais garçons de Chicago qui financent l'affaire. Parmi toutes les filles de l'Université qui gravitent autour du bar, il y en a un certain nombre qui n'obtiendront jamais leur diplôme — du moins, pas celui qu'elles espèrent ! « Chez Mark », voyez-vous, c'est une espèce de succursale de toutes les boîtes mal famées de Chicago ou d'ailleurs. Un jour, quand votre journal sera en mal de copie, pourquoi ne pas venir faire une enquête sur cette entreprise de gangsters dont Mark est un agent international ?

— J'avais cru comprendre que vous travailliez ici, remarquai-je d'un ton sarcastique. Mark vous paie...

— Pour jouer du piano, pas pour apprécier ses manigances, dit-il en jetant sa cigarette. Mettons les choses au point, cousine Jane. Je croyais que c'était un secret, mais à ce qu'il semble, vous saviez parfaitement où Cassie passait ses soirées quand elle était en ville...

— Je ne suis *pas* votre cousine Jane ! protestai-je, gênée de lire du mépris dans les yeux de Marlin.

C'est vrai, me dis-je, je faisais preuve de sottise et de faiblesse quand je laissais sortir Cassie, vêtue sur son trente-et-un, sans lui demander d'explications, me contentant de l'entendre me lancer d'un ton joyeux : *Couche-toi sans m'attendre, mon chou. Surtout, ne te mets pas à faire les cent pas comme une vieille fille qui attend l'enfant qu'on lui a confié. Je suis grande maintenant, tu sais...*

— J'étais sa cousine, répondis-je sèchement, pas son chien de garde. Donc, c'était ici qu'elle venait ? Et après ? Passait-elle ses soirées avec vous, monsieur Marlin ?

— J'avoue que ça ne m'aurait pas déplu du tout, répliqua-t-il en allumant une autre cigarette, mais c'était une chasse gardée...

— Une chasse gardée ?

Il eut un léger sourire et croisa l'index et le majeur.

— Elle et Mark Tannyer étaient comme les deux doigts de la main. Jusqu'au jour où Mark en a eu assez. Alors, certains soirs, il me faisait du plat pour que je la reconduise chez vous, tantôt dans ma

Chevrolet, tantôt, s'il voulait se montrer gentil avec elle, dans sa Cadillac. C'est que Mark, à ce moment-là, était très occupé avec une des girls du music-hall, une fille au visage de bébé, avec des yeux marrons très doux qui vous faisaient fondre le cœur. Quand Cassie s'en est apercue... (il haussa les épaules) ... enfin, ça ne lui a pas plu du tout. La dernière fois que je l'ai ramenée chez vous, au mois de juillet, elle m'a dit très exactement à quel point ça lui déplaisait.

Il envoya un anneau de fumée vers le plafond et me regarda.

— Ça lui déplaisait tellement qu'elle avait l'intention de demander un entretien au grand patron la prochaine fois qu'il viendrait à Washington. Ce qu'elle voulait lui dire, c'était que Mark tenait trois comptabilités, et non pas deux : une pour le percepteur, une pour le patron, et une troisième tout à fait personnelle. J'ai conseillé à Cassie de renoncer à ce projet si elle tenait à la vie ; mais, m'a-t-elle dit, elle avait déjà averti Mark de ce qu'elle comptait faire.

Vous comprenez maintenant, cousine Jane, ajouta-t-il avec un regard de biais, que nous avons un mobile pour ce que j'ai appelé un meurtre ? Ces gars de Chicago sont des durs : s'ils s'étaient rendus compte que Mark les roulait, sa vie n'aurait pas tenu à un fil... Mais revenons à ce qui s'est passé lundi après-midi. Quand j'ai eu terminé ma répétition avec la chanteuse, je suis entré dans le bureau de Mark, juste au moment où celui-ci raccrochait le téléphone. Je l'ai trouvé tremblant comme une feuille. « Je vais passer quelques jours dans ma villa au bord du lac, m'a-t-il dit. Préviens Anders quand tu le verras, ce soir. » Anders est le sous-directeur de la boîte. Là-dessus, il est sorti. J'ai attendu cinq minutes, puis j'ai demandé à la téléphoniste le prix de la communication. Il était d'un dollar vingt plus la taxe, et c'était *Centervale* que Mark venait d'appeler...

— Cassie n'était pas à Centervale lundi après-midi, répondis-je. Herbert et elle sont partis ce jour-là à midi.

Soudain je me rappelai la présence de Julia ; elle avait sans doute dit à Mark que Mme Stensrud venait de partir en voyage avec son mari, peut-être même lui avait-elle indiqué leur destination exacte...

— Mais leur vieille bonne devait être à la maison, repris-je d'un ton faible.

Il me semblait voir Mark filant à toute vitesse, au volant de sa Cadillac, sur la route qui mène au lac. Il avait pu repérer leur voiture et les avoir suivis jusqu'à l'auberge de Pine Point. Peut-être Cassie, assise à une table près de la fenêtre, l'avait-elle vu arriver et s'était-elle enfuie, prise de panique.

Les yeux durs de Marlin épiaient sur mon visage les changements d'expression.

— Maintenant, venons-en au but de votre visite, dit-il d'une voix calme. Mais commençons par le commencement. A quelle heure Cassie s'est-elle noyée ?

— Le matin de bonne heure, bégayai-je.

— Quelqu'un l'a-t-il vue se mettre à l'eau ?

— Je ne crois pas. En se réveillant, Herbert s'est aperçu qu'elle n'était pas là, et il a fait entreprendre des recherches immédiatement. Je me rendais bien compte que j'abordais un terrain glissant.

— A quelle heure a-t-on retrouvé le corps ?

— En fin de journée. Herbert s'est cassé le bras, ajoutai-je d'une voix mal assurée. Il a fallu lui donner des calmants.

— Je comprends, répondit Marlin avec une grimace. Je parie qu'il a assisté à tout le drame. A mon avis, Mark a dû tuer Cassie lorsqu'elle est allée se baigner, en l'étranglant ou en l'assommant. Puis il a jeté le corps au milieu du lac. Si Herbert s'était interposé, Mark l'aurait supprimé à son tour sans le moindre scrupule. Il le savait bien, ce brave Herbert, et, s'il voulait conserver la vie sauve, il n'avait pas le choix : il fallait se montrer compréhensif. C'est pourquoi il s'en est allé crier sur les toits que sa femme avait disparu. Quelques heures plus tard, on a retrouvé le corps de Cassie. Un officier de police pas très perspicace a jeté un coup d'œil dessus et déclaré que la pauvre fille était morte. Alors, bien entendu, on en a conclu qu'elle s'était noyée et on l'a enterrée sans pousser plus avant l'enquête.

— Vous êtes fou ! m'écriai-je avec la plus grande sincérité. Vous devriez écrire des romans policiers : c'est dommage de gâcher ainsi votre talent à jouer du piano !

Il se trompait du tout au tout, bien sûr ; mais les choses auraient *pu* se passer de cette façon si Cassie — et non Didi — s'était trouvée avec Herbert. Je notai mentalement le nom de famille de Mark : Tannyer.

— Ah ? Je suis fou, riposta Dan Marlin. Je suis fou de penser que jamais Cassie n'aurait eu l'idée d'aller se baigner à l'aube, si elle n'avait eu que les poissons pour l'admirer ? Je suis fou de considérer que jamais elle n'aurait pu laisser se noyer sa précieuse personne ? Je suis fou d'estimer Mark capable de commettre un meurtre s'il avait compris combien Cassie pouvait lui nuire ? Et c'est de la folie sans doute aussi de trouver étrange cette coïncidence que Mark soit parti s'installer au bord du lac le lundi, et que Cassie ait été trouvée morte, dans ce même lac, le lendemain ?

Cette fois-ci, il tira de son étui deux cigarettes et m'en tendit une.

Je la pris d'une main tremblante. Marlin ne savait rien de Didi, mais peut-être avait-il raison de croire que Mark avait tué Cassie. J'en avais appris plus que je n'aurais osé l'espérer.

— Mais ce n'est pas si facile d'envoyer un cadavre au fond du lac, insistai-je, et une accumulation de soupçons ne constitue pas une preuve de meurtre.

— Peut-être n'était-elle pas tout à fait morte quand il l'a jetée dans le lac. Cela, seule une autopsie pourrait nous l'apprendre.

Ces mots prononcés d'un ton calme me firent passer un frisson dans le dos. Si Marlin, qui parlait si bien, insistait auprès de la police pour qu'il y eut une autopsie, toute cette vilaine affaire serait étalée au grand jour.

— J'ai l'impression, dis-je avec toute la dignité dont j'étais capable, que nous tournons dans un cercle vicieux. Herbert n'a certainement pas la moindre intention de demander une autopsie. (J'affectai de ne pas remarquer son sourire ironique.) Et je vous conseille de garder pour vous vos idées extravagantes, Monsieur Marlin. Cassie est morte de mort naturelle, et je ne suis venue ici que pour avertir Mark de sa disparition, au cas où il l'aurait ignorée.

— Oh ! il n'en ignorait rien, soyez-en certaine, répondit-il d'une voix traînante. Mark est toujours là-bas, dans sa villa. Je suppose, ajouta-t-il doucement, qu'Herbert craint qu'il ne le fasse chanter. Ce serait d'ailleurs tout à fait le genre de Mark : s'il peut affoler un type au point de lui faire oublier le meurtre de sa femme, il est parfaitement capable de faire cracher à ce même type tout l'argent dont il a besoin.

Il passa son bras droit autour de ma taille, malgré le geste que je fis pour le repousser.

— Allons, mon petit, me conseilla-t-il amicalement, restez en dehors de toute cette histoire. Cassie ne valait pas grand-chose. Elle ne méritait pas que vous vous mettiez dans le pétrin pour elle. Et Mark Tannyer est un ogre qui mange les petites filles comme vous...

La pression de sa main sur mon épine dorsale fit naître en moi le besoin féminin d'être protégée. Je me sentais faible, apeurée, désarmée. Je m'apitoyais sur mon propre sort.

— Mais j'ai promis à Herbert de l'aider, dis-je faiblement.

— Eh bien, promettez-moi maintenant que vous allez dire à Herbert de laver son linge sale tout seul... Non ! Je ne veux pas me contenter de vos promesses. Je vais vous conduire à Centervale et vous entendre de mes propres oreilles dire à Herbert que vous ne voulez plus vous occuper de cette affaire. J'avais déjà essayé de mettre Cassie en garde, mais mes avertissements n'ont servi à rien. Je n'ai pas l'intention de courir le même risque avec vous.

Il me prit par la main et m'attira vers une chaise.

— Asseyez-vous là pendant que je vais dire à la chanteuse que je ne pourrai pas répéter avec elle cet après-midi.

S'il parle à Herbert, me dis-je, *il lui arrachera toute la vérité. Comment faire pour gagner du temps ? Si je lui dis que je vais à la recherche de Mark, il ne me laissera pas partir.* Dominant la frayeur qui m'étreignait, je m'efforçais de réfléchir calmement.

— Où sont les toilettes ? demandai-je à voix haute.

— Au bout du couloir, répondit-il avec un sourire

protecteur. Revenez me prendre ici. Il faut que je trouve quelqu'un pour me remplacer ce soir, si nous voulons fêter notre rencontre.

Son attitude à la fois romanesque et autoritaire me plut et, à mon tour, je lui adressai un sourire. Puis je quittai le bureau pour me rendre dans la grande salle. Près du piano, je m'arrêtai un instant pour gribouiller un message sur une des partitions : *Il faut absolument que je parle à Herbert avant que vous ne le voyiez. Je vous en prie, attendez à demain pour aller à Centervale.*

J'eus le temps de penser, malgré ma hâte : pauvre cousine Jane, imitant l'ensorcelante Cassie ! Écrivant une chose, et en faisant une autre... Je traversai la salle sans glisser, cette fois, sur le parquet bien ciré, courus à ma voiture garée de l'autre côté de la rue. Je démarrai rapidement et, au premier croisement, pris la direction du nord. Par la faute de Dan Marlin, je ne disposais plus que de vingt-quatre heures pour retrouver Cassie. Mais, à tout prix, je devais la retrouver.

Mes mains tremblaient sur le volant. Dan s'était montré si sûr de ce qu'il avançait. Mark était-il effectivement parti dans l'intention de tuer Cassie ? L'avait-il trouvée et avait-il mis son projet à exécution ? Si tel était le cas, c'étaient un cadavre et un assassin que je devais chercher, et je risquais gros à entreprendre ces recherches...

Dan Marlin m'avait bien recommandé de rester en dehors de cette affaire, mais c'était impossible : Herbert comptait sur moi. Je poursuivis ma route, les mains nerveusement serrées sur le volant.

Je roulai sans m'arrêter et arrivai à l'auberge de Pine Point vers quatre heures de l'après-midi. Après m'être refait une beauté, je descendis de voiture et rajustai ma jupe un peu chiffonnée. Puis j'entrai dans l'auberge et allai m'asseoir à une table près de la fenêtre. Une jolie serveuse au sourire avenant vint prendre ma commande.

— Un hamburger et un café, lui dis-je.

Puis, après l'avoir étudiée plus attentivement, je décidai de l'aborder sur le mode amical.

— Croyez-vous qu'on ait besoin d'aide supplémentaire ici ? demandai-je.

La fille perdit instantanément son sourire un peu servile pour répondre d'égale à égale :

— Si vous êtes capable, vous trouverez peut-être à vous faire embaucher pour les week-ends. Qu'est-ce que vous êtes : serveuse, ou fille de cuisine ?

— Serveuse, répliquai-je à tout hasard.

Mon choix ne devait pas être le bon, car elle reprit :

— C'est dommage : on aurait plutôt besoin d'une fille de cuisine. Mais je peux parler de vous à Anne. C'est elle qui est chargée d'engager le personnel extra.

Elle s'éloigna pour aller chercher ma commande et, au retour, m'examina d'un regard plein de curiosité et de sympathie.

— Je suis tellement bouleversée, m'empressai-je d'expliquer d'une voix tremblante. J'ai rompu avec mon ami, mais maintenant il voudrait que je revienne. On a son orgueil, bien sûr, mais je me sens si seule depuis...

— Je comprends, répondit la jeune fille, je sais ce que c'est. Elle restait debout à côté de ma table, attendant que j'en dise davantage.

— Il courait après une femme mariée, repris-je en reniflant. Il a fini par me l'avouer. Il l'a amenée ici pour dîner, lundi dernier, et elle l'a laissé tomber. Vous imaginez une chose pareille : se faire payer un bon dîner, et planter là la personne qui vous a invitée !

Les yeux de la serveuse s'agrandirent.

— Mais dites donc ! s'écria-t-elle. Je me rappelle ! Une grande blonde, vraiment bien, chic, bien fichue, et tout. Mais l'air assez vache. Tout à fait le genre de fille à soutirer tout ce qu'elle peut... Elle m'a donné un dollar pour faire passer un message à son ami. Lui, c'était un homme de quarante-cinq ans, peut-être un peu plus. Elle m'avait dit d'attendre dix minutes avant de lui donner son papier et, pendant ces dix minutes, il ne tenait pas en place. Il a passé son temps à me commander du café. Il avait l'air d'un brave type, ajouta-t-elle d'un air hésitant. Sérieux et posé, c'est déjà beaucoup. Maintenant qu'il s'est rendu compte de ce que sont ces filles volages, il vous appréciera encore plus.

— Je suppose qu'elle a racolé quelqu'un au bar, dis-je amèrement.

— Nous n'avons pas de bar, et vous n'auriez pas le droit d'aborder votre propre grand-père, ici ! C'est un endroit très comme il faut, répondit-elle avec fierté. Je l'ai vue monter dans une grosse voiture, dit-elle après une légère hésitation, sur le ton de la confidence. Une Cadillac, je crois. On avait l'impression que le type qui était au volant les avait suivis, votre ami et elle, jusqu'ici, et qu'elle préférait s'en aller avant qu'il n'y ait du grabuge. C'était peut-être son mari, acheva-t-elle gaiement, et, quand ils sont arrivés chez eux, il a dû lui flanquer une bonne raclée...

— Peut-être, acquiesçai-je, faisant un terrible effort pour prononcer ce mot avec désinvolture. Je me sentais glacée des pieds à la tête, et prête à défaillir. La jeune fille me quitta pour aller servir à une autre table, sans se douter de l'importance de ses révélations.

Je mangeai mon hamburger et bus mon café sans même me rendre compte de ce que je faisais. Ainsi donc, Mark s'était emparé de Cassie ; peut-être l'avait-il tuée... *Attention, Jane,* me dis-je. *Tu t'engages sur un terrain dangereux, ma fille. D'après les renseignements que tu as pu recueillir, les choses ne semblent pas devoir aller toutes seules...* Je quittai l'auberge en laissant sur la table un pourboire de cinquante cents. Les femmes ont la réputation bien établie, et souvent méritée, d'être bavardes. En l'occurrence, il était heureux pour moi qu'elles le fussent. Heureux... jusqu'à un certain point du moins. La question était de savoir jusqu'où je voulais aller, toute seule — ou, plutôt, jusqu'où je *pouvais* aller.

Marlin avait raison, sur un point en tout cas. Mark était bien parti à la poursuite de Cassie. Celle-ci avait-elle craint qu'il révélât à Herbert leurs relations coupables ? Ou bien avait-elle vu dans l'arrivée de Mark à l'auberge, la preuve certaine qu'elle l'avait reconquis ?

Je montai en voiture et me mis à penser à Dan Marlin, si sûr de lui. J'aurais donné beaucoup pour l'avoir auprès de moi en ce moment. Une chose était certaine : Cassie était avec Mark, ou, du moins, Mark savait où elle se trouvait. Il possédait une villa au bord du lac. Mark... comment, déjà ? Ah ! oui : Tannyer. Je devais trouver au plus vite la villa de Mark Tannyer au bord du lac Willis. Pour Herbert, le temps pressait. Peut-être, pour Cassie, était-il déjà trop tard.

Je conduisais vite et laissai bientôt loin derrière moi une Ford noire que je venais d'apercevoir dans le rétroviseur. Peu à peu, le lac Willis apparut à mes yeux, trop large pour qu'on pût voir d'une rive à l'autre. Il devait y avoir des milliers de villas au bord de ce joli lac : comment pouvais-je espérer trouver celle de Mark Tannyer ?

Je roulais à l'aventure, conservant toujours la même vitesse inutile. Un poteau indicateur fila sous mes yeux. J'étais à vingt kilomètres de Beaumont, le chef-lieu de canton. Voyons, me dis-je, dans une ville de cette importance, je trouverai bien un registre des propriétés. Je consacrerais un temps précieux à le consulter, mais ce ne serait pas là un travail inutile.

Je traversai à toute vitesse des villages où des Indiens, accroupis de façon pittoresque devant leurs étalages de mocassins et de canoës en liège, me regardèrent passer d'un air ahuri, et, vingt minutes plus tard, un autre poteau indicateur m'informa que la ville de Beaumont me souhaitait la bienvenue. Je réduisis ma vitesse à quarante et aperçus de nouveau dans le rétroviseur la Ford noire. Les nerfs à vif, je ne pus m'empêcher de me demander si elle me suivait depuis Washington.

Était-ce Dan Marlin qui était au volant ? Mais, me souvenant qu'il possédait une Chevrolet, je poussai un soupir de soulagement. Le conducteur de la Ford n'était sans doute qu'un simple touriste qui se rendait à Beaumont, comme moi-même. Je demandai au premier piéton que je rencontrai le chemin du palais de justice et, à cinq heures moins le quart, j'étais dans le bureau où sont consignés les contrats d'achat et de vente. Je consultai le répertoire de l'année 1957, mais n'y découvris rien d'intéressant. J'essayai celui de 1956, puis de 1955, pendant que l'aiguille de la pendule se rapprochait de façon menaçante de l'heure de fermeture. Enfin, dans le répertoire de l'année 1959, je trouvai le nom de

Mark Tannyer, et relevai sur mon calepin la description de sa villa. Celle-ci était située à la sortie de la petite ville d'Aldon, à l'autre extrémité du lac. Munie de ces indications, je n'aurais aucune peine à la repérer. Restait à savoir ce que je ferais lorsque je l'aurais trouvée...

Le semblant de courage que m'avait donné l'excitation de la recherche allait maintenant en s'amenuisant. Le bon sens me conseillait de ne pas pousser plus avant mes recherches. *Pourquoi*, d'ailleurs, voulais-je les poursuivre ? Était-ce pour Cassie ? Sûrement pas. Pour la jeune fille qui gisait dans la tombe à sa place ? Pas davantage. Pour Herbert ? En partie, oui. Mais surtout, et presque uniquement, pour me prouver à moi-même que je possédais un peu de l'esprit aventureux qui animait ma cousine, un peu de courage devant la vie. Je redoutais à présent de me laisser gagner par la peur.

Je remontai en voiture et, après avoir quitté Beaumont, tournai à droite en direction d'Aldon. La route de campagne que je suivais était paisible et un peu triste. Sur les bas-côtés foisonnaient les airelles. On entendait gazouiller les oiseaux dans les cèdres et les pins sylvestres qui bordent le lac.

De nouveau j'aperçus, se détachant dans la lumière un peu étrange qui éclairait ce paysage, la Ford noire qui gagnait peu à peu du terrain. Aucun doute n'était plus possible... Le conducteur devait me suivre depuis le départ et il avait choisi ce chemin désert pour me rattraper.

Dans un effort désespéré pour le semer, j'appuyai sur l'accélérateur, mais il me dépassa et se rabattit brusquement. Je n'eus que le temps de freiner et de monter sur le talus et, un moment, je restai assise au volant, le cœur battant, paralysée par la peur et l'indécision. A son tour, il rangea sa voiture sur le talus à quelques mètres de la mienne, et en descendit pour venir vers moi. C'est alors que je reconnus la chemisette voyante et les cheveux frisés d'Harry Grindle.

A sa vue, j'éprouvai un sentiment de profond soulagement : Harry Grindle ne me faisait pas peur !

— Tiens, comme on se retrouve ! m'écriai-je lorsqu'il s'approcha. Mais était-il bien nécessaire de me faire verser dans le fossé pour reprendre la conversation ?

Ouvrant la portière de la Plymouth, il monta à côté de moi en remarquant d'un ton maussade :

— Il vous en a fallu du temps, pour comprendre !

— Je ne suis pas bien maligne, admis-je. Mais puis-je vous demander pourquoi vous passez votre journée de repos à jouer au détective privé ?

Il se cala commodément sur le siège avant de répondre :

— C'est une longue histoire, ma belle !

— Mon nom est Jane Jenson, repris-je d'un ton glacial, et je suis réellement reporter à la Tribune. C'est en cette qualité que je suis allée vous interviewer.

— Vous êtes venue à cause de Didi, répondit-il brutalement. J'suis pas né d'hier, vous savez ! Toutes ces questions qu'vous m'avez posées simplement parce qu'elle était montée dans mon autocar, ça m'a mis la puce à l'oreille. C'que j'veux savoir, c'est pourquoi vous vous intéressez tellement à une fille comme ça.

— Et moi, je voudrais savoir ce que ça peut bien vous faire !

— J'vais vous l'dire, et cette fois, j'vous raconterai tout. Didi et moi nous sommes de très, *très* bons amis. Mais nous avons eu une petite dispute à propos d'fric et elle a décidé d'quitter Beaumont. C'n'était pas dans mon autocar qu'elle avait l'intention d'monter pour aller à Washington, mais l'conducteur habituel était malade et j'ai dû prendre son tour. J'ai essayé d'la convaincre de n'pas partir. Mais elle était bien décidée, elle avait pris son billet, et je n'pouvais pas faire grand-chose pour l'empêcher d's'en aller si elle en avait envie. Alors, voilà qu'à l'arrêt d'Beaumont j'l'ai vue monter dans l'autocar que j'conduisais. Mais elle a dû réfléchir qu'elle et moi on allait encore s'bagarrer en arrivant à Washington, parce que, tout d'un coup, elle a sonné pour demander l'arrêt. J'pouvais pas faire autrement que d'la laisser descendre.

C't' à Harrison qu'elle est descendue, acheva-t-il d'un ton amer, tout comme j'vous l'ai dit. Et j'l'ai pas r'vue depuis. Elle n'est pas r'tournée à Beaumont : j'le sais, parce que j'l'ai d'mandé aux autr' chauffeurs. Pt'être bien que de Harrison elle s'est fait offrir un voyage à l'œil à Washington. C'est c'que je m'suis demandé, jusqu'au moment où vous êtes venue m'poser un tas d'questions saugrenues... (Ses yeux à fleur de tête avaient maintenant un regard dur.) Alors, poursuivit-il, je m'suis dit qu'il avait dû arriver quelque chose à Didi, et j'veux qu'vous m'disiez c'que c'est.

— Mais rien, répondis-je d'une voix aiguë, rien du tout. C'est simplement que je me demandais, moi aussi, ce qu'elle était devenue... Ma voix s'étouffa dans ma gorge : Harry Grindle était en train de regarder la valise de Didi, posée sur la banquette arrière. A genoux sur le siège, il étendit la main pour la saisir et l'ouvrit toute grande.

— Alors, vraiment, il n'lui est rien arrivé ? Vous avez dans votr'voiture la valise de cett'pauvre gosse, et vous dites qu'il ne lui est rien arrivé...

Lorsqu'il se rassit, il tenait à la main le revolver de Didi.

— Allez-y, ordonna-t-il, dites-moi tout. Ça me ferait d'la peine de flanquer une balle dans la peau d'une belle p'tite fille comme vous...

Il l'aurait fait ! J'en étais convaincue. Avalant ma salive, je répondis :

— Je vous le dirais volontiers, mais j'ai promis à quelqu'un...

— A qui ? questionna-t-il brutalement, en appuyant le revolver contre mon flanc.

— A Herbert Stensrud, balbutiai-je, la gorge serrée. C'est mon cousin : le mari de Cassie. Je suis à la recherche de celle-ci. Elle s'est enfuie.

— Quand ça ?

— L... lundi soir, Herbert et elle étaient allés dîner à l'auberge de Pine Point, et c'est là qu'elle l'a quitté. Herbert est rentré chez lui, à Centervale, complètement bouleversé, et il m'a demandé d'essayer de la retrouver. Voilà toute l'histoire.

— Et quel rapport c't'histoire a-t-elle avec Didi ? Un type qui s'appelle Stensrud n'arrive pas à r'trouver sa femme, et vous, vous v'nez m'poser un tas d'questions au sujet de Didi. Mais ajouta-t-il en fronçant les sourcils, attendez donc... Ça y est ! J'y suis. Y a une femme qui s'est noyée mardi dernier à Harrison. (Je sentis la pression du revolver contre mon côté.) Comment s'appelait-elle, cette femme ?

— Je ne sais pas, murmurai-je.

— Mais si, vous l'savez bien ! Elle s'appelait Stensrud. J'ai entendu c'nom-là des centaines de fois à la Radio : « les recherches entreprises pour tenter de retrouver le corps de Mme Stensrud se poursuivent... »

Soudain, comme dans un éclair, la vérité lui apparut :

— Didi, bégaya-t-il, elle a dû racoler c'type...

— Maintenant, vous savez tout, dis-je d'une voix rauque. Herbert a rencontré Didi dans un cabaret. Ils se sont inscrits comme mari et femme. Didi est allée se baigner dans le lac mardi, à l'aube, et elle s'est noyée. On l'a enterrée hier sous le nom de Mme Stensrud. Depuis lors, Cassie, la femme d'Herbert est demeurée introuvable. Peut-être est-elle au courant de l'accident. Personnellement, je le crois. En tous cas, il faut absolument que je la retrouve. Encore une fois ; vous savez tout à présent.

— Didi, répéta Harry Grindle, la pauvr'gosse !

Le revolver quitta mon côté et j'en profitai pour respirer longuement, avec un profond soulagement. Maintenant qu'il était au courant de tout, peut-être allait-il me laisser tranquille.

— J'ai le pressentiment que Cassie se cache dans une de ces villas qui bordent le lac, poursuivis-je. Il faut absolument que je lui parle tout de suite. Je compte sur vous pour garder le silence sur ce que vous venez d'apprendre, n'est-ce pas, M. Grindle ? Herbert est un banquier connu et, naturellement...

— Ce type a tué Didi, interrompit-il d'un ton bouleversé. C'était une très bonne nageuse. Il a commis un meurtre et il essaie de l'faire passer pour un accident ! Mais il ne s'en tirera pas comm'ça. Allez-y, ma p'tite : démarrez ! Nous allons descendre jusqu'à Centervale et l'pincer avant...

— Il faut absolument que je parle à Cassie, insistai-je d'une voix pressante, affolée de lui voir toujours le revolver à la main. Elle est dans la villa de son amant ; du moins, je le crois...

— Et voilà ! Elle quitte son mari pour aller r'trouver son amant... (Le revolver décrivit un arc triomphant.) J'ai compris : chantage.

— Je ne sais pas, répondis-je d'un ton à peine audible, mais je dois à tout prix lui parler.

— C'est bon, allez lui parler ; mais j'irai avec vous. Tiens, c't'une idée, reprit-il d'un air sournois. J'vais leur dire que j'suis dans l'coup, et que j'veux en tirer assez d'argent pour vivre en paix jusqu'à la fin d'mes jours.

Je ne trouvai rien à répondre. L'appât de l'argent lui avait apparemment fait oublier son chagrin de la mort de Didi.

— Nous allons aller ensemble à la villa de ce type, reprit-il avec un gros rire. Vous pouvez dire que vous avez d'la veine de m'avoir à côté d'vous pour vous protéger !

Je continuai à garder le silence. Grindle étendit la main pour prendre la bouteille de whisky dans la valise.

— Vous savez, ma belle, me déclara-t-il, y a pas d'raison qu'on soit pas amis. On va faire cracher le Stensrud et, avec l'argent qu'il nous r'mettra, on s'achètera une belle bagnole et on ira faire un p'tit voyage, tous les deux... En attendant, si on buvait un verre à la réussite de notr' projet ?

Il pressa le goulot de la bouteille contre mes lèvres, mais je le repoussai avec dégoût : *Hier soir,* pensais-je, *j'éprouvais des scrupules à boire du whisky appartenant à une morte. Et, maintenant, je ne peux pas supporter l'idée de trinquer à ma belle amitié avec Harry Grindle !*

— Je n'en veux pas, répondis-je.

— Eh ben, tant pis pour vous ! (Il porta la bouteille à ses lèvres, but une longue gorgée et s'essuya la bouche du revers de la main.) Et maintenant, en route pour la villa !

Je mis le moteur en marche. Peu après, ayant dépassé la Ford d'Harry Grindle, je m'engageai sur la grand-route, que je suivis pendant une quinzaine de kilomètres avant de tourner à droite, sur un chemin de traverse. Pendant tout ce trajet, Grindle n'avait pas prononcé un seul mot. Jetant un coup d'œil de son côté, je le vis vautré sur son siège, la tête appuyée contre le dossier et tenant toujours le revolver à la main. La voiture cahotait sur le chemin creusé d'ornières. Grindle respirait bruyamment, comme s'il dormait. Cela me parut bizarre, mais je n'en poursuivis pas moins ma route jusqu'à une grille portant, sur une plaque usée par le temps, ces mots : *Tannyer. Propriété privée. Défense d'entrer.*

Tout à coup, Harry s'effondra lourdement contre moi. Saisie d'une vague terreur, j'arrêtai le moteur pour le regarder. Il avait la bouche grande ouverte, mais il ne respirait plus. Il était mort...

Je me retins à grand-peine de hurler. Un long moment, je restai assise, immobile, le fixant d'un air hébété. J'avais déjà vu des morts. Au cours de ma carrière de journaliste, j'avais souvent eu à rendre compte de suicides ou de crimes. Mais je n'aurais jamais pensé que la mort pût surgir aussi silencieusement ni d'une façon aussi brutale.

Mes yeux tombèrent sur la bouteille de whisky maintenant à moitié vide. Harry en avait bu, et je me souvins du verre que j'avais moi-même rempli pour le boire, mais auquel je n'avais finalement pas touché. Didi... *elle était très bonne nageuse*, avait déclaré Harry Grindle. Didi aussi avait bu un peu de whisky, et elle avait disparu ensuite dans les eaux du lac...

Je me mis à trembler des pieds à la tête, puis la colère s'empara de moi, plus forte que ma peur. Quelqu'un — je ne savais ni pourquoi ni comment — avait placé du whisky empoisonné dans la valise de Didi. Mark et Cassie avaient-ils suivi Herbert et l'avaient-ils vu entrer au cabaret ? Dans ce cas, peut-être Mark était-il entré derrière lui et avait-il glissé la bouteille dans la valise de Didi, pendant que celle-ci parlait avec Herbert ? Mais pourquoi ? Pourquoi ?

Si les choses s'étaient bien passées de cette façon — cette idée me paraissait à la fois plausible et fantastique — ils ne l'emporteraient pas au paradis. Même si je devais, ce faisant, ruiner la réputation d'Herbert, j'avais bien l'intention d'étaler ce méfait au grand jour. Je descendis de voiture pour ouvrir la grille. Harry était tombé de tout son long sur le siège, et je dus me faire violence pour le repousser afin de reprendre ma place au volant. La seule chose que je pouvais faire pour lui, à présent, c'était de débusquer ses assassins, et le moment en était venu.

Au volant de ma voiture je franchis la grille et découvris, au bout d'une allée, la villa carrée tout près de la rive du perfide lac Willis. Je garai la voiture et, haletante, pris des mains sans vie d'Harry Grindle le revolver que je mis dans mon sac.

La chaleur était accablante et je marchais péniblement sur le sable de l'allée où s'enfonçaient mes pieds chaussés d'espadrilles. De loin, les fenêtres de la villa semblaient des yeux qui me fixaient d'un regard méchant.

Au moment où j'arrivais au bout de l'allée, la porte de la maison s'ouvrit : un homme de forte carrure parut sur le seuil. Il était pieds nus, vêtu d'une salopette marron et d'un tricot de coton. Il me regardait approcher sans rien dire. Arrivée au bas des marches, je m'arrêtai pour demander d'une voix que je m'efforçais de rendre ferme :

— Vous êtes Mark Tannyer ?

— Oui, répondit-il. Je suis Mark Tannyer. Que désirez-vous ?

— Mon nom est Jane Jenson ; je suis la cousine de Cassie.

Un sourire amusé, qu'il réprima aussitôt, éclaira un instant son visage barbu.

— Eh bien, entrez donc, Jane, dit-il.

Il me conduisit dans un petit salon qui, à part les trophées de chasse accrochés au mur, avait un aspect tout à fait banal. En face de la porte par laquelle nous étions entrés, une autre porte, fermée celle-là, devait donner sur une chambre. Mark me désigna de la main une chaise recouverte en peluche et je m'assis, serrant mon sac contre moi pour me donner de l'assurance.

— Je ne sais pas par où commencer, dis-je.

Mark m'adressa un sourire aimable.

— Vous voulez savoir où est Cassie ? C'est bien ça ?

Je ne m'attendais pas à le voir mener l'attaque et me sentis un peu désarmée. J'avais l'impression d'avoir perdu la première manche.

— Herbert est dans tous ses états, repris-je.

Puis, me rendant compte que cette phrase était ridicule, je rougis violemment.

— On le serait à moins ! remarqua-t-il d'un ton affable. Mais je voudrais éclaircir un point, Jane, et ensuite je vous dirai quelque chose qui tranquillisera beaucoup l'esprit de ce pauvre Herbert.

— Très bien. Que voulez-vous savoir ?

— Comment avez-vous appris que j'étais un ami de Cassie ?

— Elle m'a parlé de vous, répondis-je, rassemblant tout mon courage pour mentir, d'une façon tout à fait confidentielle, naturellement. C'est chez moi qu'elle habitait quand elle était à Washington, vous savez, et nous avions de longues conversations.

Mark traversa la pièce pour aller se verser un verre de whisky.

— Vous prenez quelque chose ? demanda-t-il. Mais je secouai négativement la tête : j'avais appris à me méfier des boissons inconnues. Pendant qu'il remplissait son verre, je jetai un coup d'œil furtif vers la porte fermée derrière laquelle, j'en étais sûre, Cassie se tenait, riant de moi en silence. Des papillons dansaient devant mes yeux. Si elle est là, me disais-je, pourquoi n'entre-t-elle pas ?

Mark revint auprès de moi, s'assit sur le canapé de peluche et but une gorgée de whisky.

— Ce que je vous demande de dire à Herbert, reprit-il, c'est qu'il ne doit pas perdre le sommeil à cause de Didi : cette fille n'avait aucun intérêt. Elle a décidé brusquement de quitter Beaumont, mais, hier, je suis allé à l'endroit où elle travaillait et j'ai posé quelques questions discrètes à son sujet. Personne ne sait où elle est allée, et tout le monde s'en moque. Stensrud sera soulagé d'apprendre ça, conclut-il d'un air suffisant.

— Oui, bien sûr, répondis-je. (Puis, forçant un peu le ton de ma voix, je poursuivis :) Herbert n'a pas été infidèle à Cassie. Il a simplement eu pitié de cette fille et il lui a offert un lit où dormir. Le reste... n'a été qu'une terrible erreur.

Mark partit d'un bruyant éclat de rire, en se frappant les cuisses avec la plus exubérante gaieté. Il me semblait entendre le rire de Cassie, derrière la porte fermée, lui répondre en écho.

— Ce brave vieux Herbert ! s'écria-t-il. Ça, c'est un type ! Je regrette presque de ne pas avoir eu l'occasion de faire sa connaissance.

Il s'arrêta court en remarquant ma surprise, et son regard devint glacial.

— J'avais l'intention d'aller lui rendre visite un de ces jours, reprit-il, mais, puisque vous avez eu la bonne idée de venir jusqu'ici, vous pourrez lui faire la commission.

Je demeurais assise, parfaitement immobile. Ce n'était pas ainsi que j'avais envisagé cette entrevue. Au fond de moi-même, j'avais eu l'arrière-pensée de rencontrer Cassie, Mark aussi peut-être, et de discuter avec eux de cette sombre affaire. Mais voici que je me trouvais en présence de Mark seul, et je ne cessais de me demander pourquoi Cassie n'apparaissait pas.

Une autre question me vint à l'esprit, un peu tard, et j'interrogeai :

— Comment savez-vous que c'est une fille nommée Didi qui s'est noyée ?

— J'ai entendu parler de la noyade à la radio, répondit Mark avec aisance. On avait annoncé qu'il s'agissait de Mme Stensrud, et, naturellement, ça m'intéressait. J'ai filé à Harrison et j'étais au bord du lac quand on a remonté le corps. J'ai vu tout de suite que la noyée était Didi. Je connaissais la fille depuis des années ; j'avais eu l'occasion de la rencontrer plusieurs fois, à Chicago et aussi à Hurley. Je peux même vous dire qu'elle portait une petite tache de vin à l'épaule gauche : Faut-il expliquer comment je l'ai appris ? ajouta-t-il avec un large sourire.

— C'est inutile, répondis-je vivement. Je vous crois sur parole. Maintenant, je voudrais parler à Cassie.

— Pourquoi ça ? demanda-t-il en se renversant en arrière sur son siège et souriant toujours.

— Il faut que je lui parle, insistai-je d'une voix

aiguë. Il faut absolument que je sache ce qu'elle a l'intention de faire.

— Et qu'est-ce que vous croyez qu'elle *devrait* faire ?

Malgré le sourire qui éclairait son visage, il avait l'air dur, hostile.

— J'ai pensé à quelque chose. Je n'en ai pas encore parlé avec Herbert, mais je suis sûre qu'il serait d'accord. (J'avais élevé le ton de façon que ma voix fût entendue de l'autre côté de la porte.) Herbert pourrait quitter la banque, vendre sa maison et aller s'installer dans une autre ville, loin d'ici, où Cassie irait le rejoindre. Ils vivraient ensemble sous un autre nom.

— Joli ! dit Mark en examinant ses doigts de pieds nus. Quel heureux dénouement ! Vous devriez écrire des romans...

Il posa sur moi un regard à la fois méprisant et bonhomme avant de poursuivre :

— Malheureusement, il y a quelque chose qui cloche. Leur mariage n'était pas particulièrement réussi, n'est-ce pas ? Alors, pourquoi Cassie serait-elle la victime ? Elle possède suffisamment de preuves contre lui pour demander le divorce et obtenir la moitié de ce qu'il possède — ce qui n'est déjà pas mal. Personnellement, je serais surpris qu'elle envisage une autre solution.

J'en serais également surprise, il me fallait bien le reconnaître. Et tout à coup, une idée, que j'avais tenté de repousser depuis le moment où Herbert m'avait fait sa confession, me frappa de nouveau. Rien au monde, me dis-je, ne plairait davantage à Cassie que de faire sa rentrée dramatique dans le cercle des vivants. On relèverait de vilaines charges contre Herbert : adultère, inscription de Didi sous un faux nom, fausses déclarations à la police... On ne pourrait en relever aucune contre Cassie. Elle toucherait la forte somme, aurait le plaisir de voir sa photo dans le journal, et gagnerait la sympathie d'un public qui prend à cœur la défense des femmes trompées — surtout quand celles-ci sont jolies. En regard de tous ces avantages, ma pauvre suggestion d'une reprise occulte de la vie conjugale ne valait même pas la peine d'être examinée. Cependant, tel l'avocat de la défense qui continue à assener ses arguments tant qu'on n'a pas passé la corde au cou de son client, je poursuivis :

— Herbert est son mari. Ni vous ni moi ne pouvons connaître les liens qui unissent un mari et sa femme.

Je sentis ma gorge se serrer à ce passage de mon discours, car Mark savait aussi bien que moi que Cassie réagirait inévitablement de la manière qu'elle estimerait la plus avantageuse pour elle. Il était impensable qu'il en fût autrement. Pourtant, Mark avait dit qu'il comptait aller faire une petite visite à Herbert... Un soupçon m'effleura l'esprit : du *chantage*, comme l'avait prévu le pauvre Harry... Je regardais fixement devant moi. Par la fenêtre, on apercevait un pan de ciel d'un gris d'acier.

— Qu'est-ce que Cassie a l'intention de faire au juste ? demandai-je à voix haute.

Mark reposa son verre sur la table avant de répondre.

— *Elle* est disposée à s'en aller, à disparaître pour toujours, dit-il du ton précis de quelqu'un qui n'a plus de temps à perdre en fadaises. Mais, bien entendu, elle s'attend de la part d'Herbert à un témoignage de reconnaissance, et c'est justement la commission dont je veux vous charger pour lui. Il faudrait dire à Stensrud qu'il dépose, vendredi prochain, deux mille dollars dans une boîte postale dont je vous donnerai le numéro. Voilà : c'est tout.

Avec un sourire rusé, il reprit :

— Vous avez bien compris, Jane ? Vendredi prochain... et tous les vendredis qui suivront.

— Mais il ne peut pas ! m'écriai-je, c'est imp...

— Il peut parfaitement. Et il le fera, dit Mark en portant de nouveau son verre à ses lèvres.

Maintenant, je savais, sans aucun doute possible, que Mark et Cassie avaient tué Didi. Dans le cas contraire, jamais ma cousine ne se serait résignée à partager l'existence d'un maître-chanteur sans envergure, ni à lier son sort à celui d'un homme qui, une fois déjà, l'avait délaissée pour une autre. alors que, si elle était innocente de ce crime, elle aurait pu soutirer à Herbert tout l'argent que celui-ci possédait.

Par la fenêtre, je vis un yacht traverser le lac, ridant la surface de l'eau ; les mouettes volaient bas. En pensée, j'étais revenue au night-club « Chez Mark » et j'entendais Dan Marlin me dire de sa voix traînante : *j'ai conseillé à Cassie de renoncer à ce projet si elle tenait à la vie...*

Mark s'était bien rendu au bord du lac dans l'intention de tuer Cassie. Il avait su enjôler ma cousine et celle-ci, sans méfiance, avait accepté de l'accompagner à sa villa. Sans doute avait-il projeté de l'emmener, le lendemain, faire une promenade en bateau... Mais c'est alors qu'il avait appris la noyade de « Cassie Stensrud ».

Le front baigné de sueur, je me demandais avec angoisse s'il l'avait réellement assassinée et s'il avait maintenant l'intention de saigner Herbert à blanc. Étais-je entrée en scène juste à temps pour servir d'intermédiaire ?

— Avez-vous... tué Cassie ? questionnai-je, d'une voix que je ne reconnus pas moi-même.

Son visage demeura inexpressif.

— Vous ne pourrez pas vous en tirer ainsi ! m'écriai-je.

Ouvrant mon sac, j'en tirai le revolver et d'une main qui tremblait je dirigeai le canon vers lui.

— Vous avez tué Didi, repris-je. Avez-vous tué aussi Cassie ?

Il pâlit un peu, mais ce fut d'un ton très calme qu'il dit :

— Posez immédiatement ce revolver. Comment voulez-vous que nous parlions sérieusement, si vous agitez ce truc-là devant mes yeux ?

Cependant, je ne reposai pas l'arme : sa présence dans ma main me donnait du courage.

— Dan Marlin avait raison, repris-je. Et maintenant, je vais vous dire ce que je compte faire, *moi !* Je vais téléphoner au shérif pour qu'il vienne vous arrêter immédiatement.

Je regardai désespérément autour de moi, mais ne vis pas l'appareil.

— Nous n'avons pas le téléphone ici, répondit Mark en secouant la tête. C'est un coin perdu, vous savez.

Je me dirigeai vers la porte donnant sur l'autre pièce, l'ouvris et en franchis le seuil, en visant toujours Mark avec mon revolver. Je me trouvais dans une chambre à coucher bien en ordre, communiquant probablement avec une salle de bain. Un instant, je restai immobile, criant le nom de Cassie ; mais mon appel n'obtint pas de réponse et là non plus, il n'y avait pas de téléphone.

— C'est bon, dis-je, vous allez m'accompagner chez le shérif ; c'est vous qui conduirez pendant que je...

Je m'apprêtais à retourner vers l'endroit où Mark était demeuré assis, quand je reçus sur la nuque un coup violent qui me fit, comme on dit, voir trente-six chandelles. Puis, ce fut le vide total...

***

Lorsque je revins à moi, j'avais les yeux bandés et un bâillon sur la bouche ; mes tempes battaient douloureusement ; des cordes enserraient durement mes poignets et mes chevilles. J'étais étendue sur le plancher et, plus forte que la douleur, c'était la peur qui m'annihilait.

Il ne peut pas me tuer, me disais-je pourtant. Il n'oserait pas : je ne suis pas légalement morte, comme Cassie. Et puis, j'entendis *son* rire, je veux dire le rire de Cassie.

De nouveau, j'éprouvai le vieux sentiment de mépris ironique à l'égard de moi-même : pauvre imbécile de Jane voulant venger la mort de sa cousine, se montrer noble et courageuse... Pendant que je jouais au détective, Cassie s'était glissée à pas de loup derrière moi pour m'assommer. *La petite garce !*

Je percevais un bourdonnement de voix venu de l'autre côté de la porte.

— Un des gars de Chicago va s'occuper de Dan, disait Mark, j'y veillerai. Je me demande bien pourquoi il est venu fourrer son nez là-dedans, celui-là ! Mais, en tous cas, son sort sera facile à régler. La question est de savoir comment nous débarrasser d'*elle* !

Ils ne parlent pas sérieusement, me disais-je pour me rassurer. *Ils cherchent à me faire peur. Je crie « pouce ! » Cassie, comme lorsque nous étions petites. J'en ai assez !*

Cassie murmura quelque chose à voix basse, mais j'entendis seulement la réponse de Mark :

— Si, il le faut. Ce n'est pas le moment de faire du sentiment. Elle a découvert qu'il s'agissait d'un meurtre et, même si elle doit pour cela bouleverser la vie d'Herbert, elle nous dénoncera. C'est une de ces filles pour lesquelles le devoir passe avant tout. Nous ne pouvons pas nous permettre de prendre des risques.

Cassie, suppliai-je en moi-même, *Rappelle-toi notre enfance. Souviens-toi de notre bonne grand-mère irlandaise, des goûters appétissants qu'elle nous servait... Tu ne peux pas permettre à cet homme de me tuer...*

Je prêtais désespérément l'oreille pour entendre ce qu'elle disait, mais je ne percevais que le murmure de sa voix un peu rauque. Je me la représentais avec ses formes gracieuses, sa peau bronzée et satinée, ses yeux brillants comme ceux d'un chat.

— Alors, c'est réglé dit Mark. Tu vas conduire sa voiture jusqu'à la pointe. Puis, nous la mettrons au volant et ferons basculer la Plymouth dans le lac. Il y a plus de trois mètres de fond à cet endroit-là. A supposer qu'elle ne meure pas du choc, elle sera noyée dans la voiture.

Tu ne peux pas le laisser faire, Cassie ! criais-je en moi-même. Mais aucun son ne sortait de ma gorge serrée par la terreur.

Soudain, des coups sourds furent frappés à la porte d'entrée.

— Qu'est-ce que c'est que ça ? grommela Mark. Une visite amicale ?

Je laissai échapper un bref sanglot. Cassie et Mark parlaient entre eux, à voix basse. Puis j'entendis le grincement de la porte, un bruit de pas légers qui s'approchaient, et je sentis le parfum musqué de

Cassie. La porte se referma, les verrous furent tirés. Ma cousine était dans la chambre avec moi et, dans la pièce voisine, la voix traînante et bénie de Dan Marlin questionnait :

— Eh bien, Mark, où est Jane ?

— En voilà une idée de faire irruption comme ça chez les gens ! s'écria Mark. Et celui-là, qui est-ce ?

— Herbert Stensrud. Il vient chercher Cassie, moi je viens chercher Jane. Et nous ne voulons pas d'histoires.

— Tu crois donc que je dirige un service de recherches dans l'intérêt des familles ?

— Je veux parler à Cassie, déclara Herbert.

Cassie, tout près de moi, retenait sa respiration.

— Herbert n'est pas encore au courant de tout ce qui s'est passé ; mais moi je le sais parfaitement, Mark, reprit Dan. Ton compte est bon : tu ne t'en sortiras pas. Et cela vaut également pour Cassie. Je sais maintenant que le whisky était empoisonné.

La respiration de Cassie se fit plus courte.

— Quand Cassie est partie avec Herbert, poursuivit Marlin, elle avait une bouteille de whisky dans sa valise : la vieille bonne l'a vue l'y mettre. Avant de prendre la poudre d'escampette, à Pine Point, elle a laissé un message à son mari pour lui recommander de ne rien boire en son absence. Ce qui l'inquiétait, c'était justement cette bouteille de whisky ; mais elle se disait qu'Herbert n'avait aucune raison d'ouvrir sa valise. Elle voulait être là au moment où son mari boirait le whisky — pour s'assurer que tout se déroulait bien selon ses plans. Mais elle avait compté sans Didi, une pauvre fille qui n'avait jamais possédé de beaux vêtements... Didi, en se réveillant dans cette chambre de Resort Rondo, a fouillé dans la valise de Cassie. (Herbert m'a dit qu'il avait trouvé les vêtements de sa femme éparpillés sur le plancher.) Elle a vu la bouteille et a bu un peu de son contenu avant d'aller prendre un bain dans le lac. Et c'est la pauvre Didi qui est morte à la place d'Herbert.

— Tu es cinglé ! hurla Mark. Quelle histoire à dormir debout ! Sors d'ici immédiatement, ou je vais...

— Elle s'est noyée, reprit sombrement Dan, parce qu'après avoir ingurgité ce whisky, il lui était impossible de nager. Quand Herbert m'a fait lire le message de Cassie, j'ai trouvé un peu louche la sollicitude dont celle-ci faisait preuve à l'égard de son mari. Et, pour confirmer mes soupçons, je viens de découvrir, dans la voiture de Jane, un homme mort avec, à côté de lui, la même bouteille de whisky.

Le whisky de Cassie... Enfin, je comprenais : Cassie l'avait mis dans sa valise où Didi l'avait trouvé. Didi, qu'on avait revêtue, pour l'enterrer, d'une robe grise montante, comme celle d'une nonne... Une robe de deuil... Tout s'éclairait à présent.

La respiration de Cassie semblait s'être arrêtée.

— Mais je m'étais trompé dans mes suppositions, Mark, dit Dan. J'avais d'abord cru que tu étais parti à la poursuite de Cassie pour la tuer à cause de... enfin, peu importe maintenant pourquoi je m'étais imaginé ça. Peut-être avais-tu toujours en tête l'idée de te débarrasser d'elle, quand vous êtes arrivés ici. Mais Cassie a su t'en dissuader : une riche veuve présente beaucoup plus d'intérêt qu'une femme en puissance de mari. Et elle t'a parlé de son projet d'empoisonner Herbert quand elle est montée dans la voiture, devant l'auberge de Pine Point, après avoir laissé à son mari un message disant qu'elle allait chez Jane.

— Je partais donc en vacances au bord du lac pour y mourir, interrompit sinistrement Herbert. Seulement, il se trouve que je suis encore en vie. Grâce à ma rencontre avec Didi, je suis toujours de ce monde...

— Tu as fait pas mal de suppositions, il me semble, Marlin, remarqua Tannyer d'un ton glacial. Vous aussi, Stensrud. Mais où cela vous mène-t-il ? Une fille boit par hasard du whisky auquel elle n'aurait jamais dû toucher. Elle se noie. Allez-y : faites-la exhumer si vous l'osez ! Rien que la puanteur suffirait à rendre malade ce pauvre Herbert...

— J'ai agi comme un lâche, reprit celui-ci. J'accepte ma punition. Mais vous aurez la vôtre, Tannyer. C'est vous qui êtes responsable de tout, parce que vous avez séduit Cassie et que vous lui avez mis en tête ces idées abominables... Nul ne peut tuer impunément, ajouta-t-il d'une voix brisée.

— *Ne bouge pas la main, Mark !* ordonna soudain Dan Marlin. Ne bouge pas, ou je tire ! Et je t'assure que je ne te manquerai pas !

Il y eut un long et pénible silence. Puis la voix de Mark reprit :

— Une prostituée qui aimait le rouge s'est noyée. Il y a dans la voiture de Jane un homme mort. Et après ? Nous pouvons facilement nous débarrasser de ce cadavre. Et, ensuite, qu'on n'en parle plus, ni les uns ni les autres. D'accord ?

— Non, répondit Dan. Nous ne pouvons pas te faire confiance, Mark, et à Cassie pas davantage. Dans moins d'une semaine on vous retrouverait en train d'extorquer de l'argent à Herbert.

— Quel idiot tu fais, Marlin ! Et qu'est-ce qui t'a pris de fourrer ton nez là-dedans, je me le demande ?

— C'est que je n'aime pas les assassins, et je sentais bien que toi et Cassie mijotiez quelque chose. Mais je ne serais pas intervenu, si je n'avais pas eu peur pour Jane. Maintenant, je m'aperçois que vos petites manigances ont fait deux innocentes victimes, et je ne peux plus me désintéresser de l'affaire. Ça te suffit comme explication ?

Mark ne répondit pas, mais j'entendis Herbert appeler :

— Cassie ! Je veux te parler.

Au son de la voix, on se rendait compte qu'il approchait de la chambre où nous étions enfermées.

Cassie était maintenant tapie contre moi, un genou pressé contre mon estomac. Je sentis sur ma gorge le contact d'un objet froid et compris que c'était une lame de rasoir.

— Tu feras ce que je te dis ? murmura ma cousine d'un ton menaçant. Affolée, je hochai la tête en signe d'assentiment. Elle coupa les liens qui m'enserraient les chevilles.

De nouveau, on entendit la voix d'Herbert et le bruit de son poing frappant la porte.

— Lève-toi, ordonna Cassie, et va à la porte. Dépêche-toi !

D'une poigne solide, elle tenait mon bras gauche. Son autre main, qui serrait la lame de rasoir, était posée sur mon cou, juste au-dessous de l'oreille.

— Tourne la clef dans la serrure, me dit-elle de sa voix rauque. Tu la sentiras bien, même si ton bandeau sur les yeux t'empêche de la voir. Ouvre la porte et sors. Vite ! Et pas de blagues, hein ?

Je ne pouvais faire autrement que d'obéir.

— Vas-y ! cria Cassie.

Je me rendais compte, au moment où nous quittâmes la chambre, que je constituais pour elle un bouclier parfait.

— N'essaie pas de te servir de ton revolver, Dan ! dit Cassie. Sinon, c'est la tête de Jane qui va valser...

Herbert poussa un cri étouffé :

— Cassie !...

Mais la voix de Mark l'interrompit.

— Elle a raison, Dan : laisse ce revolver tranquille ! Et toi, Cassie, détache les mains de Jane. Doucement : il vaut mieux qu'il n'y ait pas de marques.

Cassie coupa la corde qui me liait les poignets.

— Enlève le bâillon, m'ordonna-t-elle, mais garde ton bandeau sur les yeux. Pourquoi diable es-tu venue te mêler de ce qui ne te regardait pas ? ajouta-t-elle, comme si elle déplorait mon intrusion et regrettait d'être contrainte d'agir comme elle le faisait.

Un instant plus tard, j'avais retiré mon bâillon et je pouvais de nouveau parler. Mais à quoi bon ? Puisque c'était justement le fait d'avoir trop parlé qui m'avait mise — avec Dan et Herbert — dans ce pétrin.

— Déshabillez-vous, Jane, commanda Mark. Et plus vite que ça.

La lame du rasoir toujours pressée contre ma gorge, je dus m'exécuter. Bientôt, je n'eus plus sur moi que mon slip et mon soutien-gorge.

— Ça ira comme ça ! dit Mark. Pas mauvais, ce numéro de strip-tease, hein ? ajouta-t-il en ricanant.

Ceux qui vont mourir te saluent Mark Tannyer, pensai-je, au bord de la crise nerveuse.

— A vous maintenant, Marlin et Stensrud : à poil ! ordonna grossièrement Mark.

Près de mon oreille, j'entendis le petit rire excité de Cassie, mêlé au froissement de vêtements tombant à terre.

— En route, Cassie, dit Mark. Prends la tête de la file. Nous allons au bateau.

— Non !... s'écria Herbert d'une voix terrorisée.

C'était un mot qu'il aurait prononcé avec plus de profit au moment où il avait jeté les yeux sur Didi...

Nous nous mîmes en marche. L'air de la nuit était froid et humide sur ma peau. Au bout de quelques mètres, mes pieds nus quittèrent la surface rugueuse des planches pour s'enfoncer dans le sable. Le bruit des pas de mes compagnons cessa lorsque eux aussi atteignirent le sable. J'entendis le murmure de l'eau, le cri d'une mouette. Le sable devenait humide sous mes pieds.

— C'est du beau travail, chérie ! dit Mark à Cassie. Ni Dan ni Herbert n'avait prononcé un mot, mais je savais qu'ils étaient là, derrière moi.

Je me sentis poussée dans un bateau. Puis ce fut le tour des hommes.

— Asseyez-vous, commanda Mark, nous allons faire un petit tour...

Il mit le moteur en marche et le canot partit. J'étais assise, immobile et frissonnante, les cheveux ébouriffés par le vent.

— Enlevez ce bandeau de vos yeux, Jane, dit Mark. Je suppose que vous avez envie d'admirer les beautés de la Nature, vous aussi !

Mes doigts raides s'efforcèrent maladroitement de défaire le nœud. Enfin, le bandeau tomba, et le noir complet fit place à une demi-obscurité. Dan et Herbert, dont les corps nus se détachaient en blanc dans la pénombre, me tournaient le dos. Cassie était assise derrière moi : c'était elle qui dirigeait le canot. Mark, appuyé contre le bord du canot, tenait avec aisance le revolver dans sa main droite.

— C'est dangereux, le bain de minuit, dit-il d'un ton ironique. Deux hommes et une femme sont allés se baigner presque nus ; ils se sont trop éloignés de la rive, beaucoup trop... Et voilà... Ils étaient soûls, probablement, ajouta-t-il avec un claquement de langue. Rappelle-moi, chérie, de laisser une bouteille de whisky à moitié vide dans une des voitures avec leurs vêtements. Nous garerons leurs deux voitures près de la pointe. Il n'y a que des fous qui ne connaissent pas la région, pour aller se jeter à l'eau d'un endroit comme celui-là, et par une nuit pareille !

— Tu ne t'en tireras pas comme ça, dit sombrement Dan.

— Je me demande bien pourquoi, répondit Mark. Personne ne pourra établir de lien entre moi et ces trois malheureux qui sont allés se noyer à plus de cinq cents mètres de ma villa. Et vous savez, Stensrud, rien ne nous empêchera de faire main basse sur une partie de votre fric. Cassie me dit que vous aviez près de vingt mille dollars dans un coffre-fort, à Centervale. Il se pourrait bien que nous allions, très rapidement, faire un petit tour là-bas. Pourquoi pas ? Nous avons la clef de la maison. Nous connaissons la combinaison du coffre... Non vraiment, ce ne sera pas une mauvaise idée !

Dans l'air humide, retentit le rire argentin de Cassie.

— Votre femme a le sens de l'humour, reprit Mark sur le ton de la conversation. Vous ne l'aviez jamais remarqué, Herbert ? Mais, c'est vrai, il y a beaucoup de choses en elle que vous n'avez pas remarquées !

Le canot ralentit peu à peu, puis s'arrêta.

— Voilà, dit Mark. J'ai beaucoup apprécié votre compagnie à tous les trois. Allez, toi, Dan, le gros malin : vas-y le premier. Lève-toi et plonge. Sinon, je te fais basculer par-dessus bord avec du plomb dans le corps.

Je sentis, plutôt que je ne vis, Dan se lever.

— Dépêche-toi, ordonna Mark. Nous n'avons pas de temps à perdre.

— Adieu, Jane, murmura Dan.

Au même moment, il se jeta brutalement sur Mark. Le revolver que tenait celui-ci partit avec un claquement sec. Les deux hommes tombèrent à l'eau. A mon tour, je me précipitai sur Cassie, qui dut lâcher le gouvernail pour se défendre.

— Attrapez-la ! hurlai-je à Herbert, oubliant qu'il avait le bras cassé.

Nous luttions comme deux forcenées et nos mouvements désordonnés, ajoutés à ceux d'Herbert qui s'était levé brusquement, firent chavirer le canot. Je tombai par-dessus bord, griffant l'air de mes deux mains.

Sur le point de couler à pic, je donnai un coup de pied pour remonter à la surface, cherchant en vain à me raccrocher au canot. Je sentais mes forces m'abandonner et faisais appel à tout mon bon sens pour ne pas me laisser aller à la panique. Trop loin de la rive pour pouvoir la regagner à la nage, je devais seulement essayer d'atteindre le canot...

J'y parvins enfin et y trouvai Herbert accroché de sa main valide, et soutenu par Dan.

— Cassie... Cassie, où es-tu ? criait-il.

Cassie et Mark étaient tout habillés, me dis-je. Nous avons la chance de ne pas l'être... A mon tour, je me cramponnai au canot.

— Ça va ? demandai-je à Dan.

— Je serais incapable de dire si la balle m'a touché ou non, répondit-il. Je ne le crois pas. La brusquerie de mon attaque a dû surprendre Mark... ou bien, c'est qu'il est mauvais tireur.

Soudain, à la pâle clarté de la lune, j'aperçus Cassie, le visage convulsé par la terreur, les bras crispés autour du cou de Mark qui cherchait à se dégager de son étreinte.

— Tu es folle ! cria-t-il. Tu vas me faire couler !

Le canot auquel nous étions accrochés était entraîné peu à peu par le courant. Une fois encore il me sembla voir Cassie et Mark, semblables à deux points minuscules dans le lointain ; mais peut-être était-ce seulement une illusion de mon esprit. Et je ne pus m'empêcher de penser : *Cassie savait tout faire mieux que moi, à l'exception d'une seule chose. Elle était si jolie et si fière de sa beauté, qu'il lui suffisait de se sentir admirée lorsqu'elle prenait ses bains de soleil ou s'ébattait sur la plage ou à la piscine. Elle ne s'est jamais donné la peine d'apprendre à nager !*

— Cassie !...

La voix d'Herbert se brisa en prononçant une dernière fois ce nom.

— Vous ne pouviez rien faire, avec ce bras cassé, lui dit Dan pour le réconforter. Vous avez de la chance d'être ici, et soyez bien persuadé qu'elle ne méritait pas d'y être... Maintenant, accrochez-vous bien et battez des pieds. Vous aussi, Jane. Le canot ne va pas couler. Quand vous serez fatigués, dites-le-moi et je vous relaierai. Et vous verrez que nous arriverons ainsi jusqu'à la rive.

— Pour un pianiste, vous êtes débrouillard, remarquai-je non sans une certaine admiration.

— Je ne connais rien à fond, mais j'ai pas mal de notions d'ordre général, admit-il avec modestie. Mais vous feriez mieux d'économiser votre souffle et de vous mettre à battre des pieds.

Tout en faisant aller mes jambes en cadence dans l'eau, comme me l'avait conseillé Marlin, je pensais à la pauvre Didi et à la bouteille de whisky à demi pleine que j'avais trouvée dans sa valise. Mon refus de trinquer à une amitié avec Harry Grindle m'avait sauvée du poison une seconde fois.

Le vent, après avoir balayé les nuages, se calma peu à peu, mais il nous fallut plusieurs heures pour atteindre la rive. Quand, enfin, nous y parvînmes, nous étions exténués.

D'un coup de pied, Dan envoya le canot à la dérive. Puis nous nous mîmes en marche vers la villa de Mark pour nous sécher et remettre nos vêtements.

— Je ne peux pas laisser Cassie, gémit Herbert, je ne peux pas l'abandonner.

Je dus me faire violence pour répondre :

— Il vaudrait mieux pour sa mémoire que tout le monde continue à la croire enterrée dans votre caveau de famille. Vous le comprenez bien, n'est-ce pas, Herbert ?

Et, comme il ne disait rien, je poursuivis :

— La valise de Didi est dans mon coffre arrière. Si nous la laissons ici, cela mettra la police sur les traces...

— De la fille qui est enterrée sous le nom de Cassie à Centervale, acheva Dan. Je vais chercher cette valise, Jane.

Dans mon sac resté sur la table, je pris les clefs de la voiture et les lui tendis. Au bout de quelques minutes, il était de retour, tenant à la main la petite valise en imitation de cuir, dont nous étalâmes le contenu sur une chaise.

— Un canot chaviré, murmura Dan, un homme et une femme noyés... Il n'y aura même pas besoin d'enquête. Et, lorsqu'on retrouvera le corps de Cassie, il sera probablement devenu impossible de l'identifier.

Je frissonnai.

Tous trois, nous quittâmes la villa pour aller vers les voitures.

— Pourrez-vous conduire, Herbert ? demanda Dan.

— Bien sûr. Ma voiture a un changement de vitesses automatique et mon bras cassé ne me gênera pas pour conduire, répondit Herbert en détournant les yeux du cadavre d'Harry Grindle.

Je leur racontai alors ce qui était arrivé au pauvre Harry.

— Nous allons le remettre dans sa propre voiture, suggéra Marlin. Les autorités locales conclueront probablement qu'il est mort d'une crise cardiaque : nous sommes payés pour savoir qu'elles ne sont pas très fortes en matière d'enquête ! Et, même si la police allait jusqu'à retenir l'hypothèse d'empoisonnement, elle ne découvrirait jamais les coupables... puisqu'ils sont morts...

Après avoir dépassé Aldon, Dan, au volant de ma Plymouth, suivit la grand-route pour retrouver la voiture de Grindle, toujours rangée sur le talus. Je dis un silencieux adieu au malheureux garçon, tandis que Dan emportait son corps dans la Ford. Je ne pouvais pleurer sur personne : j'avais dépassé le stade des larmes.

Puis, précédés d'Herbert, nous fîmes route vers le sud. Bien que Dan eût ouvert le chauffage, je continuais à frissonner ; mon cœur semblait devenu un bloc de glace.

Cassie avait voulu me tuer. Nos mères étaient sœurs, nous avions grandi ensemble, dans la même rue. Et, cependant, elle avait formé le dessein de me tuer. Si Dan, sans tenir compte de mon message, était allé directement à Centervale, elle aurait mis à exécution son sinistre projet.

— Pauvre Cassie, dit doucement Dan, en m'entourant les épaules de son bras. Inutile de la haïr : elle est morte.

— Leur intention était d'abord de m'enfermer dans ma voiture et de la faire basculer du haut de la falaise, dis-je. Mais, quand vous êtes arrivé avec Herbert, ils ont jugé plus simple de nous noyer tous les trois au milieu du lac.

— Cassie risquait gros, reprit Dan. Si la police avait décidé de faire l'autopsie de Didi, elle aurait été accusée de meurtre.

— N'oubliez pas, fis-je observer, la gorge sèche, qu'elle avait d'abord décidé d'empoisonner Herbert.

— Elle devait considérer qu'une riche veuve présenterait plus d'attraits aux yeux de Mark... Mais elle est morte, et lui aussi. Paix à leurs âmes !

Je revis en pensée deux petites filles assises sur une pelouse, à l'ombre d'un arbre, à tresser des couronnes de trèfle. Un instant, j'évoquai avec attendrissement l'image de la chère grand-mère irlandaise qui, sur le seuil de la porte, nous souriait de loin en nous appelant pour le goûter... Alors, je posai ma tête sur l'épaule de Dan Marlin, tandis que des larmes bienfaisantes inondaient mon visage.

Bury her quick.
Traduction de Denise Hersant.

LE PERROQUET DU VAUTOUR

par ARTHUR PORGES

— Je comprends qu'on ait tué l'homme, mais ce qui m'intrigue c'est qu'on ait tué aussi le perroquet.

Je cessai de regarder dans mon microscope. Il y avait déjà plusieurs mois que le lieutenant Ader n'était pas venu me soumettre une de ses enquêtes épineuses. Non, ce que je dis là n'est pas la stricte vérité : c'était plutôt moi qui l'avais découragé ces derniers temps de me demander quoi que ce soit. Nous étions submergés de travail à l'hôpital Pasteur dont moi, Dr. Joël Hoffman, je suis le pathologiste. Chaque fois qu'Ader était venu me trouver cette année, je l'avais envoyé promener en lui montrant tout le travail qui m'attendait au laboratoire. Naturellement, par la suite il avait évité de me déranger. Maintenant je me sentais un peu coupable : j'aime beaucoup le lieutenant et plus d'une fois nous avons fait du bon travail à nous deux. Je suis pour lui une sorte de conseiller scientifique — bénévole, bien entendu, mais ça, ce n'est pas sa faute. Le coroner dont j'usurpais avec légèreté les fonctions s'en souciait fort peu ; il était payé, et même grassement payé. Le lieutenant préférait se passer des services du Dr. Kurzin, car ce dernier était loin d'être un génie. A mon avis, il ferait mieux d'aller découper de la viande dans un supermarché quelconque.

Faisant pivoter mon siège, j'éteignis la lampe de mon microscope et je déclarai :

— Allez-y, mon vieux, racontez-moi tout.

— C'est comme je vous l'ai déjà dit. On a trouvé Horton mort à côté de sa voiture. Apparemment il se préparait à changer un pneu qui était presque à plat. La mort est due à un empoisonnement au cyanure.

— Qui a dit ça ? demandai-je.

Il prit un air penaud.

— Je regrette, mais c'est Kurzin.

Je hochai la tête avec mépris.

— Soyez raisonnable, Zee. Comment diable puis-je travailler sur une affaire si le diagnostic a été auparavant établi par un crétin ? Si ça se trouve, le mort a été simplement victime d'un excès de pellicules sur la tête !

— Vous exagérez, répliqua assez sèchement Ader. Moi aussi j'ai senti l'odeur d'amande amère. Il n'y a rien à redire là-dessus. De plus le vieux Kurzin avait amené un jeune étudiant en médecine — son neveu — pour le seconder. Tous deux ont été d'accord : il n'y a pas de doute possible, c'était du cyanure.

— Juste Ciel ! Une autre génération de Kurzin va prendre le relais pour embrouiller les enquêtes ! Oh ! ça va, ajoutai-je vivement en voyant l'impatience du lieutenant devant mon manque de respect. Mettons que pour une fois il ait vu juste. De quoi donc vous plaignez-vous ?

— Eh bien, dit-il en hésitant, peut-être que je me

fais des idées... C'est un détail bien insignifiant... mais pourquoi avoir tué l'oiseau ?

— Vous voulez parler du perroquet qu'on a trouvé à côté de lui ?

— Oui. Il l'emmenait partout. L'oiseau se perchait sur son épaule, comme ces bêtes ont l'habitude de le faire. Le gars découvre tout à coup qu'il roule à plat. Il descend pour changer sa roue. C'est alors qu'il avale ou qu'on lui fait avaler du cyanure — comment, je n'en sais rien — et qu'il meurt instantanément. La dose devait être importante car il est tombé raide mort. Mais pourquoi l'oiseau, et comment ?

— Je ne vois pas le problème. Si on lui a donné à manger quelque chose d'empoisonné, il en a certainement fait goûter à son oiseau. Qu'y a-t-il de bizarre à cela ?

— Kurzin affirme que l'estomac d'Horton était vide. Aucun aliment. Il n'a pas dû manger avant de démonter son pneu, d'ailleurs il n'y avait pas trace de provisions ni d'épluchures, rien de la sorte.

— Il peut tout de même avoir avalé quelque chose.

— C'est vrai. En fait il a pris de l'aspirine. Kurzin en a trouvé des traces dans son estomac.

— Si l'on veut tuer quelqu'un avec du cyanure, quel meilleur moyen que d'en ajouter à son aspirine ? Il est facile d'en modeler en forme de comprimés identiques aux autres, les inoffensifs. Le cyanure de potassium est blanc, vous le savez. De cette façon le meurtrier peut se trouver à des lieues de l'endroit, avec un solide alibi.

— Je sais bien, dit-il d'une voix morne. C'est aussi l'opinion de mes brillants collègues, mais je ne peux me résoudre à y souscrire. Mon intuition me dit que quelque chose cloche. Je suis sûr que vous comprenez pourquoi.

Je réfléchis un moment, puis me levai :

— Je crois que oui. Il y a en effet quelque chose qui ne va pas. C'est la mort du perroquet qui gâche tout. On laisse un oiseau picorer de la pomme, un gâteau, ou même la laitue d'un sandwich, mais qui aurait l'idée saugrenue de donner de l'aspirine à un perroquet ?

— Exactement, approuva Ader, les yeux brillants. Comment a-t-on pu donner du poison à cet homme de telle sorte qu'on tue l'oiseau du même coup et sans laisser de nourriture dans son estomac si sur les lieux du crime ? Ça fait des jours que je réfléchis à cette question sans pouvoir trouver de réponse satisfaisante. C'est la raison pour laquelle je viens vous ennuyer encore malgré votre travail. Vous avez le chic pour découvrir la solution des énigmes que je n'arrive pas à résoudre.

Bien sûr il me passait la main dans le dos, mais c'était vrai qu'il nous était arrivé de démêler ensemble des affaires bien embrouillées.

— Je suppose qu'on n'a pas conservé les échantillons des analyses de l'autopsie ?

— D'après le règlement, me rappela Ader, Kurzin n'était pas obligé de les garder. Il est seulement tenu de déposer sous serment.

— C'est très ennuyeux car si lui et son étudiant se sont fichus dedans nous risquons de suivre une fausse piste.

— Vous devriez lire son rapport, suggéra Ader.

Je poussai un gémissement ; lire la prose officielle de Kurzin était pour moi une épreuve comparable à celle d'un éditeur forcé de se plonger dans la lecture d'un manuscrit rédigé par un illettré.

Je finis par accepter :

— Bon, bon. Faites-le-moi parvenir. Après tout, ça ne peut pas être pire que l'ineptie que j'avais l'intention de regarder à la télévision !

Je ne sais pas pourquoi j'avais envie de voir le vaudeville programmé ce soir-là, peut-être parce que c'était un spectacle qu'on pouvait suivre avec seulement deux pour cent de cellules grises sans pour cela perdre un seul fil de l'intrigue. C'est très reposant, ça facilite la méditation et, sait-on jamais, la solution des problèmes peut en jaillir.

Ce soir-là je me penchai donc sur ce rapport encore plus incohérent que les autres. Mais Kurzin avait vu juste pour le cyanure, il n'y avait aucun doute car pour déceler ce poison, les analyses sont si simples que seul un arriéré s'y tromperait. Il y avait corrosion évidente des muqueuses gastriques et des traces identiques de poison dans d'autres parties du corps. Je regrettais cependant de constater qu'ayant trouvé le cyanure dans l'estomac d'Horton, Kurzin ne s'était pas donné la peine de chercher plus loin. Il n'avait fait aucune estimation, même approximative, de sa diffusion dans le cerveau ou dans les autres organes. L'odeur d'amande amère et ce qu'il voyait lui avaient semblé suffisants pour établir son rapport. L'enquête pouvait en être faussée.

Aussi quand Ader vint me demander mon opinion je n'eus pas grand-chose à lui dire.

— Certainement, c'est bien du cyanure, confirmai-je prudemment. Mais pour le perroquet je ne suis pas plus avancé. Pourquoi ne pas essayer une autre piste ? Et le motif ? Si vous découvriez qui a pu en avoir un, tout s'éclaircirait peut-être.

— Des motifs, on en trouve toujours, dit-il d'une voix morne. Je parie que si je découvrais le Dr. Schweitzer assassiné, on lui trouverait bien cinquante ennemis ! Dans cette affaire, c'est bien pire. Il y a l'assurance, par exemple : il en avait souscrit une de vingt mille dollars en faveur de sa femme. Il y a aussi la vengeance : c'était un prêteur impitoyable. Vous saisissez ? Je m'explique : ce type ne faisait de cadeaux à personne, *mais* si vous étiez une belle fille le remboursement ne s'effectuait pas nécessairement en espèces. Alors, je vous le demande un peu, si vous étiez marié et que vous découvriez votre femme entre les griffes d'un Horton, quelle serait votre réaction en apprenant qu'elle a payé ses traites en nature ? Un motif ? Bon sang, j'aurais tué de mes propres mains ce vautour et pourtant, je ne l'ai jamais vu de ma vie !

— Racontez-moi encore comment on l'a trouvé.

— Quelqu'un qui passait en voiture l'a vu allongé sur le bas-côté de la route et a eu l'idée géniale de téléphoner à la police routière.

— Vous êtes sûr qu'il n'a touché à rien ?

— Absolument, c'était quelqu'un de sensé. La patrouille m'a alerté et j'ai trouvé Horton mort, à côté de son pneu avant droit. Il l'avait retiré et était sur le point de le remplacer par le pneu de secours ; il avait une petite déchirure causée certainement par un clou. De toute façon, il était presque à plat. A mon avis, voici ce qui a dû se passer : il roulait sur la route d'El Toro, sans plus de souci que les autres vautours de la région — à la différence que ceux-ci ont vraiment des plumes et qu'ils se contentent de voler en l'air — quand il s'est soudain rendu compte que le pneu était à plat. Il s'est donc arrêté, est descendu de voiture l'oiseau sur l'épaule, a placé le cric pour changer la roue, sorti la roue de secours et était en train de la monter quand le poison a fait son œuvre. Le cyanure a une action rapide, je crois ?

— Ça dépend de la dose, mais en général, oui, il n'y a rien de plus rapide.

— Le déroulement des événements est simple, reprit le lieutenant comme pour se donner du courage. Pas d'emploi du temps mystérieux, ni de suppositions à faire. Un enfant serait capable de reconstituer exactement ce qui s'est passé. Si seulement il n'y avait pas ce satané perroquet...

— Sans lui, je suppose que vous diriez qu'il a absorbé le poison avec l'aspirine ?

— Certainement, approuva-t-il.

— Écoutez, laissez-moi du temps pour y penser. Nous savons tous les deux que quelquefois les morceaux du puzzle se mettent en place d'un seul coup après quelques heures de recherche. Peut-être que demain tout nous semblera très simple.

Sa figure s'éclaira :

— C'est ce que j'espérais vous entendre dire. Vous vous souvenez de cette sombre histoire de harnais et du meurtre de la vieille dame avec son grenier plein de bric-à-brac ?

— Ne m'en parlez pas, j'ai bien failli y perdre mon latin ! Et maintenant laissez-moi, que je puisse réfléchir.

Il me quitta plein d'espoir, en se frottant les mains. Quelquefois je pense qu'il me force à me surpasser, si vous voyez ce que je veux dire. Mais dans cette affaire, c'était différent. Je ne la prenais pas à son début, il fallait que je me fie à quelqu'un d'assez incompétent. Après tout, l'estomac d'Horton n'était peut-être pas vide. Par exemple, il avait pu manger une ou deux cacahuètes et en donner à son oiseau. Kurzin pouvait très bien ne pas avoir remarqué une si petite quantité de nourriture. Puis je me souvins que le lieutenant avait fouillé les lieux et n'avait rien trouvé qui puisse se manger.

Pour ça, Ader était imbattable : s'il n'avait rien trouvé, c'était vraiment qu'il n'y avait rien.

J'examinai la photo que la police avait prise du cadavre. Comme tous les agrandissements officiels, elle était dure. Une technique affreuse pour des portraits d'art mais idéale pour les pièces à conviction.

C'était donc là Horton, un bon gros joufflu qui aurait pu être le papa gâteau de n'importe qui. Naturellement ses traits étaient déformés par la souffrance. Le cyanure est un poison violent, il agit rapidement, mais tout est relatif et il existe des morts plus lentes et pourtant moins pénibles. A côté de lui, on voyait un petit tas de plumes pathétique : son perroquet. Il avait dû être très attaché à son oiseau. Un de ces hommes qui aiment les êtres inférieurs et haïssent les êtres « supérieurs », les humains. Les Nazis étaient ainsi. Ce n'est peut-être pas si anormal que ça de préférer les oiseaux aux humains, mais tout de même un escroc n'est pas très qualifié pour mépriser son prochain.

La mort de l'oiseau me revint à l'esprit. Sans lui, on ne se serait pas demandé comment le meurtre avait été commis, mais seulement qui était l'assassin.

Je parcourus à nouveau le rapport. Peut-être l'oiseau n'avait-il pas été empoisonné. On pouvait l'avoir étranglé pour égarer les soupçons de la police. Non, ce n'était pas possible : on n'avait trouvé aucune trace de violence sur le petit corps et Kurzin affirmait que lui aussi était mort empoisonné.

Puis je me mis à penser aux oiseaux en général, espérant trouver un fil conducteur pour l'enquête. Les oiseaux ont leurs petites faiblesses. Leurs os creux les rendent légers et vulnérables, autrement ils ne pourraient pas voler. Ils meurent de peur très facilement. Leur métabolisme est élevé et ils ont toujours la fièvre. Les serins sont très sensibles aux gaz toxiques, dans les mines on les utilise — ou on les utilisait — pour détecter le grisou ou les autres gaz mortels.

A ce moment ce fut comme si une lampe flash éclatait dans mon cerveau. Les morceaux du puzzle s'emboîtaient et je savais que la solution était proche. Mais il fallait vérifier. Si j'avais raison, il y avait encore des risques pour des innocents. En ce moment même quelqu'un pouvait être en danger de mort. Je me précipitai au téléphone.

— Zee, dis-je avec précipitation. Où est la voiture d'Horton ? celle qui figure sur la photo de la police ?

— Dans notre garage, en fourrière. Pourquoi ? Vous avez l'air tout excité. Nous l'avons soigneusement examinée ; y a-t-il quelque chose que nous n'ayons pas remarqué ?

— Nous verrons ça plus tard. Téléphonez tout de suite au garage pour prévenir que personne ne doit toucher à cette voiture. Qu'ils se tiennent à distance. Ils feraient même mieux d'évacuer le garage. Compris ?

— Que se passe-t-il donc ? Vous en faites des mystères !

J'aurais peut-être dû lui toucher un mot de ma découverte à ce moment-là, mais j'éprouvais soudain le désir de la lui dévoiler d'un coup comme au théâtre. Sans doute à force de regarder la télévision...

— Rendez-vous dans vingt minutes. Je crois avoir la réponse au problème.

— Je l'espère bien, répondit-il avec ferveur. D'autant plus qu'on ne connaît même pas la question.

Ader me conduisit à la voiture à travers l'immense garage de la police.

— Comment l'a-t-on ramenée ? demandai-je. En la remorquant ?

— Non, ça n'a pas été nécessaire. Le sergent a fini de remonter la roue et il a conduit la voiture.

J'émis un long sifflement.

— Il a eu de la chance. Si ma théorie est exacte. Il pourrait à l'heure actuelle, être aussi mort qu'Horton.

— Que voulez-vous dire ?

— Eh bien, je suis tellement sûr de moi que je ne vais même pas contrôler mes affirmations avant de vous en faire part. La mort de l'oiseau m'a fait trouver la solution, comme vous le pensiez, génie que vous êtes. Vous savez qu'il n'est pas facile de différencier l'empoisonnement causé par le gaz de cyanure de celui causé par le sel — c'est-à-dire le cyanure de potassium. Je parie tout ce que vous voudrez que Kurzin et son neveu ne se sont pas aperçus de la différence parce qu'ils n'ont pas examiné le nez ni les poumons.

Ader en était bouche bée.

— Vous voulez dire qu'Horton a été gazé ? Qu'il n'a rien avalé ?

— Parfaitement.

— Mais c'est impossible. Il était seul, aucune trace de lutte. Personne ne se tiendrait tranquille pendant qu'on l'asphyxie !

— Dites-moi, parmi les suspects se trouve-t-il quelqu'un qui travaille dans les insecticides ? Pour tuer les punaises par exemple ?

— Nous avons regardé sur notre liste qui était susceptible de se procurer du cyanure. Nous avons trouvé un photographe. Il prétend qu'il en utilise pour développer les photos.

— C'est exact.

— Il y a aussi un métallurgiste. Son entreprise utilise de nombreux produits chimiques. Voyons cela...

Il sortit un vieux calepin de sa poche :

— Hum ! un des types a son beau-frère qui travaille à la Compagnie Moromites — en voilà un nom ! Mais pourquoi lui plus que les autres ?

— Les autres n'utilisent pas de gaz, alors que lui doit en avoir sous pression, en bidon, pour la fabrication des insecticides.

— Vous prétendez que quelqu'un a apporté un bidon de gaz de cyanure et en a fait respirer à Horton sur la route ? Comment pouvait-on savoir qu'il allait s'arrêter précisément...

— Cette dernière réflexion est juste. A propos de son arrêt. Mais pas besoin de bidon ni de meurtrier. Laissez-moi vous expliquer.

Horton roule quand il découvre que son pneu avant a une légère fuite — provoquée par le tueur, bien entendu. Il s'arrête, sort le pneu de secours et se prépare à changer de roue. Je suppose qu'il remarque alors que le pneu de secours est très dur — on l'a gonflé à bloc pour être sûr que la victime s'en aperçoive et tombe dans le panneau. Qu'est-ce que vous auriez fait à sa place ?

— Je l'aurais dégonflé un peu.

— Exactement ce qu'a dû faire Horton. Il a pressé la valve pour laisser échapper ce qu'il croyait être de l'air. Il n'a pas pensé à se demander pourquoi le pneu était comme ça, et même s'il se l'est demandé, comment aurait-il pu deviner la vérité ? Mais ce n'était pas de l'air, c'était du cyanure sous pression, passé directement du bidon dans la chambre à air. Une minuscule dose aurait été suffisante ; Horton en a reçu une pleine bouffée, et l'oiseau sur son épaule assez pour axphyxier toute une volière.

Ader secoua la tête :

— Grâce soit rendue au... commença-t-il.

— Allons vérifier, dis-je, avant de trop nous réjouir. Reculez-vous, je vais laisser s'échapper un petit peu de ce que contient ce pneu. Ce sergent a eu de la chance qu'Horton ait ramené la pression à la normale avant de mourir, sans cela vous auriez un autre cadavre.

Je pressai légèrement la valve et j'agitai l'air avec ma main tout en reniflant. L'odeur d'amande amère était nettement perceptible.

— Il n'y a pas de doute, c'est bien ça, déclara Ader en respirant avec parcimonie. L'assassin doit travailler au garage d'Horton. Personne d'autre qu'un garagiste ne pourrait trafiquer une chambre à air de cette façon.

La suite de l'histoire prouva qu'il avait raison. Un des mécaniciens du garage avait une sœur très jolie dont le mari, employé d'une fabrique d'insecticides, avait eu des ennuis financiers à la suite d'une longue maladie. La femme, à bout de ressources, s'était adressée à Horton pour emprunter de l'argent. Le vieux vautour lui en avait prêté, puis avait essayé de se faire rembourser autrement qu'en espèces et elle était si terrifiée qu'elle avait fini par céder. Les hommes de cette sorte savent s'y prendre pour effrayer les gens... Mais le mécanicien découvrit ce qui était arrivé à sa sœur et décida de supprimer Horton une fois pour toutes. Il lui était facile de soustraire un bidon de cyanure du matériel de son beau-frère.

J'espérais qu'il aurait eu le temps de s'enfuir à l'étranger, mais Ader était rapide et efficace. Les seules paroles de l'assassin quand on vint l'arrêter furent :

— Je suis désolé pour le petit perroquet, mais aussi que faisait-il avec un vautour ? Il faisait mentir le proverbe : « Qui se ressemble s'assemble. »

Birds of one feather.
Traduction de Marie-Louise Girard.

UN GOUT DE MEURTRE

par JACK RITCHIE

— J'estime que la saucisse est une des plus nobles inventions de l'esprit humain, dit Henry Chandler. Et présentée sous forme de sandwich, elle n'est pas seulement nourrissante mais encore extrêmement pratique. On peut la consommer sans avoir à s'en préoccuper outre mesure. On peut, en même temps, lire, surveiller quelqu'un ou tenir un revolver.

Il tenait un revolver dans la main droite.

Au mur, la pendule électrique marquait midi et quart, et Chandler et moi étions seuls dans les bureaux.

Il mordit dans un sandwich, il mâcha et il avala. Puis il sourit.

— Ma femme et vous avez été discrets, Monsieur Davis. Exceptionnellement discrets, et cette discrétion tourne maintenant à mon avantage. Bien entendu, je vais m'arranger pour que vous ayez l'air de vous être suicidé. Mais même si la police ne s'y laissait pas prendre et concluait au meurtre, elle serait bien embarrassée pour découvrir un mobile. Il n'y a aucun lien visible entre nous sauf le fait que je suis votre employé... comme vingt autres personnes avec moi.

Je posai mes doigts glacés sur le bureau.

— Votre femme saura. Elle avertira la police.

— Vraiment ? J'en doute. Une femme peut faire beaucoup pour son amant... tant qu'il est vivant. Mais une fois qu'il est mort c'est une autre affaire. Les femmes sont douées d'un grand sens pratique, Monsieur Davis. En plus, il y a le fait qu'elle *soupçonnera* seulement que j'ai pu vous assassiner. Elle ne le *saura* pas. Et, à défaut d'autre chose, cette incertitude l'empêchera de s'adresser à la police. Elle se dira, avec beaucoup de bon sens, qu'il n'y a aucune raison de révéler son aventure avec vous. D'ailleurs, en dehors de moi, il existe peut-être des douzaines d'autres personnes qui souhaitent votre mort.

Ma voix trahit mon désarroi.

— La police vérifiera les emplois du temps de tout le monde. Elle découvrira que vous êtes resté ici après le départ des autres.

— Je ne le pense pas. Personne ne sait que je suis ici. Je suis parti en même temps que les autres mais je suis revenu quand j'ai su que vous étiez seul. (Il mâchonna pendant quelques secondes.) J'ai décidé que le plus sage était de vous tuer pendant l'heure du déjeuner, Monsieur Davis. C'est le laps de temps pendant lequel la police aura le plus de mal à déterminer où se trouvait chacun. On mange, on se promène, on fait des achats et on revient finalement à son travail. Il est presque impossible de vérifier... ou de prouver qu'on n'était pas là où on prétend avoir été.

Il plongea de nouveau la main dans le sac en papier.

— D'habitude, je mange dans l'une des nombreuses cafétérias du voisinage. Mais je ne suis pas du genre que l'on remarque — ou dont on remarque l'absence. Monsieur Davis, j'ai attendu pendant quinze jours que vous restiez après le départ des autres. Et enfin, ce matin, j'ai remarqué que vous aviez apporté votre déjeuner au bureau. Comptiez-vous être trop occupé pour avoir le temps de sortir manger ?

Je me passai la langue sur les lèvres.

— Oui.

Il souleva la partie supérieure du sandwich et jeta un coup d'œil sur les deux petites saucisses.

— Le corps humain réagit de façon étrange. Il paraît que dans les moments de tension — chagrin, peur, colère — la réaction est souvent la faim. En ce moment, Monsieur Davis, j'ai une faim de loup. Vous êtes sûr que vous ne voulez pas un sandwich ? ajouta-t-il en souriant. Après tout, ce sont les vôtres.

Je ne dis rien.

Il s'essuya les lèvres avec une serviette en papier.

— Au stade actuel de son évolution, l'homme a encore besoin de viande. Pourtant, pour quelqu'un d'aussi sensible que moi, certains obstacles empêchent de jouir de sa consommation. Par exemple, lorsque l'on me sert un steak, je ne l'aborde que timidement. Saviez-vous qu'il me suffit de mordre dans un morceau de cartilage pour être immédiatement si dégoûté qu'il m'est impossible de finir mon repas ?

Il m'observa.

— Vous pensez peut-être que je suis un peu fou pour discuter nourriture dans un moment pareil ? poursuivit-il en hochant la tête presque pour lui-même. Je ne sais pas pourquoi je ne vous tue pas immédiatement. Est-ce parce que je jouis de ces instants et désire les prolonger ? Ou parce que, en réalité, j'ai peur de l'acte final ? (Il haussa les épaules.) Mais même si j'ai *vraiment* peur, soyez assuré que j'ai la ferme intention d'aller jusqu'au bout.

Je détachai les yeux du sac à sandwich, pris le paquet de cigarettes sur mon bureau et demandai :

— Savez-vous où se trouve Helen en ce moment ?

— Vous vouliez lui dire adieu ? Ou tenter qu'elle me dissuade de faire ça ? Je regrette, Monsieur Davis, de ne pas pouvoir arranger cette entrevue. Helen est partie jeudi passer une semaine chez sa sœur.

J'allumai une cigarette et aspirai profondément la fumée.

— Je ne regrette pas de mourir. Je suis en règle avec ce monde et ses habitants.

Il secoua légèrement la tête, sans comprendre.

— C'est arrivé trois fois, dis-je. Avant Helen il y a eu Béatrice et avant Béatrice il y avait eu Dorothée.

Tout à coup il sourit.

— Parlez-vous pour gagner du temps ? Cela ne servira à rien, Monsieur Davis. J'ai verrouillé les portes extérieures sur le couloir. Si quelqu'un revient avant une heure — ce dont je doute — il ne pourra pas entrer. Et s'il insiste et frappe, je n'aurai qu'à vous tuer et à sortir par la porte de derrière.

Mes doigts laissaient des empreintes humides sur le bureau.

— L'amour et la haine sont tout proches, Chandler. Surtout chez moi. Quand j'aime — ou quand je hais — c'est avec intensité. (Je contemplai un moment ma cigarette.) J'aimais Dorothée et j'étais certain qu'elle m'aimait. Nous devions nous marier.

J'avais fait des projets. *J'en étais sûr.* Mais au dernier moment, elle me dit qu'elle ne m'aimait pas. Qu'elle ne m'avait jamais aimé.

Chandler sourit et mordit dans le sandwich.

J'écoutai un instant les bruits qui montaient de la rue.

— Je ne pouvais pas l'avoir, mais personne d'autre ne le pourrait non plus. Je l'ai tuée, affirmai-je en regardant Chandler.

Il cilla, puis me fixa.

— Pourquoi me racontez-vous ça ? Quelle différence cela fait-il maintenant ?

Je tirai une bouffée de ma cigarette.

— Je l'ai tuée, mais cela n'était pas *suffisant.* Comprenez-vous, Chandler ? Ce n'était pas *suffisant.* Je la détestais. Oui, je la *détestais*.

J'écrasai ma cigarette et parlai calmement.

— J'ai acheté un couteau et une scie. Lorsque j'ai eu fini, j'ai alourdi le sac avec des pierres. Et j'ai jeté les restes dans la rivière.

Chandler avait pâli.

Je regardai le mégot dans le cendrier.

— ... Et deux ans plus tard j'ai rencontré Béatrice. Elle était mariée mais nous avons eu une liaison. Pendant six mois. Je croyais qu'elle m'aimait autant que je l'aimais. Mais quand je lui ai demandé de divorcer... de vivre avec moi... elle a ri. Elle *a ri !*

Chandler avait reculé d'un pas.

Je sentais la transpiration couler sur mon visage.

— Cette fois, la scie et le couteau n'étaient pas suffisants. Cela ne pouvait me satisfaire. (Je me penchai en avant.) Il faisait nuit lorsque j'ai porté le sac aux bêtes. Clair de lune. Et je suis resté à regarder pendant qu'elles grognaient derrière les barreaux déchiqueter les morceaux et à en attendre d'autres.

Les yeux de Chandler s'étaient agrandis.

Je me levai lentement. Je touchai le sandwich qu'il avait laissé sur mon bureau et soulevai la tranche du dessus. Puis je souris.

— Les boyaux de porc arrivent conservés dans du sel. Saviez-vous cela, Chandler ? Dans un petit carton rond. Cinquante pieds de boyaux pour quatre vingt-huit cents.

Je remis la tranche de pain à sa place.

— Et saviez-vous qu'un entonnoir à saucisses ne coûte que trente-cinq dollars ?

Je regardai au-delà de lui et souris.

— D'abord on désosse la viande, ensuite on la coupe en morceaux de la grosseur voulue. Le maigre, le gras, le cartilage.

Je rencontrai son regard.

— Votre femme ne voulait pas vous quitter, Chandler. Elle s'était jouée de moi. Je l'aimais et je la haïssais. Plus que je n'avais jamais haï personne au monde. Et je me suis rappelé les félins et combien ils avaient aimé chaque...

Je plongeai mon regard dans les yeux remplis d'horreur de Chandler.

— ... Où croyez-vous qu'Helen se trouve réellement en ce moment ?

Et je lui tendis le sandwich à demi mangé.

***

Après l'enterrement, j'aidai Helen à remonter en voiture. Quand nous fûmes seuls, elle se tourna vers moi.

— Je suis tout à fait sûre qu'Henry ne savait rien

à notre sujet. Je n'arrive pas à comprendre pourquoi il s'est suicidé. Et dans ton bureau, encore...

Je manœuvrai la voiture et franchis les grilles du cimetière. Alors, je lui souris.

— Je ne sais pas. Peut-être à cause de quelque chose qu'il avait mangé.

A taste for murder.
Traduction de Jenny Orléans.

[illegible] Il n'avait pas accompli [illegible] [illegible]

Je [illegible] [illegible]

[illegible]

— [illegible] Peut-être [illegible] chose qu'il [illegible].

[illegible]

[illegible]

[illegible]

Je passai la semaine suivante [illegible] à [illegible] [illegible]

[illegible] de [illegible]

J'étais en Europe, c'est lors de la [illegible] que nous filions dans la haute atmosphère avec un beau ciel bleu au-dessus de nous et une belle mer bleue au-dessous [illegible], qui me trouve ici.

Mais tout à coup, je sentis [illegible] épaule.

— Hé, dites donc, vous !

LE GRAND JOUR

par LAWRENCE TREAT

Je passai la majeure partie de cette journée à transpirer à côté de lui. Pendant huit heures, il ne cessa de me taper sur l'épaule avec son énorme main charnue, tout en me donnant des ordres et en prétendant que j'étais son plus grand coup de veine.

Quand j'avais pris l'avion à Hawaï, il y était déjà, cuvant, depuis Tokyo, une cuite colossale. Il ne se réveilla que lorsque notre avion, vrombissant au-dessus du Pacifique, eut couvert la moitié de la distance qui nous séparait de l'aéroport international de San Francisco. C'était un vol luxueux, avec boissons à profusion, le tout payé par mon journal.

J'étais aux anges, c'est le cas de le dire, tandis que nous filions dans la haute stratosphère, avec un beau ciel bleu au-dessus de nous et une belle mer bleue au-dessous. C'est moi, me disais-je, moi, Bill Voyse, qui me trouve ici.

Mais, tout à coup, je sentis sa patte sur mon épaule :

— Hé, dites donc, vous !

Je levai les yeux mais n'arrivai pas à situer ce géant obèse à face aplatie qui me regardait avec un sourire narquois. Ses yeux ne me plurent pas. Ils étaient trop petits pour ce visage boursouflé de graisse et brillaient d'une lueur mauvaise. Je crus d'abord qu'il était ivre et je fus sur le point de repousser sa main pesant sur mon épaule.

Mais quelque chose me retint.

— C'est vous le journaliste ? poursuivit-il. On m'a dit qu'il y en avait un à bord.

— Oui. En quoi cela vous intéresse-t-il ?

— Je suis Joe Spinelli.

Mon cœur manqua un battement. Spinelli ! Cinq ou six ans plus tôt, il avait kidnappé le petit Richie Millhof, âgé de sept ans, et extorqué deux cent cinquante mille dollars aux parents. Après quoi, il avait tranquillement supprimé le gosse. Accusé de meurtre, de kidnapping et de quelques autres délits, il avait été jugé — et acquitté parce qu'au dernier moment, le principal témoin avait fait faux bond. Le juge avait passé un terrible savon au jury et Matthew Ward, le D.A.[1], avait juré qu'un jour ou l'autre, d'une façon ou de l'autre, il aurait Spinelli. Spinelli s'était empressé de disparaître.

Je restai muet une ou deux secondes avant de bredouiller :

— Vous !

— Ouais, moi, dit-il. Vous me remettez maintenant ?

— Mais que faites-vous ici ? Pourquoi revenez-vous ? Vous n'avez pas peur ?

Il eut un éclat de rire rugissant qui pollua l'air au point de me faire reculer.

1. District Attorney : équivalent approximatif de notre juge d'instruction.

— Vous savez que Ward a juré d'avoir votre peau, ne pus-je m'enpêcher de dire. A votre descente d'avion, une armée de flics va vous tomber dessus.

— Et alors ? fit-il, rayonnant, ils ne me font pas peur. Ni eux ni personne. (Il me regarda et pointa son index presque dans ma figure.) C'est vous qui tremblez dans votre culotte. C'est vous qui avez les jetons. Parce que vous n'avez rien dans les tripes et que votre cerveau, c'est de la gélatine. Vous ne pouvez pas comprendre des gars comme moi. Mais vous êtes quand même mon pote et vous allez me porter bonheur, ajouta-t-il en me donnant une grosse tape sur l'épaule.

— Comment ça ? demandai-je.

Spinelli plongea la main dans sa poche et en retira une liasse de billets. Il en détacha un de cent dollars.

— Tenez ! dit-il. A partir de maintenant, vous travaillez pour moi.

J'ignorai sa main tendue.

— Qui a décrété ça ?

— Moi, répondit-il, son pouce s'enfonçant durement dans mes côtes. Allez ! Je vous dis de le prendre.

J'obéis en toussant.

— Vous êtes un vrai copain, dit-il en hochant la tête avec satisfaction. Et je vous en ferai gagner d'autres.

— Qu'est-ce que vous voulez me faire faire ?

— Vous verrez bien. J'ai envoyé un petit mot aux amis. Ils vont venir m'attendre à l'aérodrome. Tout est prévu, la garde du corps et le reste. Mais vous pouvez quand même m'être utile. J'aime avoir quelques singes savants qui travaillent pour moi.

— Vous pouvez me rayer de la liste.

— Bon Dieu ! éructa-t-il. Vous ne comprenez donc pas que c'est aussi votre intérêt ? Je veux que tout le monde sache que je suis revenu chercher mes deux cent cinquante mille dollars et vous êtes le type qui va me torcher ça dans le journal.

— L'argent de la rançon ? fis-je, me demandant si j'avais bien entendu.

Il hocha la tête.

— Jusqu'au dernier cent. Qu'est-ce que vous dites de ça ?

Son haleine empestait et j'essayai de m'en tenir à distance.

— Où est cet argent ?

— Ne me quittez pas d'une semelle et vous le saurez. Il y a un bout de temps que j'attends le moment de revenir aux États-Unis. J'ai calculé sur le calendrier le jour exact où je pourrais le faire sans danger. Un jour trop tôt, et je serais bon comme la romaine. Mais maintenant, ça y est. A partir d'aujourd'hui, je suis peinard.

Une idée extravagante me vint. Mais elle ne fit que me traverser la tête et je n'arrivai pas à la ressaisir. Elle se rapportait à quelque chose qu'il venait de dire. J'avais entrevu je ne sais quelle omission, je ne sais quelle fissure dans son interprétation de la loi qui devait fournir un prétexte pour l'arrêter. Si je parvenais à retrouver cette idée, je n'aurais plus qu'à me précipiter chez le D.A. et à la lui communiquer. Spinelli serait fait comme un rat.

— Joe, dis-je. Je puis vous appeler Joe, n'est-ce pas ?

— C'est comme ça que les copains m'appellent.

— D'accord, Joe ! Mais si je fais un article, il me faut tous les détails. Voyons un peu ! Vous saviez que Richie Millhof avait une leçon de piano cet après-midi-là, puisque c'est chez son professeur que vous l'avez kidnappé. Qui vous a fourni le renseignement ?

— J'avais l'œil sur lui depuis des semaines. Je connaissais par cœur son emploi du temps. Le jeudi — leçon de piano. Avec ce mec qui se prenait pour Beethoven. Alors, je me suis emparé de Beethoven et je l'ai mis au frais dans un placard, ligoté comme un saucisson. Et quand le gosse est arrivé, je l'ai flanqué par terre avec une bonne baffe et je me suis dépêché de lui coller un bout de scotch sur la bouche avant qu'il se mette à gueuler. Ensuite, je l'ai porté jusqu'à ma voiture et j'ai mis les bouts. Tout le monde sait ça. Beethoven l'a raconté aux policiers.

— Mais, à la barre des témoins, il n'a pas pu affirmer que c'était vous. Il n'en était plus sûr. Le D.A. comptait sur lui, mais il s'est rétracté. Pourquoi ?

— Peut-être bien que quelqu'un lui a expliqué ce qui allait lui arriver s'il faisait le méchant, répondit Spinelli d'un air méprisant. Ça a dû lui faire peur.

Je pouvais comprendre ça.

Spinelli se pencha vers moi et me tapota le genou.

— J'ai épluché la loi, dit-il. Je suis plus ferré là-dessus que n'importe qui.

— Et l'argent ? questionnai-je. Pourquoi n'ont-ils pas pu le trouver ?

— Parce que je m'en suis débarrassé en quatrième vitesse. S'ils avaient trouvé sur moi le moindre billet, avec ces sacrés numéros, j'étais bon pour la chaise.

— Mais où est-il ? Dans un coffre de banque, sous un faux nom ?

Il sortit de sa poche une longue clef plate qu'il me montra.

— Vous n'êtes pas si cave que ça, en fin de compte, dit-il.

Je haussai les épaules.

— Peut-être bien que non. Mais quelle est l'astuce, dans tout ça ? Il y a prescription en ce qui concerne l'argent volé ?

— Il n'est pas volé, gronda-t-il. Ils m'ont payé de leur plein gré. Ils avaient le choix : raquer ou ne pas raquer. Non, ce que j'ai attendu, c'est le moment où je ne risquais plus d'avoir d'ennuis avec les impôts. C'est là qu'ils vous possèdent, si vous ne faites pas attention. Ces salauds de contrôleurs du fisc !

— Ah ! c'est donc ça !

Spinelli se pencha et me heurta presque avec sa grosse tête.

— C'est mon fric, me souffla-t-il dans la figure. Il est à moi. Les flics peuvent vérifier les numéros des billets s'ils le veulent. Ce sont les billets que m'a donnés Millhof, mais personne ne peut rien me faire pour ça.

Nous atterrîmes vers une heure de l'après-midi. Le gros avion se mit à rouler lentement sur la piste et vint s'arrêter devant les bâtiments de l'aéroport. Sur les pas de Spinelli, je franchis le portillon. Tout de suite, je repérai Goose Kelly dans la foule. C'était un petit homme d'aspect insignifiant, peu susceptible de se faire remarquer. C'était sans doute pourquoi il se trouvait là. Les truands chevronnés, les gros bonnets du racket ne tenaient pas à se montrer en public et à se mouiller dans cette histoire. Ils avaient envoyé Goose. Goose s'approcha et dit : « Hello ! »

Spinelli l'attrapa par les épaules et rugit :

— Où sont les autres ? Qu'est-ce qui se passe ?

— Ils m'ont envoyé, dit Goose. Ils veulent savoir

ce que tu es en train de manigancer. Ils pensent que tu es cinglé.

— Je suis venu chercher mon fric, dit Spinelli en bombant son énorme poitrine. Qu'est-ce qu'il y a de cinglé là-dedans ?

— Tu vas te faire avoir, dit Goose. Le D.A. a un dossier sur toi gros comme ça. T'as pas une chance de t'en tirer.

— Laisse-moi rire ! dit Joe. Dans une demi-heure, je vais voir le D.A. à la banque. A la banque, tu m'entends ? Mathew Ward et moi, on va parler de la loi.

— Qu'est-ce que tu connais de la loi ? demanda Goose. T'as fait des études de droit ?

— Écoute, petite tête, tu fais même pas partie de mes hommes. Alors, boucle-la ! Figure-toi que j'ai fait venir mon bavard à Tokyo. Il m'a expliqué tout le scénario. On a bossé ensemble là-dessus pendant une semaine et je possède mon truc de A jusqu'à Z.

— Les copains vont pas aimer ça, dit Goose.

— Ça me fait de la peine pour eux, répliqua Joe d'un air renfrogné. T'as déjà vu quelqu'un monter un coup comme celui-là et envoyer la loi sur les roses sans qu'on puisse rien lui faire ? C'est moi qui ai réussi ça le premier. Vu ?

Joe serra les lèvres puis se tourna vers moi pour aboyer :

— Allez ! Au boulot, minable ! Appelez les flics et le D.A. et dites-leur que Joe Spinelli est ici et qu'il va retirer le paquet à la Third National Bank. Comme ça, ils pourront me voir entrer en possession de mon fric.

Goose parut vouloir dire quelque chose mais il n'en eut sans doute pas le cran. Je répétai les ordres que Spinelli venait de me donner.

— J'appelle Ward. Et ensuite, j'appelle les flics. C'est bien ça ?

— Exactement. Je veux du grand style, avec toutes les fioritures ! Faut que tout le monde soit ici et qu'il y ait une grosse publicité. Allez ! magnez-vous !

J'entrai dans une cabine téléphonique, appelai mon journal et mis le patron au courant de ce qui se passait. Je pus l'entendre saisir son verre d'eau et je crus même percevoir le bruit des pilules qu'il y laissait tomber.

— C'est formidable, dit-il. Nous allons avoir l'exclusivité. Je m'occupe de tout et j'envoie un photographe à la banque. Mais ne lâchez pas Spinelli ! Restez près de lui jusqu'au bout.

— J'espère bien que non, dis-je. Et je raccrochai sans donner d'explication à mes dernières paroles.

La voiture de Goose attendait à l'extérieur. Je m'assis à l'arrière, à côté de Spinelli et lui dis ce que j'avais fait.

Il se frotta les mains, un sourire vaniteux répandu sur sa grosse face.

— Des photographes ? Ça, c'est une idée de première bourre. Voici ce qu'on va faire. Pour commencer, je récupère le fric et vous regardez bien, de manière à faire un bon article. Vous dites que je suis diablement malin et que personne ne peut m'avoir parce que je crois en notre Constitution et que je sais défendre mes droits. Vu ?

— Ça fera une jolie touche au tableau, acquiesçai-je.

Mais je ne lui dis pas que nous ne voyions pas exactement les choses sous le même angle.

Arrivés à destination, Goose resta près de la voiture tandis que Spinelli et moi entrions dans la banque. Tout y paraissait normal. Pas de flics, pas de photographe, aucun signe du D.A. Le gardien en uniforme était en train d'aider une jeune fille à mettre des rouleaux de pièces de monnaie dans un sac. Derrière une cloison basse en acajou, le directeur de la succursale, assis à son bureau, parlait au téléphone. Il jeta un coup d'œil dans notre direction et continua sa conversation.

Spinelli parcourut la salle des yeux en s'avançant à grands pas.

— On dirait que le D.A. est un peu en retard, remarqua-t-il. Ça va me donner le temps de me préparer. Vous, mon pote, vous allez rester ici pour tout organiser.

Je regardai Spinelli franchir la porte d'acier qui donnait accès à la salle des coffres. On aurait dit qu'il était le propriétaire de la banque.

Ma gorge était sèche et je commençais à me faire du souci. Mais j'aperçus enfin Pete Casper, notre petit photographe joufflu, arrivant au pas de course, la bouche fendue d'un large sourire.

— Bill, dit-il tout excité. C'est sérieux ?

— Et comment ! Il m'a mis le grappin dessus dans l'avion. J'en suis encore tout secoué.

— Où est-il ?

Je montrai la salle des coffres.

— Là !... Crois-moi, Pete, ce type sait ce qu'il fait. Il a un culot monstre. Je ne sais pas ce que le patron a prévu mais je pense qu'un petit cliché de Spinelli sortant de la salle des coffres est assez indiqué, tu ne crois pas ?

Spinelli apparut de l'autre côté de la grille, portant un grand coffret d'acier. Il dit quelques mots au gardien qui se mit aussitôt en devoir de lui ouvrir et parut vraiment soulagé lorsque son client se trouva de l'autre côté de la grille.

Spinelli se dirigea droit vers nous.

— Ça vous dit de jeter un coup d'œil ?

Il souleva le couvercle. Le coffret était bourré de billets de banque.

— Qui est-ce qui a dit que le kidnapping ne paie pas ? ironisa-t-il. Le type qui a prétendu ça, on devrait le flanquer en taule.

Personne ne vint nous déranger tandis qu'il se rengorgeait devant l'appareil de Pete prenant hâtivement des photos. Mais dès que Pete eût fini, Spinelli me bondit littéralement dessus.

— Où est le comité de réception ? questionna-t-il. J'ai attendu ce moment-là pendant des années. J'ai tout préparé soigneusement. Si vous m'avez gâché le boulot...

— Tout marchera bien, dis-je. Ne vous énervez pas !

— Alors où sont-ils ?

Je me tournai vers la porte et poussai un soupir de soulagement.

— Les voici, dis-je.

Le D.A. était arrivé. Matthew D. Ward en personne. Deux policiers de taille imposante l'accompagnaient mais ils s'arrêtèrent près de la porte tandis que Ward s'approchait seul.

Il était petit, fin et tiré à quatre épingles. Cheveux, moustache et costume s'harmonisaient parfaitement. Son veston s'ornait d'une pochette blanche.

Pour Spinelli, c'était le moment suprême. Il se précipita vers Ward, la main tendue.

— Matt ! rugit-il. Mon vieux pote !

Ward accueillit Joe avec un visage de marbre mais il prit la grosse patte tendue et lui donna une brève secousse très sèche.

— Spinelli, dit-il avec froideur, je n'espérais pas avoir le plaisir.

— Mais le plaisir est pour moi ! beugla Joe. Vous

ne pouvez pas savoir ce que j'aime vous voir enrager.

— Vous m'avez effectivement fait pas mal enrager, répliqua Ward d'une voix cassante. Mais, à présent, c'est fini. (Il posa un doigt sur la boîte de billets.) C'est l'argent que vous avez reçu de Millhof, n'est-ce pas ?

— Vous pouvez vous en rendre compte par vous-même. Vous avez les numéros des billets, pas vrai ?

— Donc, vous admettez qu'ils sont à vous. Comment se fait-il qu'ils n'aient jamais figuré sur votre déclaration de revenus ?

Spinelli éclata de rire.

— Comment ! Vous en êtes encore là ? Et la prescription au bout de six ans, qu'est-ce que vous en faites ? Vous ne pouvez plus m'avoir avec ça, Matt. C'est trop tard. Ce fric, je l'ai gagné (il articula le mot comme s'il éprouvait du plaisir à le prononcer) il y a six ans. Et pas à ne rien faire. Maintenant, il est à moi.

Ward tourna la tête pour faire signe aux deux policiers qui s'avancèrent et encadrèrent Spinelli.

— Vous pouvez y aller. Embarquez-le !

Pas la moindre trace d'inquiétude n'apparut sur la figure narquoise de Spinelli.

— Matt, qu'ils me touchent seulement du petit doigt et je vous colle au derrière une plainte pour arrestation arbitraire qui vous fera atterrir à San Quentin. Arrestation arbitraire avec mauvais desseins. Plus agression et voies de fait. Je connais mes droits. A partir d'aujourd'hui, vous ne pouvez plus rien.

Ward parut se ramasser sur ses talons.

— Vous savez peut-être quels sont vos droits, Spinelli. Mais vous ne savez certainement pas quel jour nous sommes. Vous avez franchi la ligne internationale de changement de date et pour vous, ici, c'est hier, car, à San Francisco, nous sommes encore le quatorze. Regardez !

Et Ward tendit l'index vers un calendrier.

Big, important day.
Traduction de Michel Beauquey.

LES HÉROS MEURENT AINSI

par PHILLIP TREMONT

Quand la sirène de midi retentit, la ville était pleine de policiers. Deux d'entre eux réglaient la circulation devant l'école, de sorte que je descendis jusqu'à la gare pour y attendre le train de Marc Junior. A ce moment-là, je commençais à en avoir par-dessus la tête du Général, mais ses fils étaient de braves garçons. Ça n'aurait pas été chic de laisser le gosse apprendre la nouvelle de la bouche d'un étranger.

Le grand et beau jeune homme fut le premier à descendre du wagon ; ses larges épaules et son torse musclé étaient moulés par l'uniforme ajusté de West Point. J'emmenai le gosse jusqu'à ma voiture, au parking, avant de lui dire ce qu'il en était. Quand je me tus, il demeura un long moment le visage appuyé contre la vitre. Enfin, il se retourna vers moi et je vis qu'il avait retenu les larmes qui lui emplissaient les yeux.

— Le corps de ton père est à la morgue de l'hôpital de Honesdale, lui dis-je. La police demande que tu ailles l'identifier. Je t'y conduirai volontiers, mon petit.

— Merci, dit-il en hochant la tête.

Brusquement, il se redressa :

— J'aimerais que vous me conduisiez d'abord chez mon père, si vous voulez bien.

Je l'y emmenai. En chemin, nous doublâmes l'ambulance de Honesdale qui revenait chercher le corps de Bob Cavendish. Je n'aurais pas voulu être à leur place quand ils le verraient. Une cartouche à daim fait de terribles dégâts dans un corps d'homme.

Marc descendit de voiture et demeura un long moment sur le bas-côté de la route, à regarder fixement la maisonnette blanche que son père entretenait d'aussi impeccable manière qu'un poste militaire. Puis, à grandes enjambées, il s'approcha du portail où une planchette portait l'inscription : *Général de Division à la retraite Marc L. MacWhistler, USA*. Ses deux mains vigoureuses et brunes se saisirent de l'écriteau et l'arrachèrent.

Il brisa la planchette sur son genou avec fureur, en rassembla les morceaux pour les casser de nouveau. Quand les fragments furent trop petits pour qu'il pût les briser encore, il les garda dans ses mains et resta là, insensible à tout, et je vis qu'à présent, il pleurait. Ses larges épaules frémissaient. Le bel uniforme bleu et la sévère casquette à l'étroite visière le rendaient d'une certaine manière plus pitoyable encore.

***

La première fois que je rencontrai pour de bon le Général Marc MacWhistler, ce fut au bar du Dick Blue's Century Hotel, un soir de l'hiver 1953, juste après la fin des combats en Corée. C'était pendant la morte saison que connaît la ville, entre la fin de l'été et l'ouverture de la chasse au daim. A cette époque de l'année, un étranger se remarque.

Je l'avais vu les jours précédents circuler avec Willis, avoué et agent immobilier, mais je ne l'avais pas vraiment remarqué parce que la ville n'est tout de même pas si petite que ça. Il buvait seul, grand, droit, de belle prestance, et le hâle foncé de son visage faisait un contraste saisissant avec son épaisse chevelure blanche taillée en brosse. La demi-douzaine d'indigènes qui dégustaient leur bière lui jetaient à la dérobée des coups d'œil intrigués.

Lea, la femme de Dick, sortit de la cuisine et lança une remarque d'une jovialité voulue, du genre : « Le chef de gamelle a préparé votre boustifaille, Monsieur MacWhistler. » Au long du bar, il y eut comme un vague frémissement. On eût cru entendre tourner les rouages dans six crânes à la fois. Lea avait prononcé une phrase vaguement militaire pour mettre l'étranger à son aise. Cela cadrait tout à fait avec son allure. Ce type faisait partie de l'Armée.

Ce fut Bill Cavendish qui donna le coup d'envoi. C'est un gars du pays qui n'a jamais voulu de mal à personne. Mais il n'est pas très malin. Il dit tout ce qui lui passe par la tête.

— MacWhistler ! s'exclama-t-il en relevant brusquement la tête tandis qu'une grimace de ravissement imbécile s'élargissait sur son visage. Mon frère avait un général de ce nom !

Son regard fit le tour de l'assistance, tandis qu'il hochait affirmativement la tête, et il ajouta :

— C'est le général qui...

Sa voix s'éteignit dans un murmure gêné : il avait vu MacWhistler se tourner vers lui avec une expression de sincère intérêt et nous savions, nous autres, qu'il avait failli dire qu'un général nommé MacWhistler avait envoyé son frère en prison. Pour vol et désertion, entre autres.

— Votre frère faisait-il partie du 89e Corps ?

MacWhistler avait une voix agréable : grave et sonore.

Bill répondit d'un coup de tête. A son habitude, il avait rougi et sa pomme d'Adam montait et descendait rapidement.

— Oui, Monsieur.

— Oh ! dit MacWhistler, la tête penchée sur l'épaule.

Cela lui disait quelque chose, c'était indubitable. Mais il se reprit aussitôt, secoua pensivement la tête et vida son verre avant de déclarer :

— Je ne me souviens pas de lui, Monsieur.

Et il posa un billet sur le bar.

— Voulez-vous m'excuser ? Mon dîner m'attend.

Bill hocha bêtement le menton en disant : « Bien sûr, bien sûr », et MacWhistler passa dans la salle à manger.

Cet incident marqua le début de toutes sortes de choses. Pour commencer, il convainquit la ville que MacWhistler était bien le général qui avait fait passer Bob Cavendish en cour martiale ; du coup les gens se mirent à trouver l'officier sympathique.

La famille Cavendish est bien considérée. La sœur, Helen, tient le salon de beauté de l'endroit et, ainsi que je l'ai dit, Bill n'embête personne et se tient tranquille. Le général avait épargné à la famille une cruelle humiliation en prétendant ne pas se souvenir de Bob Cavendish ; cela lui valut un respect immédiat.

On finit par en savoir assez long sur son compte. Il venait de prendre sa retraite, après plus de quarante années passées dans l'Armée. Il était veuf, avec deux fils. Il avait acheté l'ancienne maison Prentice, un gentil pavillon de quatre pièces, à la sortie de la ville, où l'on arrive par un vieux chemin forestier qui va se perdre dans les collines.

Il était originaire de quelque part dans l'Ouest mais il était venu se fixer ici parce que sa femme, morte depuis, et lui-même avaient aimé la région et avaient fait le projet de s'y retirer.

Ainsi que je l'ai dit, notre ville est petite. Elle compte moins d'un millier d'habitants, d'un bout de l'année à l'autre. Il n'y a pas d'argent à gagner parce qu'il n'y a guère de commerce — juste quelques petits hôtels. Mais, tout autour, s'étendent de magnifiques paysages. C'est le Sullivan County, dans le nord de l'État de New York, là où les Adirondacks viennent mourir au bord du Delaware, et c'est le séjour rêvé pour qui aime chasser, pêcher et regarder passer les saisons.

Le Général MacWhistler était bien un homme de plein air. Pendant tout le temps que je le connus, son visage ne perdit jamais son teint coloré. On le voyait aux trous à poisson, une bonne pipe de bruyère fichée entre les dents, lançant d'un beau mouvement de bras, une canne en fibre de verre ; quand venait la saison de la chasse au daim, il s'accrochait à l'épaule un Springfield '03 pour y aller avec Dick Blue. Et il tirait bien. Une année, il descendit un mâle à cinq cent cinquante mètres.

L'existence peut sembler monotone, dans une petite ville. Le Général MacWhistler était le lien qui nous rattachait au vaste monde, aux grands événements. Nous le désignions aux étrangers, aux estivants, tout fiers d'avoir chez nous un général. Je me rappelle une petite secrétaire à l'œil coquin, montée de la ville pour quinze jours de chasse au mari. Elle avait poussé dans son dos un profond soupir : « Voilà enfin un général qui a l'air d'un vrai général. » Tout le monde avait souri.

La plupart du temps, le général MacWhistler restait chez lui, à bricoler. Il peignit sa maison en blanc et les volets en vert, arrangea un parterre fleuri, tondit régulièrement sa pelouse et l'entoura d'une barrière. Au portillon, il avait accroché une planchette sur laquelle il avait calligraphié : Général de Division à la retraite Marc L. MacWhistler, USA. Durant le premier été qu'il passa chez nous, le Général prit l'habitude de monter en voiture jusqu'à Monticello deux fois par semaine. Nous apprîmes qu'il jouait au golf avec un amiral à la retraite dont il avait fait la connaissance là-bas.

Pourtant, c'était un homme très simple. Il entrait de temps en temps boire un verre dans un bar de la ville, et il se trouvait toujours quelqu'un pour l'entreprendre sur le sujet de la guerre. Bientôt, un petit groupe d'anciens combattants se rassemblait autour de lui. Il témoignait toujours d'un vif intérêt pour leurs opinions. Je pense que cela faisait partie du charme qu'il exerçait sur nous. Il personnifiait le lien entre chacun des anciens combattants et les grands exploits de la guerre.

Par un après-midi pluvieux, je me trouvai à lui parler du temps que j'avais passé au bon vieux Soixante-neuvième, pendant la Première Guerre mondiale. Il avait été sur les Théâtres d'Opérations Extérieures dans ce cataclysme-là aussi. Il avait servi avec Pershing au Mexique et commandé un régiment dans le Pacifique.

Certes, le Général avait bien en ville quelques détracteurs. Je me rappelle la fois où Dick Blue nous raconta cette histoire : un jour, il avait emmené le général en ville. Sur une bonne distance, le général avait roulé en silence ; il regardait les falaises boisées qui s'élevaient vertigineusement au-delà des chemins de halage de l'Erie, et les terres plates, tout en prairies, qui s'étendaient à perte de vue du côté de la rivière où ils étaient.

Puis, raconta Dick, MacWhistler s'était lancé dans un discours sur les vallées considérées comme retranchements naturels, comparant le Delaware aux lignes que les Allemands avaient établies en Europe sur des fleuves comme le Rapido, le Volturno ou le Rhin. Les falaises, elles, lui rappelaient les hauteurs stratégiques tenues par les Japonais à Okinawa.

Dick avait été captivé. Et chacun, moi compris, l'enviait d'avoir eu l'occasion d'entendre un officier d'état-major parler de ses batailles. C'est alors que Vaughn Langhoff intervint :

— Naturellement, dit-il d'un ton sarcastique. Ils ne savent pas penser à autre chose, ces officiers de carrière : qu'à la guerre ! Montrez-leur une jolie région bien paisible comme celle-ci et, aussitôt, ils se mettent à imaginer la façon dont ils pourraient y retrancher un régiment. Tout ça pour acquérir un peu de gloire personnelle qu'ils paient avec le sang des simples troufions.

Dick essuya son bar et se détourna pour dissimuler la colère qu'exprimait son visage. Langhoff était un client.

— Et c'est reparti ! dit Bud Willis.

Langhoff était le directeur commercial de l'affaire de grains et fourrage de son père. L'intellectuel de la ville. Pendant la guerre, il avait suivi le stage des élèves-officiers dans l'artillerie de campagne mais, avant qu'il en eût terminé, l'Armée avait décidé qu'elle n'avait plus besoin d'officiers dans cette arme. Langhoff avait fini la guerre comme caporal. Il semblait que, depuis, il détestât tous les officiers.

— Ouais, c'est reparti ! répéta-t-il en contrefaisant la voix de Willis. Ce pays possède un corps d'officiers de carrière plus considérable que n'en a jamais eu l'Allemagne elle-même. Ils forment comme un vaste club. Ils se tiennent les coudes et au diable les simples troufions, comme toi et moi !

Langhoff frappait le bar du plat de la main et la colère brûlait dans ses yeux. Personne, parmi nous, ne tenait à lui faire le plaisir d'entamer une discussion. Nous attendions simplement qu'il se tût.

— Deux ans après la guerre, il y avait dans l'armée et dans la marine, plus de généraux et d'amiraux qu'on n'en trouvait pendant la guerre, poursuivit Langhoff. Ce Général MacWhistler a déjà un fils officier et un autre à West Point, non ? Pas vrai ?

— Et alors ? demanda Willis.

— Alors rien, répondit Langhoff qui, je m'en aperçus alors, était ivre. Ça montre seulement comment cette classe se perpétue. Votre grand et brave Général est un tueur sans entrailles. Rien ne lui plairait davantage que de voir se déclencher une nouvelle guerre, pour reprendre l'uniforme et se remettre à jouer aux petits soldats en engageant la vie d'autres bonshommes.

Après cela, personne ne lui répondit. L'un après l'autre, nous vidâmes nos verres et nous nous écartâmes de lui. Langhoff avait voulu s'imposer au Général MacWhistler quand celui-ci était arrivé dans notre ville. Il avait très mal pris le refus poli du Général de se joindre au groupe d'anciens combattants dont il faisait partie, au chef-lieu du comté.

Un jour, je l'entendis qui cherchait à engager le Général dans une discussion, en lui demandant :

— Comment un homme de votre intelligence a-t-il pu passer toute son existence dans l'Armée, mon général ?

Le Général MacWhistler le dévisagea froidement.

— Parce que j'ai pensé que porter les armes pour défendre sa famille, ses amis, son pays, est une noble profession. Non pas la plus noble, certes, mais néanmoins une profession qui permet à un homme de se respecter.

La réponse avait imposé silence à Langhoff. Tout autour de la salle, on avait vu des sourires éclairer les visages de l'assistance.

— Tu peux te défiler, va, cria Langhoff à l'adresse de Willis, au moment où nous franchissions le seuil. Mais, je te le répète : c'est un tueur, comme tous les autres généraux. Il a passé sa vie à tuer et à se préparer à tuer. Il n'est pas heureux, ces temps-ci : il n'a plus l'occasion de tuer.

***

J'en vins à connaître le Général MacWhistler un peu mieux que la plupart des habitants de la ville. Une fois ou deux, Lea et Dick constatèrent qu'il ne s'était pas montré depuis quelques jours ; en allant voir ce qui se passait, ils découvrirent le général, affaibli par une crise de paludisme qui l'empêchait de quitter la maison. Dick me demandait alors de prendre le courrier du général et c'est ainsi que, lui et moi, nous nous liâmes d'amitié.

Il m'invitait parfois à venir boire un verre chez lui. Assis dans le salon, nous dégustions un bon whisky irlandais et bavardions pendant une heure ou deux. Aux murs s'alignaient les souvenirs de sa carrière parmi lesquels plusieurs photos de presse représentant la signature de l'armistice sur le Missouri, dans la Baie de Tokyo. Je ne pus jamais découvrir le Général MacWhistler dans la foule de généraux ou d'amiraux qui se pressaient sur le pont, mais j'étais convaincu qu'il devait se trouver quelque part.

Il y avait aussi des photos dédicacées de généraux du Pacifique, comme Eichelberger, Lawton Collins, Simon Bolivar Buckner et Douglas MacArthur.

Sur la cheminée, une photo montrait deux hommes en imperméables militaires, en vieux chapeaux de campagne à larges bords, qui riaient en mangeant, debout, dans leurs gamelles. Je dus examiner de très près le document avant d'être bien sûr d'avoir reconnu MacWhistler et l'autre homme : ils étaient alors bien plus jeunes.

— C'est Eisenhower, n'est-ce pas ? demandai-je avec un profond respect.

Le général remplit mon verre en souriant.

— Oui. La photo a été prise aux Philippines, il y a bien des années.

Je ne pus m'empêcher de demander, un peu gêné de la stupeur qu'exprimait ma voix :

— Vous étiez amis ?

Il secoua sa belle tête blanche.

— Non. Dwight et moi n'avons jamais été ce qu'on pourrait appeler des amis. Nous n'avons servi ensemble que quelques années. Nous étions simplement... (Il haussa les épaules) ... frères d'armes.

Ne croyez pas que je n'avais pas remarqué le « Dwight ». J'étais convaincu que le général jouait la modestie. Il faut vraiment bien connaître un homme pour l'appeler par son véritable nom, plutôt que par le surnom que lui donnent des millions de gens.

Quand les fils du général vinrent le soir, je fis leur connaissance. Après cela, à chacune de leurs visites, le général faisait en sorte de renouer nos relations, même si cela se bornait à amener jusqu'au carrefour, pour me serrer la main, celui des deux qui se trouvait alors en ville.

Je suis l'officier de paix de la ville depuis ma retraite de journaliste au New York Times. Je me suis retiré ici, afin que ma femme se rapprochât de sa famille. Je ne m'occupe ni des ivrognes ni des chauffards ; je les laisse aux gendarmes.

Pendant l'année scolaire, je me poste au carrefour à neuf heures, midi, et trois heures, et je ralentis la circulation au moment où les gosses sortent de l'école. Quand la municipalité m'a proposé ce poste, j'ai dit que c'était le seul boulot qui m'intéressait : empêcher les gosses de se faire rompre les os. Je n'ai pas besoin de ce supplément de salaire ; il s'agit simplement d'un boulot que quelqu'un doit faire.

Frank, l'aîné des fils du général, était lieutenant-colonel au Strategic Air Command. Marc Junior était pensionnaire dans une académie militaire privée quand je fis sa connaissance. Je me rappelle avoir été fier pour son père quand certaines lettres adressées à M.L. MacWhistler, USA, commencèrent à mentionner West Point comme lieu d'origine.

De toute évidence, les deux garçons aimaient bien leur père mais ils ne séjournaient jamais longtemps chez lui. Ils semblaient mal à l'aise avec les gens de la ville.

Le général passa chez nous près de six ans. A la fin, bien qu'il approchât de soixante-dix ans, il était aussi droit, aussi vigoureux que jamais. Les petits garçons l'idolâtraient, mais à peine plus que leurs parents. Le dernier jour qu'il passa sur cette terre, je sortais tout juste de chez moi pour me mettre à faire traverser les gosses qui allaient déjeuner, quand une voiture de police s'arrêta devant ma porte ; Digby Ryan, de la Brigade K, quitta son siège auprès du conducteur.

Il m'adressa un salut cordial en levant la main vers son chapeau à larges bords.

— Bonjour, chef. Vous pourriez nous donner un coup de main ?

— Vous êtes assez grands pour vous débrouiller tout seuls, lui dis-je, avec un clin d'œil à l'adresse d'Adam Mungo, assis au volant.

Digby reprit :

— Avez-vous vu des inconnus traîner autour de la boutique d'Helen Cavendish ? Ou du côté de sa maison ?

Il parlait d'un ton négligent, mais les deux hommes avaient un regard grave.

Je n'avais vu personne et je le leur dis. Digby hocha pensivement la tête.

— Leur frère a filé entre les pattes de ses gardiens, hier, à Kansas City. On le transférait à Alcatraz. Les frères ne se ressemblent vraiment pas, dans cette famille, ajouta-t-il en secouant la tête d'un air incrédule. Ce Bob Cavendish est un dur.

— Vous ne croyez tout de même pas qu'il viendrait par ici ? Ni que sa famille consentirait à l'aider ?

J'étais sous le choc. Je ne m'étais pas encore rappelé que le Général MacWhistler était l'homme qui avait envoyé Bob en prison et que Marc Junior devait arriver ce même jour, par le train de midi, pour séjourner chez son père.

— On a déjà retrouvé, abandonnée la voiture qu'il avait volée à Kansas City. S'il a pu attraper un avion pour New York hier au soir, il a pu arriver ici de bonne heure ce matin. Je ne crois pas qu'Helen voudrait avoir quoi que ce soit à faire avec lui. Mais Bill est si simple : avec lui on peut craindre n'importe quoi.

Digby ouvrit la portière arrière de la voiture.

— Il faut que nous leur parlions. Voudriez-vous venir avec nous ?

Cette histoire en fait, ne me regardait pas, mais je pensais qu'Helen se sentirait plus à l'aise avec un ami auprès d'elle pendant que les policiers la questionneraient. Je montai en voiture.

Digby et Adam s'entretinrent avec elle dans la salle d'attente de son salon de beauté, tandis que je dansais d'un pied sur l'autre en essayant d'exprimer toute ma sympathie. De toute évidence, Helen était totalement prise au dépourvu. Elle ignorait tout de l'évasion de Bob et ne l'avait certes pas vu. Nous la laissâmes pâle et tremblante. Bill était parti de bonne heure, le matin dans sa vieille jeep, pour essayer de trouver de l'embauche à la nouvelle piste de trot près de Monticello. Bien avant, précisa Helen, qu'elle-même fût levée.

— Et maintenant, on fait quoi ? demandai-je quand nous nous retrouvâmes dehors.

Il allait être midi, l'heure de la sortie des écoles. Je voulais également veiller à ce que le Général MacWhistler fût informé de ce qui se passait — la plus élémentaire courtoisie l'exigeait. Et il semblait à la rigueur possible que Bob Cavendish cherchât à se venger d'un homme dont le seul rapport avec lui avait consisté à signer le verdict de son jugement en cour martiale.

— Il faut que nous allions voir chez les Cavendish et chez leurs voisins, dit Adam. Nous serons en ville jusqu'à ce que l'affaire soit éclaircie.

Je leur rappelai le Général MacWhistler.

— D'accord, fit Digby. Nous allons vous déposer chez lui.

Le général vint à notre rencontre sur son perron. Il avait fait des frais de toilette pour recevoir son fils et portait une chemise blanche avec une cravate et un costume de tweed bien coupé. Comme toujours, pas un cheveu n'échappait à la belle ordonnance de sa coiffure.

Je le présentai aux deux grands policiers, avec leurs guêtres de cuir et leurs larges culottes à bande pourpre, et je lui fis part ensuite de l'histoire de Bob Cavendish. Sa réaction me surprit. Il dit vivement :

— Eh bien, mais je ne pense pas qu'en l'occurrence, nous ayons motif de nous alarmer. Et vous, messieurs ?

Mais j'avais surpris dans ses yeux, le temps d'un éclair, quelque chose qui ressemblait à de la peur.

— Non, monsieur, répondit Digby. Mais nous tenions à vous prévenir.

Juste à ce moment, par la plus invraisemblable des coïncidences, une jeep prit le virage de la vieille route forestière. Bill nous apprit plus tard que son frère ne pensait pas que la police pût avoir aussi vite retrouvé sa trace. Ils se rendaient en ville afin de s'y procurer des conserves pour approvisionner le campement que Bob s'était choisi dans les collines. Évidemment, si Bill avait possédé une parcelle de bon sens, il n'eût pas laissé son frère passer devant la maison du général.

C'était Bob qui conduisait la jeep ; en voyant la voiture de police, il freina brutalement.

— Cavendish ! cria Adam. Arrêtez-vous ! Je veux vous parler.

Bob se dégagea rapidement du volant et sortit un pistolet de sa veste de chasse déchirée. Ils étaient à moins de quinze mètres de nous. Bill Cavendish était resté assis dans la jeep. Ses yeux sans expression s'élargissaient sous l'effet de la surprise et de la peur.

Son frère visa et tira rapidement sur nous. Digby poussa un hurlement de douleur et de rage. Il s'écroula en se tenant la cuisse. Je me laissai tomber derrière les blocs d'aggloméré qui soutenaient un angle du perron. Le général tourna les talons et rentra précipitamment chez lui.

Adam avait sorti son arme et tirait sans désemparer sur la jeep. Bob Cavendish tourna violemment le volant, recula et démarra. Digby dégaina, roula sur le côté et tira sur eux par l'espace ménagé sous le perron.

Les frères Cavendish étaient tassés sur leurs sièges. Par deux fois, la jeep oscilla et bascula dangereusement. Je crus que les policiers avaient touché le conducteur. La jeep ralentit et je m'aperçus qu'ils avaient crevé deux pneus. Le véhicule disparut derrière le bouquet de pins qui masquait le virage.

Le Général MacWhistler bondit hors de chez lui, le regard flamboyant. Il tenait son Springfield par la crosse et il était en train de vider dans la poche de sa veste une boîte de cartouches à daim.

— Êtes-vous gravement blessé, mon petit ? demanda-t-il au colossal Digby.

Digby, assis par terre, rechargeait son pistolet.

— Non, mon général. Mais ne vous occupez pas d'eux. Ils sont pris au piège, sur cette route. Dans une heure, nous aurons amené ici toute la brigade, par radio.

Le Général MacWhistler rangeait des balles dans un chargeur. Il l'introduisit dans le magasin et ramena la culasse d'un coup sec.

— La jeep s'est arrêtée. Je l'ai entendue. Ils vont partir à pied.

— Tant mieux, fit Adam, qui jura à l'adresse des

deux frères avant de s'intéresser à Digby : Je vais te faire un pansement là-dessus, vieux.

— Occupe-toi d'abord de la radio, lui enjoignit Digby qui appuyait des deux pouces sur sa cuisse musclée.

Le Général MacWhistler avait sauté du perron et, tenant haut son Springfield, franchissait maintenant avec agilité sa barrière.

— Où va-t-il ? me demanda Digby.

Adam était parti en courant vers la voiture de police.

Je suivis des yeux le général qui s'éloignait. Il dévorait le terrain à longues enjambées rapides et il avait pris la route. Je compris aussitôt.

— Général ! criai-je. Revenez ! La police les aura ! Mais il ne parut pas m'entendre.

J'étais incapable de franchir cette barrière. J'ouvris le portillon et contraignis mes jambes à courir. Je rattrapai le général dans un épais fourré de chênes nains, au détour de la route.

— Général MacWhistler, revenez, dis-je, tout essoufflé. Ce n'est pas notre affaire. Tout ce que nous allons faire, c'est gêner la police quand elle va arriver.

Il ne tourna pas la tête.

— Restez tranquille, mon ami, ou passez à l'arrière.

Il mit un genou en terre et épaula sa carabine. Je fouillai du regard les broussailles et j'aperçus la jeep vide, sur le bas-côté de la route, affaissée sur ses pneus crevés. J'entendis des hommes piétiner dans les fourrés touffus, de l'autre côté de la route.

— Ils sont là, dit le général.

Il avait changé de visage. Son regard était glacial et ses lèvres s'étiraient en une mince ligne dure. Brusquement, je pensai à ce qu'avait dit de lui

Vaungh Langhoff : *C'est un tueur sans entrailles. Il a passé sa vie à tuer. Il n'est pas heureux, ces temps-ci : il n'a plus l'occasion de tuer.*

Je me relevai et mis mes mains en cornet sur ma bouche. Je ne voulais pas voir tuer ce pauvre Bill Cavendish.

— Bill ! criai-je. Sors de là !

Le Général MacWhistler se retourna d'un bloc vers moi.

— Taisez-vous donc, espèce de vieil imbécile !

Son visage était livide de rage.

— Sors de là, Bill ! criai-je de nouveau. Je suis Whit Thompson, l'officier de paix. On ne te fera aucun mal si tu sors de là les mains levées.

Nous entendîmes quelques phrases chuchotées et Bill bêla :

— Je sors, Monsieur Thompson ! Ne les laissez pas me descendre !

Nous l'entendîmes se frayer péniblement, bruyamment, un chemin à travers les broussailles ; puis nous le vîmes apparaître derrière la jeep, les mains bizarrement levées. Son visage apeuré faisait peine à voir.

Le général marmonna avec colère. Brusquement, il se leva et traversa la route à grands pas. Il dépassa Bill et pénétra dans les fourrés d'où celui-ci avait émergé. Il tenait haut sa carabine et ne se donnait aucun mal pour amortir le bruit de son approche. Tout ce qui manquait, pour compléter ce tableau martial, c'était une baïonnette ou un clairon sonnant la charge.

— Mets-toi derrière la jeep, dis-je à Bill. Et garde ta sacrée tête d'idiot baissée jusqu'à ce que je revienne.

J'espérais qu'il n'écoperait pas d'une peine trop lourde pour être venu en aide à son frère.

Je me précipitai sur les traces du général. A présent, je détestais cet homme. Il aimait tellement tuer qu'il voulait s'en charger à la place de ceux dont c'était le boulot. Plus haut, devant moi, des coups de feu éclatèrent. Trois détonations sèches du pistolet et, en réponse, le coup sonore du Springfield, plus grave, impérieux.

Je trouvai le général allongé sur le dos au pied d'un jeune pin, la chemise blanche et le devant de la veste de tweed trempés de sang. La carabine était tombée à ses pieds. Il avait les yeux fermés mais sa poitrine se soulevait encore. Bob Cavendish était à cinq mètres de là. Mort.

Je me détournai de lui et revins vers le Général MacWhistler. Je m'agenouillai près de lui et lui pris les mains. Il ne mit que quelques minutes à mourir. Je ne suis pas sûr qu'il se soit aperçu de ma présence.

***

Je descendis de voiture, et rejoignis le jeune Marc MacWhistler.

— Il n'a jamais été autre chose que sergent-chef au 89e Corps de la Compagnie d'État-Major, sanglota le jeune homme. C'était une simple coïncidence qu'il portait le même nom que le général.

Je restai frappé de stupeur. Puis, de nouveau, la colère m'envahit rapidement. Ce vieil escroc nous avait tous fait marcher pendant six ans. Je me rappelais les photos dédicacées des généraux, de lui-même avec Eisenhower, et de la signature de la capitulation sur le Missouri.

Ike et lui portaient des imperméables ; sinon, on eût distingué les galons de sergent de MacWhistler. Il s'agissait sans doute tout bonnement d'une photo prise un jour où Ike était venu voir comment mangeaient les troupes. Et les dédicaces des généraux ne faisaient pas mention de grade. Elles ne représentaient que le salut cordial que des hommes comme eux pouvaient envoyer à un soldat après quarante ans de carrière.

Je pensai alors à d'autres choses : les gens de la ville s'étaient mis à l'appeler « Général » bien avant que MacWhistler se fût approprié le titre ; je comprenais aisément qu'un vieil homme solitaire, avec deux fils officiers, eût secrètement envie d'un peu de gloire.

J'envisageai soudain tout autrement la façon dont il était mort. J'avais cru que c'était parce que, ainsi que l'avait dit Langhoff, il n'était pas autre chose qu'un tueur professionnel. Mais je me souvenais maintenant d'autre chose... *de ce qu'il avait dit à Langhoff. Porter les armes pour défendre son pays, sa famille, ses amis est une noble profession.*

En voyant surgir Bob Cavendish, le général avait aussitôt compris que sa supercherie allait être dévoilée. Et il s'était lancé à sa poursuite plutôt que de laisser d'autres hommes risquer leur vie.

Son fils avait repris son sang-froid. Son regard hébété cherchait autour de lui un endroit où jeter les morceaux de la planchette qu'il avait brisée.

Je les lui pris des mains.

— Je m'en charge, mon garçon, lui dis-je. Nous ne pourrons pas cacher la vérité aux gens de la ville mais du moins les journaux n'en sauront-ils rien.

Le jeune homme hocha la tête en silence, pour me remercier. Il remonta dans ma voiture et je le conduisis à Honesdale où il devait identifier le corps de son père.

As dead as a hero.
Traduction de Renée Tesnière.

UN FAMEUX COUP DE POKER

par Lionel White

Vince Dunne arriva le premier au bar où ils avaient rendez-vous un peu après dix heures du soir. Il portait dans un sac à fermeture-éclair, une veste de cuir noir, de grosses lunettes, une casquette à visière, le calibre 38 et une demi-boîte de balles. Il avait quitté la maison plus tôt qu'il n'aurait dû, sachant qu'il lui serait difficile de partir quand Sue, de retour, voudrait savoir où il allait et pourquoi.

Un autre jour, c'eût été parfait. Sue travaillait le soir. Mais c'était justement son jour de liberté. Elle aurait des soupçons. Elle se méfiait toujours de tout ce qu'il faisait depuis qu'on l'avait mis en liberté surveillée. Elle n'avait que dix-neuf ans, — sa sœur jumelle, en fait —, et Vince sentait qu'elle se débrouillait joliment bien depuis que la mort de leur mère les avait laissés tout seuls. Mais il ne pouvait pas râler. Il sortait de prison et c'était Sue qui payait.

Il lui fallait admettre aussi qu'elle s'inquiétait

pour lui et cherchait sincèrement à le ramener dans le droit chemin.

Aussi lui avait-il dit qu'il allait à une séance de nuit du cinéma. Elle ne l'avait pas cru — il le savait — mais elle l'avait laissé partir. Maintenant, il était là, et il attendait. Il attendait Dommie et Jake.

Dommie, lui aussi, serait un peu en avance. Il avait vingt et un ans et vivait avec sa famille. Il aurait, comme Vince, du mal à partir. Mais Jake, par contre, viendrait à l'heure juste. C'était lui qui se chargeait de l'affaire. Il avait même participé à l'élaboration du plan avec le grand type qui, dans l'ombre, était le vrai cerveau. Celui qui leur prendrait le fric et en disposerait.

Quand Dommie arriva, il alla, sans un mot à Vince, commander un verre au comptoir, bien que Jake l'eût pourtant mis en garde contre ça. Dommie avait le rôle délicat : celui de tenir la mitraillette.

Ainsi que Jake le leur expliquait quand ils en discutaient ensemble, une parfaite coordination était indispensable. Une mitraillette n'était pas un fusil ou un automatique.

— Non pas qu'il y ait des chances que tu t'en serves, disait-il. Mais, s'il le fallait, tu devrais viser juste. Aucune erreur n'est permise. Il n'y a que vingt balles dans chaque chargeur et, une fois dans le bain, tu n'auras pas le temps de recharger. En réglant bien ton tir, tu limites une rafale à cinq ou six coups. Ce qui signifie que tu peux tirer trois ou quatre fois. C'est tout. Rappelez-vous bien qu'il faut absolument rester calme, ne pas perdre son sang-froid. Parce que si Dommie s'en sert, ça voudra dire qu'on s'ra dans la mélasse.

Dommie finissait son verre quand Jake entra. Sans regarder ni l'un ni l'autre, il se dirigea vers les toilettes. Vince délaissa alors le juke box, quitta la salle et grimpa à l'arrière de la Ford arrêtée au bord du trottoir. Les phares étaient en veilleuse et le moteur tournait. Dommie monta un instant plus tard à l'avant, puis Jake reprit sa place au volant. Et ils s'éloignèrent.

— Pas d'ennuis pour la voiture ? demanda Vince en se penchant en avant tandis que Jake, passé Corona, tournait dans Northern Boulevard, en direction du sud de l'île.

— Non. Tais-toi.

Pas commode, pensa Vince. Un peu nerveux aussi. Comment l'en blâmer ? Ils l'étaient tous. Bon sang, qui ne le serait pas, en s'embarquant pour une équipée comme celle-là ?

Jake roulait à une allure raisonnable, respectueux des feux rouges et des panneaux de signalisation. Ils arrivèrent à Manhasset en moins d'une demi-heure. Le cinéma occupait le centre d'un bloc d'immeubles, du côté droit de la rue et quelqu'un venait juste d'éteindre l'enseigne lumineuse. La dernière séance était déjà bien avancée et le bureau de location fermé pour la nuit. La rue semblait déserte.

La ruelle conduisant au parking derrière la salle de spectacle se trouvait entre celle-ci et le bloc de grands magasins. Jake tendit le bras pour indiquer qu'il tournait dans la ruelle. Le parking était encore rempli de voitures, mais ils trouvèrent néanmoins une place au fond près de la palissade, entre une Cadillac et une Pontiac commerciale.

Jake éteignit les phares. Puis ils descendirent tous les trois, laissant tout dans la Ford. Mais ils s'assurèrent que les portières étaient bien fermées.

A ce moment-là une femme et un homme montaient en voiture dans une allée voisine. Ils attendirent que l'homme eût mis le moteur en route et démarré. Puis ils se dirigèrent rapidement vers l'arrière du cinéma.

Candy se trouvait là, à l'endroit où il avait promis d'être, juste à côté de la porte marquée SORTIE. Il portait son uniforme d'ouvreur et ressemblait à un frêle fantôme noir. A leur arrivée, il regardait l'heure à sa montre. Sa voix ne fut qu'un murmure rapide et nerveux.

— Dépêchez-vous. Je suis là depuis trop longtemps déjà. Ils vont se demander là-haut ce que je fais si je ne remonte pas en vitesse.

Il fit un pas de côté et ils s'empressèrent d'entrer. Ensuite Candy referma la porte sur eux à clef, et passant le premier, il montra le chemin le long du grand couloir en direction de l'escalier du sous-sol. Ils entrèrent dans la petite loge devenue inutile, souvenir du temps où la salle de cinéma servait à des représentations de théâtre d'amateurs et Candy les laissa seuls.

Il y avait près d'une heure à attendre. Jake en profita pour renouveler ses instructions.

— Vous le savez déjà, dit-il, mais ça ne fera pas de mal de le répéter encore une fois. Tout a bien marché jusqu'à présent et je veux que ça continue. J'étais ce matin dans le magasin. J'ai vu la camelote exposée. Un quart de million et exactement comme on avait dit que ce serait, étalée là, à attendre.

— Du tonnerre ! dit Vince. Et penser que...

— Tais-toi, fit de nouveau Jake. Laisse-moi parler. De toute façon, elle est arrivée et se trouve maintenant en haut de l'escalier dans le magasin contigu. Un type de Pinkerton la garde. Le magasin n'étant qu'une succursale pas très importante de la joaillerie de la Cinquième Avenue, on n'y verra sans doute jamais plus pareille exposition. C'est pourquoi ils n'ont pas pris la peine d'installer un coffre-fort et se sont contenté d'engager un détective privé pour la semaine que durera cette exposition spéciale.

La séance là-haut finit à onze heures un quart et la salle se videra en moins de vingt minutes. Candy ferme à minuit moins le quart et il est le dernier à partir. Il viendra nous chercher ici quelques minutes avant l'heure à laquelle il doit fermer. Nous n'aurons alors que cinq minutes pour aller à la voiture chercher nos affaires. Nous travaillerons dans le noir et nous ne devrons nous servir d'une lampe qu'en cas de nécessité absolue.

Le trou qui donne dans la bijouterie se trouve à la hauteur du couloir et il nous faudra faire très attention pendant que nous opérerons là. Une lumière serait immédiatement vue à travers les portes vitrées de l'entrée. Après que nous aurons introduit le tuyau dans le trou et ouvert le bidon de gaz, nous devrons compter au moins une demi-heure avant que le Pinkerton ne perde connaissance.

La camelote se trouve pour la nuit dans le bureau et c'est là qu'il se tient, et aussi que donne le trou. Mais il faudra tout de même attendre un moment.

A une heure moins un quart on commencera d'abattre le mur. Et ce s'ra le moment délicat. On devra mettre les masques à gaz en espérant que le type aura eu son compte et s'ra K.O. A mon avis, il ne devrait pas nous falloir plus de vingt minutes pour faire une brèche suffisante. Aussitôt à l'intérieur, nous couperons le système d'alarme. Et rappelez-vous bien. Vince et moi entrons. Toi, Dommie, tu restes dans le couloir avec la mitraillette, tu surveilles la rue et tu nous couvres en cas d'ennuis. Si quelqu'un vient par hasard fourrer son nez par là, tu nous siffles pour qu'on ait le temps de sortir.

Une fois dedans, en cinq minutes on aura tout rafflé. Après je reviendrai chercher Dommie. On ira reprendre la bagnole qu'on amènera devant le cinéma. Pendant ce temps-là Vince sortira par la porte du magasin avec le paquet.

Vince s'éclaircit la gorge.

— Y'a une chose que j'aime pas beaucoup, dit-il nerveusement, c'est de sortir par la porte de la rue. Je n'vois toujours pas très bien pourquoi...

— J'te l'ai dit cent fois, répliqua Jake avec un peu d'irritation.

Le seul moment vraiment dangereux s'ra quand on ira chercher la voiture au parking. Qu'un car de police vienne à passer et nous remarque, ils nous arrêtent, c'est sûr. Et on s'ra coincés. Si par hasard ils nous piquaient quand Dommie et moi on montera en voiture, on tâchera de s'arranger pour qu'ils nous demandent rien ou on cherchera à s'tirer s'ils devenaient trop curieux. On n'sera pas encombrés par la marchandise et on pourra s'débarrasser des armes en les voyant arriver.

Mais toi, tu s'ras dehors et tu auras le paquet. Si tout va bien, tout c'que tu auras à faire c'est d'sortir par la porte de devant. Elle a une serrure à ressort et se referme toute seule. On s'tiendra là avec la voiture, prêts à te ramasser. Si par hasard les flics arrivaient, on s'rait au moins pas pris au piège ; au contraire, dans la rue, nous avons une chance de nous échapper.

Dommie gratta une allumette pour allumer une cigarette. Jake aussitôt lui lança un juron et lui dit d'éteindre ça. Et ils demeurèrent ensuite assis, immobiles, à attendre et à penser.

Candy revint à minuit moins vingt exactement. Il frappa légèrement à la porte avant d'entrer, et attendit d'être à l'intérieur pour allumer sa torche électrique. Il avait échangé son uniforme contre ses vêtements ordinaires.

— Allons, dit-il. J'voudrais bien sortir d'ici et rentrer chez moi aussi vite que possible pour que mon alibi tienne. C'est moi qui s'rai interrogé.

***

Le sergent Clarence Dillon conduisait et il n'aurait certainement rien vu sans Don Hardy, le jeune agent stagiaire qui avait été désigné pour passer la soirée avec lui. Le sergent, marié et père de trois jeunes enfants, songeait aux oreillons que la petite Nan venait juste d'avoir et que les deux autres allaient certainement attraper. Qui, des deux, commencerait ? Skipper avait presque dix ans, il serait certainement plus malade...

— La voiture, devant nous, dit soudain Hardy.

Le sergent Dillon n'aurait peut-être pas remarqué cette voiture arrêtée le long du trottoir devant la nouvelle succursale de la joaillerie Gordon-Frost, sans ces quatre mots de Don Hardy. Elle avait ses phares éteints et son moteur tournait.

Dillon s'en rendait compte parce qu'il voyait, dans la lumière de leurs propres phares, sortir la fumée du tuyau d'échappement.

Mais Hardy avait parlé trop tard. Ils dépassaient déjà la voiture et ne pouvaient s'arrêter qu'à quelques mètres devant elle.

Personne en vue. Quand il eut ouvert la portière, fut descendu et revenu un peu en arrière, Hardy comprit pourquoi. Les occupants, — apparemment il y en avait deux — s'étaient baissés brusquement au moment où les agents les dépassaient. Et maintenant les portières de la conduite-intérieure s'ouvraient. De chaque côté, un homme descendait.

L'agent de patrouille stagiaire Hardy chercha son revolver de service.

Dillon était un excellent policier et un homme d'expérience en la matière. La situation paraissait claire. Une voiture rangée le long du trottoir, phares éteints, moteur tournant, devant un magasin de joaillerie. De plus, il était tard et il n'y avait pas âme qui vive dans les parages.

Le regard du sergent Dillon alla de la voiture à l'entrée du magasin où il aperçut une silhouette quitter l'entrée obscure pour traverser en courant le trottoir.

Son revolver à la main il marcha vers la voiture obscure en criant le commandement d'usage. « Eh, vous ! Halte-là ! Immédiatement ! »

A cette seconde même, Dommie oublia tout ce qui avait été décidé entre eux. Il leva la mitraillette, la braquant sur le sergent Dillon. L'index de sa main droite s'appuya dur sur la détente... et y resta tandis que l'arme tressautait et crachait.

Cependant, l'agent stagiaire Hardy ne perdit pas la tête. Sa première balle creva le radiateur de la Ford, la seconde atteignit Dommie à l'estomac au moment où les derniers coups de mitraillette fauchaient le sergent Dillon.

Espérant que Dommie avait son compte il tourna alors son arme en direction de Jake qui courait droit sur lui. Les deux détonations retentirent en même temps et chaque balle frappa au but. Jake chancela, atteint à la poitrine juste en dessous du cœur, et, lentement, s'affaissa sur la chaussée.

Quant à Hardy il reçut la balle du bandit dans la tempe droite, mais elle ricocha sans pénétrer vraiment dans le crâne. Le choc fut néanmoins suffisant pour l'abattre. Son revolver glissa de sa main tandis qu'il s'effondrait aussi. Il demeura inconscient pendant près d'une minute.

Vince Dunne, lui, ne comprit pas ce qui se passait.

Il attendait derrière la porte vitrée quand la voiture stoppa devant la bijouterie. Jake qui conduisait lui fit un signe de la main avant d'éteindre les phares.

Il lui fallut alors une seconde ou deux pour ouvrir la lourde porte. Puis, l'ayant ouverte, il allait se mettre à courir quant il s'aperçut que Jake cherchait frénétiquement à lui faire comprendre de ne pas approcher. Ce fut à ce moment-là qu'il remarqua la voiture de police.

Il ne s'affola pas. Il décida seulement qu'en retournant d'où il venait il serait fait comme un rat. Pas une chance de s'en sortir. Flics ou pas flics, il lui fallait atteindre la Ford. Alors, tenant le sac en papier serré contre sa poitrine, il traversa le trottoir en courant. Il grimpait à l'arrière de la conduite-intérieure quand la fusillade commença.

Au moment où il vit Jake s'effondrer au milieu des claquements de revolver, il résolut d'agir. Il chercha son propre automatique et gagnant le siège avant, il se glissa derrière le volant.

Mais quand il voulut mettre la voiture en marche il se rendit compte que le démarreur ne répondait pas. Il ignorait que la première balle d'Hardy s'était logée dans la batterie et l'avait endommagée. Tout ce qu'il savait, c'était qu'en appuyant sur le starter rien ne se produisait.

D'un bond il sauta dans la rue, étreignant toujours le sac d'une main et son calibre 38 de l'autre.

Par deux fois il tira sur le corps étendu à plat ventre de l'agent Hardy qui fut secoué par le double choc. Puis il releva la tête.

Il vit alors une Chevrolet décapotable arrêtée en face de la Ford, un homme assis au volant et qui regardait la scène, les yeux ronds, la bouche ouverte.

L'agent de patrouille stagiaire Hardy reprit

connaissance. Il lui fallut quelques secondes pour s'orienter. Sa main étendue trouva le revolver de service à côté de lui sur la chaussée. Il était déjà mourant à ce moment-là, mais il l'ignorait, comme il ignorait avoir reçu deux balles de Vince dans le corps. Il tira celles qui restaient dans son revolver.

Plus tard, lors de son ultime déposition sur son lit de mort à l'hôpital, il devait déclarer qu'il était à peu près sûr d'avoir vu une de ses balles toucher le bandit qui s'échappait dans une seconde voiture et la seconde atteindre le véhicule.

Les débris de verre de pare-brise découverts ensuite sur la chaussée confirmèrent ses dires.

Hardy avait affirmé que cette deuxième voiture était une Chevrolet décapotable, noire et jaune, et qu'elle portait une plaque d'immatriculation de New York. Le dernier chiffre du numéro était un 3.

***

Quelle drôle de chose, drôle et un peu ironique, de penser qu'il était précisément en train de méditer sur l'absolue médiocrité de son existence quand cet événement arriva. Événement qui devait marquer un tournant décisif et entraîner toute une série d'épreuves destinées à modifier l'édifice même de cette existence.

C'était le sept de trèfle qui était responsable. C'est-à-dire que ce sept de trèfle que Gerald Hanna avait tiré pour compléter une séquence-flush au cours du dernier jeu de la soirée était responsable de son changement d'esprit... en l'incitant à songer à lui et à la vie qu'il menait.

Gerald Hanna n'était pas homme à avoir en main une séquence-flush. Il n'aurait pas, normalement, misé sur une séquence d'ouverture même dans un dernier jeu. Mais cette nuit-là, comme il enfonçait l'argent dans le pot et demandait une carte, il fut inconsciemment étonné de sa propre audace.

Le fait d'avoir tiré un sept pour réussir une séquence de dix, le surprit au point qu'il demeura une minute ou deux assis immobile et complètement abasourdi.

Bill Baxter dut lui demander deux fois ce qu'il voulait faire après avoir mis le pari en échec.

C'était la partie de poker habituelle du vendredi qui avait toujours lieu chez Bill. Celui-ci était le seul des partenaires qui ne fût pas marié, ou ne vécût pas avec sa famille, et qui, par contre, possédât un appartement se prêtant à ce genre de réunion. Bill travaillait à la Seaboard Life avec Gerald et plusieurs autres joueurs.

Ce soir-là étaient réunis le Dr. Harry Kline, un médecin-inspecteur de la compagnie d'assurances, et quatre ou cinq des partenaires habituels.

Le jeu se passait entre amis, comme il arrive dans maints autres endroits où quelques hommes aiment à se réunir une fois par semaine pour passer la soirée. Les enjeux étaient modestes, ordinairement une première mise de dix cents et une surenchère de vingt-cinq, deux de celles-ci étant seulement permises, compte tenu des impôts et des charges des joueurs. Leur situation, soit dit en passant, rapportait à chacun d'eux dans les six à dix mille dollars par an.

Durant la soirée, la plupart buvaient de la bière, payée avec de l'argent retiré du pot la semaine précédente. Mais, de temps en temps, le Dr. Kline apportait une bouteille de scotch qu'il partageait avec qui voulait.

Le jeu commençait à huit heures pour s'arrêter peu après minuit. Personne ne perdait beaucoup et il n'y avait jamais ni rancune ni colère. La seule fois où cela avait failli arriver c'était le soir où Herb Potter, complètement ivre après être resté trois heures sans avoir de jeu, insistait pour qu'on élevât les mises. Mais la chose était compréhensible et on l'avait aussitôt oubliée, car deux semaines seulement auparavant le plus jeune des enfants d'Herb était mort de la polio. Et chacun savait à quel point ce drame l'avait ébranlé.

Ils jouaient un poker loyal observant scrupuleusement les règles : en particulier, soit le droit de tirer au sort avec les valets ou mieux pour attaquer, soit d'utiliser l'ancien jeu à cinq cartes où chacun des joueurs savait à peu près ce qu'avaient les autres. Packy Wilson aimait à bluffer et le Dr. Kline se montrait prudent à l'excès ne restant jamais dans le jeu à moins d'avoir de bonnes cartes à l'ouverture mais l'un dans l'autre, ils jouait très régulièrement et selon la méthode consacrée.

Pas un d'entre eux, et encore moins Gerald Hanna, n'eût rêvé de tirer une... séquence. Et pourtant, ce soir-là, ce fut ce qui arriva à Gerald. Par deux fois il l'emporta sur une paire d'as et de valets tenus par le Dr. Kline, ce qui lui fit gagner quatre-vingt-quatre points au cours du jeu et le mit à six dollars d'avance pour la soirée.

Comme il prenait dans le pot, Gerald dit au Dr. Kline qu'il venait de réussir une séquence. Le docteur se mit à rire avec un peu d'aigreur et lui répondit, en termes polis, qu'il était le plus grand des menteurs.

— Vous vous moquez de moi, dit-il. Vous avez tiré une quinte ? Mon vieux, je n'y croirai jamais. Vous qui, j'en suis sûr, en dix ans, n'êtes jamais sorti de chez vous un jour de ciel gris sans parapluie et caoutchoucs !

Gerald rougit légèrement car Doc Kline avait raison.

Il ne s'attarda pas à prendre le dernier verre de bière avec les autres.

— J'ai envie d'aller me coucher aussitôt que possible, dit-il. Il faut que je parte de bonne heure demain matin et il y aura beaucoup de monde sur les routes, comme toujours le samedi.

Ils savaient tous ce que cela voulait dire. Aussi se mirent-ils à rire en lui souhaitant le bonsoir.

Chaque semaine, après le poker de vendredi soir, Gerald se hâtait de gagner Long Island où il gardait une chambre avec bain louée dans une famille, de vieux amis de sa mère. Quelques heures de sommeil, puis il se levait avant l'aube le samedi matin pour prendre la route du Connecticut où il passait le week-end avec sa petite amie.

Ses amis ne l'ignoraient pas. Gerald était fiancé depuis cinq ans. Son amie vivait avec son père et travaillait comme bibliothécaire. Gerald et elle avaient décidé qu'ils ne se marieraient que lorsqu'il gagnerait assez d'argent pour continuer d'en envoyer à sa propre famille et aussi pour entretenir le père de sa femme. C'était là chose raisonnable, disait Gerald, bien que, de temps en temps, il en arrivât à se demander s'il se marierait jamais, ou même s'il le souhaitait vraiment encore.

Durant ces week-ends, lui et Mary se contentaient tous les deux de distractions simples et peu coûteuses comme la natation, le pique-nique ou encore le cinéma. Mary était devenue, pour lui, une habitude. Comme tout le reste de son existence, pensait-il avec un peu d'amertume en roulant sur le pont qui menait du quartier où Bill Baxter avait son appartement à ce qu'il appelait son « home ». Morne, sûre, respectable, sans imprévu...

A partir de Queensborough Bridge, il coupa en direction de Northern Boulevard. La circulation y était assez facile. Gerald roula vers l'est, respectant tous les feux rouges et se tenant bien en dessous de la vitesse limite. Il pensait encore à ce fameux sept de trèfle quand il traversa Great Neck et atteignit les abords de Manhasset.

Il y pensait toujours et en même temps il réfléchissait à l'incroyable monotonie de sa propre vie quand le crépitement d'une mitraillette interrompit le cours de ses réflexions. Il n'avait aucune idée de ce qui pouvait se passer, mais instinctivement, il s'arrêta, les yeux agrandis d'horreur en voyant les cadavres étendus dans la rue devant lui. Il vit Vince Dunne tirer deux balles dans le corps de l'agent déjà à terre et fut pris de nausée.

L'homme qui portait les grosses lunettes, la casquette et la veste de cuir noir se retourna, puis ouvrit la portière de la voiture de Gerald. Mais, à la même seconde, il y eut un claquement sec, celui d'un coup de revolver. L'homme poussa un grognement, et monta à côté de Gerald à qui on n'avait pas besoin de dire ce que cet homme lui enfonçait dans les côtes.

— Démarre ! Vite !

Gerald Hanna possédait une intelligence moyenne et pas beaucoup d'imagination, mais, pour une fois, il en avait suffisamment.

Il appuya son pied sur l'accélérateur et la Chevrolet bondit en avant. A ce moment-là encore il y eut une nouvelle détonation et le pare-brise vola en éclats devant son visage.

L'existence de Gerald Hanna cessait d'être morne.

Quand l'homme parla sa voix ne fut qu'un vague murmure. La pression du revolver dans les côtes de

Gerald avait diminué, mais celui-ci savait que l'arme était toujours là. L'homme tourna à demi la tête.

— La première à droite.

Gerald ralentit, étonné en jetant un coup d'œil à son rétroviseur, de constater que personne ne le suivait. Il tourna juste après Roslyn.

C'était une route peu fréquentée que Gerald ne connaissait pas. Ils passèrent devant quelques maisons éloignées les unes des autres, puis il n'y eut plus, de chaque côté, que des champs et parfois un bouquet d'arbres.

Gerald se préparait à dire quelque chose quand il entendit l'homme à côté de lui gémir, et, un instant plus tard, il ne sentit plus le revolver dans ses côtes. Il l'entendit même tomber avec un bruit sourd sur le plancher de la voiture.

Comme celle-ci passait dans la lumière de l'un des rares lampadaires de la route. Gerald jeta un rapide regard du côté de son compagnon. La casquette de l'homme était tombée aussi et Gerald s'aperçut que son agresseur n'était qu'un adolescent. Les grosses lunettes avaient glissé sur son visage mince et blême et ses yeux étaient clos. Il se tenait effondré sur le siège, sa main droite sur son genou où elle avait dû tomber comme il lâchait son arme.

Gerald décida de tourner à droite au croisement qui se présentait. Son passager ne protesta pas. Cinq minutes plus tard, Gerald arrêtait la voiture dans un endroit désert de la route.

La lampe électrique qui servait à lire les cartes routières éclaira un instant l'intérieur tandis qu'il se penchait vivement pour ramasser le revolver. Un moment plus tard il devait comprendre qu'il n'en avait pas besoin.

L'homme était mort.

Le sac de papier s'était déchiré sur le plancher de la voiture laissant voir une masse scintillante de diamants, de rubis et d'émeraudes : des colliers, des bracelets, des boucles d'oreilles et une ou deux montres. Dans ce quart de seconde où son regard tomba sur cette fortune, Gerald Hanna se rappela le sept de trèfle qu'il avait tiré et ressentit le même petit frisson. Ce fut à cet instant même qu'il prit sa décision.

Cette décision rapide et soudaine, aussi choquante qu'elle fût, lui apparut en fait comme le simple résultat d'une succession de facteurs progressifs et coordonnés.

C'est la vue de cette fortune en joyaux volés qui déclencha la décision de Gerald Hanna, mais ce qui la rendait possible, c'était une longue série d'événements et de circonstances. Gerald était un employé de compagnie d'assurances ; un homme qui venait de se rendre compte — et d'admettre —, que son existence était médiocre et sans intérêt. Un homme prudent, sans imagination (jusqu'à cet instant), et inconsciemment las de cette existence. Son travail, ses activités, étaient ennuyeux, et même, oui, même la jeune fille qu'il se proposait d'épouser le devenait après toutes ces années d'attente.

Il avait pris un risque téméraire au jeu ce soir-là. Un risque qui avait payé. Et maintenant là, à ses pieds, se présentait une autre chance tout aussi audacieuse.

Sortir le cadavre de la voiture et le traîner sur le bord de la route se révéla relativement facile. Ce qui le fut infiniment moins, c'est le retour à Roselyn et à la maison où il habitait.

Tout en conduisant il se rendait compte du danger qu'il allait courir. Il en évaluait toute l'importance. Il ignorait, naturellement, si sa voiture n'avait pas été identifiée par un témoin de la fusillade. Il n'était même pas sûr que le système d'alarme ne fût pas encore en action. Il voyait très bien après ce qui venait de se passer, un flic arrêtant dans la rue toute voiture ayant un pare-brise cassé. S'il arrivait à tourner dans sa propre rue sans être arrêté, tout irait bien. Il serait à l'abri. Si on l'arrêtait, il dirait qu'il revenait pour faire réparer.

Il ne conduisait ni trop vite ni trop lentement, le cœur battant d'émoi exactement comme lorsqu'il avait regardé le « sept ». Il était en quelque sorte surpris que ses mains fussent aussi assurées sur le volant. Et plus surpris encore, de faire une chose pareille. Enfin, il tourna dans sa rue. Il arrivait chez lui sans avoir croisé une seule voiture ni un seul passant.

C'était là un répit. Un autre, qui existait déjà, lui permit de mettre son plan en action : la famille à qui il louait sa chambre se trouvait pour un mois de vacances aux Bermudes. Il avait la maison entière pour lui tout seul. Et, plus important encore, le garage.

Il y avait bien les voisins, naturellement. Mais aucun ne venait jamais par là. Et le laitier lui-même ne passait plus depuis le départ des propriétaires. Gerald était absolument seul.

Il ouvrit les portes du garage, remisa sa voiture, prit les bijoux et le revolver qu'il enveloppa dans sa veste et monta dans sa chambre.

Dans la petite pièce aux stores soigneusement baissés, il n'alluma que la lampe du bureau et s'assit. Éparpillés sur le dessus de lit où il avait jeté le paquet, les pierres précieuses et rares, scintillaient. Et, de nouveau, il éprouva ce frisson de triomphe, violent, incroyable, qu'il avait ressenti au jeu.

Seulement cette fois il était de beaucoup plus intense. Il s'y mêlait un élément nouveau : le danger. Gerald Hanna ne s'y connaissait pas beaucoup en bijoux, mais il lisait les journaux et il se rendait compte que ceux qui venaient de tomber entre ses mains étaient beaux et qu'ils devaient valoir cher. Il avait là plus de richesse, ou d'éventuelle richesse, qu'il n'en aurait jamais en travaillant tout le reste de sa vie et en économisant jusqu'au dernier sou.

Jusqu'à cet instant pas une seule fois dans son existence il n'avait fait ni même envisagé quelque chose de malhonnête.

Brusquement, il se mit à rire.

En somme, il n'avait encore rien volé. Un homme armé d'un revolver, monté de force dans sa voiture, y était mort d'une balle reçue au cours d'une fusillade avec la police, laissant à ses pieds, sans qu'il y vît un quelconque inconvénient, une véritable fortune.

Gerald n'avait fait, à dire vrai, que se débarrasser du cadavre d'un homme qui s'était introduit de force auprès de lui et il était rentré à la maison. Une vie venait déjà de payer ces pierres précieuses. Et si Gerald avait bien vu, d'autres encore. Il était maintenant trop tard pour qu'on y pût quelque chose.

Quant aux propriétaires des bijoux, Gerald était bien placé pour savoir qu'ils seraient dédommagés par leur compagnie d'assurances.

Après avoir passé les meilleures années de sa vie comme esclave de l'une de ces sociétés qui négligeait de le payer suffisamment pour lui permettre de se marier et de vivre décemment, Gerald ne compatissait pas outre mesure. Après tout, n'étaient-elles pas faites pour ça, et leurs primes établies en conséquence ? Pour prendre en charge, par exemple, une perte comme celle-là...

Il fit deux choses avant de se coucher. Il retourna au garage pour enlever les derniers morceaux du pare-brise cassé. Puis il examina soigneusement la voiture afin de voir s'il n'y avait pas de traces de sang. Bien qu'il ne trouvât de tache d'aucune sorte il passa, à l'intérieur et à l'extérieur, un chiffon mouillé. Cela servirait aussi, pensa-t-il, à effacer toute empreinte digitale de son passager.

Il enferma les bijoux dans un porte-documents qu'il mit au fond de l'un des tiroirs de sa commode, en espérant que personne n'avait relevé le numéro de sa voiture.

C'était là un risque à courir que le nouveau Gerald Hanna, comme il s'appelait à présent lui-même, se sentait parfaitement disposé à envisager.

Avant de s'endormir, il se dit qu'il ne devait pas oublier de téléphoner à Mary pour s'excuser au sujet du week-end. L'idée de la décevoir ne le tracassa pas. Elle le décevait, elle, depuis des années.

*
* *

A huit heures et demie le samedi matin, Gerald Hanna était levé et habillé. Il téléphona à Mary à huit heures quarante-cinq. Elle fut à la fois contrariée et désappointée.

A neuf heures il quitta la maison au volant de la voiture appartenant aux gens qui étaient aux Bermudes et qui lui laissaient leur clef de façon à ce qu'il pût de temps en temps faire tourner le moteur et empêcher la batterie de se décharger.

Cette voiture était remisée à côté de la sienne dans le garage et, avant de partir, il regarda encore une fois s'il n'y avait pas de sang dans la Chevrolet.

N'en trouvant pas, il comprit ce qui s'était passé. La balle qui avait tué son passager avait dû frapper celui-ci dans le dos pour se loger ensuite à l'intérieur de son corps. Le peu de sang répandu était resté dans la veste de cuir.

Gerald fit encore autre chose avant de s'en aller. Il ramassa avec soin les morceaux de verre cassé provenant du pare-brise, les enveloppa dans une feuille de journal et les enferma dans un sac à fermeture Éclair qu'il possédait. Il y joignit le 38 de Vince Dunne ramassé sur le plancher de la Chevrolet. En partant, il emporta avec lui ce sac et le porte-documents contenant les pierres précieuses.

Il s'arrêta à New York, laissa la voiture dans un parking et se rendit à la consigne de la Gare Centrale pour y déposer ses deux bagages. Puis il alla à la poste du coin acheter une enveloppe timbrée. Il écrivit son adresse, glissa le ticket d'enregistrement dans l'enveloppe qu'il cacheta et alla la mettre à la boîte.

Il retourna ensuite au parking reprendre sa voiture d'emprunt et, traversant directement Manhattan, pénétra dans Lincoln Tunnel.

Trouver dans Jersey City l'endroit qu'il cherchait lui fut facile. Huit ans avaient passé depuis le temps où il travaillait dans une maison de carrosserie automobile pendant ses vacances alors qu'il terminait ses deux années d'école professionnelle, mais il s'en souvenait encore. Il n'était alors jamais vraiment allé chez le miroitier mais il téléphonait souvent pour commander des vitres de portières ou des pare-brise destinés aux voitures sur lesquelles il travaillait comme mécanicien.

Ainsi qu'il s'y attendait, on lui trouva en stock la taille qu'il désirait, et il paya comptant ce pare-brise neuf. Il était de retour à Roslyn avant une heure de l'après-midi. Il eut un moment d'émotion quand il ouvrit les portes du garage. Mais la Chevrolet était là exactement comme il l'avait laissée.

Il ne réparait plus les voitures depuis bien longtemps mais il parvint cependant à changer le pare-brise bien que ce travail lui parût beaucoup plus difficile qu'autrefois, même avec une pièce de dimensions parfaitement adéquates. A la fin de l'après-midi la glace était installée. Il trouva très commode qu'il ne fallût ni mastic ni autre matière de ce genre et remit avec soin toutes les vis. Après l'opération, personne n'eût pu remarquer le changement. Il fit une dernière inspection, puis remonta dans sa chambre et ouvrit les journaux achetés le matin à New York.

***

Steinberg attendit que le policier de garde eût refermé la porte de la chambre, les laissant seuls. Puis il s'approcha du haut lit blanc et se pencha très près parlant d'une voix basse et rauque.

— Comment ça va, Jake ?

Jake ouvrit les yeux et regarda l'avocat d'un air vague.

Et Steinberg comprit que l'assistant D.A. de Long Island disait vrai. L'homme se mourait. Il n'aurait jamais besoin d'un défenseur. Steinberg se demanda s'il serait même encore capable de parler.

— Dommie est mort, dit-il, mais Vince a réussi. Seulement, on ne l'a pas encore vu et Ned est embêté. Ça va aller mieux, mon vieux, ajouta-t-il comme Jake refermait ses paupières. Ça va aller tout à fait bien et on t'en sortira. Ne t'en fais pas... on t'en tirera. Mais essaie de nous dire ce qui est arrivé à Vince.

De nouveau Jake ouvrit les yeux.

— Je suis fichu murmura-t-il d'une voix sourde. Vous le savez bien. Je suis foutu.

— Ne dis pas de bêtises, répondit vivement Steinberg. Tu vas guérir. Mais essaie de réfléchir. Qu'est-ce qui est arrivé à Vince ? Ned veut le savoir. Il faut qu'on le retrouve.

Jake poussa un gémissement et tenta de se redresser, mais très vite il retomba. Cinq minutes plus tard, quand le policier ouvrit la porte pour rappeler à Steinberg que la visite était terminée, le petit avocat suppliait encore Jake, essayant de le faire parler.

A quelques pas de l'hôpital il prit un taxi et donna au chauffeur une adresse. Celle d'un hôtel meublé dans le haut de Manhattan. Le chauffeur de taxi ne tenait pas à aller si loin en dehors de son territoire. Steinberg lui glissa un billet de dix dollars et il accepta. En chemin, Steinberg se répétait : Ned ne sera pas content. Pas content du tout.

Pourtant, il y avait quelque chose de bon : Dommie était mort. Jake ne durerait pas longtemps. Et Jake n'avait pas parlé. A personne, pas même à son propre défenseur...

***

Gerald dut admettre que la police travaillait vite. S'ils ne possédaient pas encore les réponses à toutes les inconnues du problème, du moins en avaient-ils un certain nombre. La première édition du journal de l'après-midi comportait la relation complète de l'affaire, sans effets à sensation mais avec tous les faits pertinents. On y trouvait même un long rapport du détective de Pinkerton, trouvé inconscient pour avoir respiré le gaz envoyé dans le bureau de la joaillerie par les cambrioleurs.

Le détective s'en remettrait, mais l'officier de police et un des gangsters étaient morts. L'autre policier, Hardy venait de recevoir les derniers sacrements. Un second bandit, identifié comme étant Jacob Riddle, 44 ans, sans adresse mais au casier judiciaire chargé, était mourant lui aussi. Il refusait de parler. Un troisième membre du gang avait réussi à s'enfuir dans une seconde voiture identifiée en partie par l'agent Hardy. Un quatrième homme conduisait cette voiture.

Le journal consacrait plusieurs colonnes au butin lui-même. La police officielle prétendait connaître l'identité d'au moins un autre membre de la bande, mais ne donnait pas son nom, admettant pourtant que c'était un associé de feu Dominic Petri. Les deux hommes avaient purgé ensemble une peine de prison.

Presque en fin d'article on lisait qu'une certaine Mlle Sue Dunne, 19 ans, habitant 104-16 Meadow Street, Corona, Long Island, avait été arrêtée pour interrogatoire puis relâchée après avoir fait une déclaration aux policiers chargés de l'enquête. On se contentait d'indiquer qu'elle tenait le vestiaire du Midnight Club. On ne donnait aucun autre détail sur elle.

Il était cinq heures un quart, Gerald finissait de lire le compte rendu de l'affaire, quand la sonnette retentit plusieurs fois.

Lentement, Gerald se dirigea vers la porte. En lui-même, il se dit : « Ça y est. »

Ils étaient deux. Un long type maigre avec des cheveux gris-fer et une face chevaline qui portait un pince-nez démodé ; et un autre, petit, rond et maussade, portant une chemise blanche pas très nette et des vêtements froissés et mal coupés. Ce fut le grand qui parla.

— Monsieur Gerald Hanna ?

Gerald qui bloquait à moitié la porte avec son corps, répondit :

— Oui ?

— Lieutenant de police Hopper. (En même temps, ouvrant la main, l'homme montrait une plaque d'identité dorée.) Pouvons-nous entrer ?

Sa longue expérience du jeu de poker lui vint en aide. Gerald se força à sourire et s'écarta de la porte.

— Bien sûr.

Le petit homme rond suivit le lieutenant dans l'appartement dont ses yeux eurent vite fait de faire le tour. Gerald montra à ses visiteurs le divan et prit lui-même le grand fauteuil de cuir rouge. Le lieutenant s'assit lourdement. Il enleva son chapeau et passa sa main maigre dans ses cheveux. L'autre demeura près de la porte, les yeux en alerte.

— Vous désirez... commença Gerald.

Hopper sortit un carnet de sa poche et le feuilleta.

— Vous possédez une voiture ?

Gerald hocha la tête.

— Une Chevrolet. Pourquoi ?

— Pour savoir, simplement. Et où est-elle ?

— Ici dans le garage, je suppose, répondit Gerald. Mais, dites-moi, Lieutenant, qu'y a-t-il ? Ai-je fait quelque chose...

— Vous croyez ? fit Hopper, énigmatique.

— Enfin, je veux dire...

— Où étiez-vous hier soir ? interrompit le policier.

Gerald le lui raconta. En détail. Il parla des parties de poker, donna le nom des autres joueurs, précisant qu'il les avait quittés pour rentrer chez lui un peu après minuit. Il ne se souvenait pas exactement de l'heure, mais ils pouvaient vérifier, s'ils le désiraient, auprès de ses partenaires.

Il continua en indiquant la route prise par lui, ne s'étant arrêté nulle part et, une fois arrivé, s'était couché aussitôt. Personne ne l'avait vu et il n'avait vu personne, précisa-t-il parce qu'il était très tard.

Le lieutenant lui posa alors une foule d'autres questions : En quoi consistait son travail ? Depuis quand travaillait-il pour la compagnie d'assurances ? Quels amis fréquentait-il. Et autres choses de ce genre. Il termina en demandant à Gerald ce qu'il avait fait depuis qu'il était levé.

— Je suis sorti en voiture, répondit Gerald. Et il expliqua qu'il avait pris l'autre voiture, celle des Johnston à qui il louait son appartement, parce que lorsqu'ils allaient en vacances aux Bermudes, ils lui demandaient de se servir de temps à autre de cette voiture pour la garder en état de marche.

A la fin, le lieutenant Hopper se leva, l'air fatigué et un peu ennuyé.

— Voyons un peu la Chevrolet, dit-il. Ça ne vous ennuie pas, n'est-ce pas ?

— Pas du tout.

Le lieutenant l'accompagna au garage. Gerald remarqua que son compagnon restait obstinément en haut des marches. Et il lui sembla que le policier le retenait un temps interminable au garage.

Quand ils revinrent, ils trouvèrent l'homme assis sur le divan.

— Eh bien, fit le lieutenant Hopper, excusez-nous de vous avoir dérangé. Mais vous savez ce que c'est. Comme je vous le disais en bas nous recherchons une Chevrolet portant une plaque de New York et un numéro se terminant par 3. Il se trouve que vous en avez une. Nous vérifions tout le monde.

Désolé de vous avoir pris votre temps, mais c'était obligatoire.

Le gros homme se leva et se mit à parler pour la première fois depuis qu'il se trouvait dans l'appartement.

— Vous lisez toujours tous les journaux de New York ? demanda-t-il. Et, sans écouter la réponse, il marcha vers la porte et l'ouvrit. Le lieutenant lui emboîta le pas et referma la porte.

Ils attendirent d'être remontés en voiture pour échanger leurs réflexions.

— Alors ? dit Hopper. Qu'est-ce que vous en pensez ?

L'autre haussa les épaules.

— Qui peut savoir ? Il ne paraît rien y avoir dans l'endroit. Et jusqu'à preuve du contraire, son histoire tient debout. Facile à vérifier. Garçon assez franc. Et comment était la voiture ?

— Pare-brise intact, répondit Hopper. (Il hésita une seconde, fronçant les sourcils.) Coïncidence curieuse, pourtant : deux voitures avec des plaques similaires sur Northern Boulevard à la même heure de la nuit... Évidemment, Hardy a pu mal lire le numéro, touché comme il l'était.

***

Sue Dunne n'avait rien contre la police. Cependant elle n'aimait pas les policiers et elle détestait cette façon qu'ils avaient de parler de Vince et leur attitude avec elle, leurs sales insinuations et leurs menaces déguisées. Mais elle ne le leur reprochait pas. Ils faisaient leur boulot. Et puis elle se doutait bien qu'ils avaient raison... que Vince avait trempé dans l'affaire. Sinon, pourquoi n'était-il pas rentré hier soir ?

Elle savait son frère copain de celui de Dommie. Elle n'ignorait pas non plus que Vince avait eu des relations avec celui-ci, avec Jake et avec les garçons qui travaillaient pour Ned. Et Sue qui n'aimait pas les policiers, haïssait Ned.

Ned Slaughter... un gangster mielleux, doucereux, posant à l'homme d'affaires, mais en réalité mêlé à toute opération malhonnête sur laquelle il pouvait mettre la main. Ned Slaughter ne ressemblait pas à Vince et aux autres. Eux n'étaient encore, pour la plupart, que des enfants. Rudes, indisciplinés et dangereux, oui. Ceux qui pressaient sur la détente, faisaient le sale travail, quoi. Mais Ned Slaughter était pire que n'importe lequel d'entre eux.

Il était celui qui montait les affaires, donnait de l'argent aux garçons quand ils sortaient de taule, les gardait sous sa coupe même quand ils avaient envie de marcher droit. Il aimait les gosses comme Vince, jeunes, insatisfaits, aux idées confuses, qui trouvaient formidable de gagner de l'argent rapidement.

Elle ne savait pas ce qui avait pu se passer pour que Vince ne rentrât pas. Mais la lecture du journal et les noms de Dommie et Jake mêlés à l'affaire lui furent des renseignements suffisants.

Les flics ne se trompaient pas. Vince avait trempé là-dedans. Elle pensa alors au sergent de police mort et à l'autre qui était à l'agonie. Et elle eut envie de pleurer. Cette fois, Vince était allé trop loin. C'était sérieux. Il ne s'agirait plus d'un an ou deux dans une maison de correction ou d'une courte peine de prison d'État. Ah ! si elle savait au moins où il se cachait et ce qui lui était arrivé.

Sue comprenait très bien pourquoi la police venait la questionner, pourquoi aussi on la laissait libre d'aller et venir. Ils se disaient que tôt ou tard

Vince reviendrait chez lui ou qu'elle le verrait quelque part. Si seulement il avait voulu l'écouter...

La voix d'un homme qui se tenait de l'autre côté du long comptoir qui séparait le vestiaire du promenoir, interrompit brusquement ses pensées.

De taille moyenne et d'un peu moins de trente ans, il avait un visage enfantin agréable, des cheveux roux coupés court et des vêtements élégants mais sans exagération. Il ne semblait pas du tout le genre de garçon à fréquenter les boîtes de nuit. Il avait dû rester plusieurs minutes à la regarder et à attendre qu'elle fît attention à lui.

— Voudriez-vous prendre mon chapeau, mademoiselle ? demanda-t-il.

Il souriait tandis qu'elle essayait de reprendre ses esprits et le regardait à son tour. Il y avait comme de la colère dans les yeux couleur saphir de la jeune fille... ou bien était-ce des soucis ?... Mais elle eut un sourire contraint et il la trouva très jolie.

— Certainement, monsieur, répondit-elle, tendant machinalement la main pour prendre le chapeau qu'il lui tendait.

— C'est au sujet de votre frère Vince, murmura-t-il très vite.

Et elle resta avec le chapeau et le papier plié à la main. L'inconnu s'était détourné et gagnait déjà le bar au-delà du promenoir.

Elle lut le papier au fond du vestiaire. Il ne portait pas de signature.

« Venez me retrouver après votre travail. En « partant, prenez un taxi à la station du métro, « descendez au croisement de Fourteenth Street et « Seventh Avenue. Préparez d'avance le montant de « la course et dites au chauffeur de ne s'arrêter que « lorsque vous atteindrez le carrefour. Quittez la « voiture du côté ouest de la rue, plongez dans le

« métro et ressortez de l'autre côté. Je vous atten-
« drai avec une voiture, une décapotable, au bord
« du trottoir. Montez-y. »

La jeune fille pouvait avoir l'idée de prendre contact avec la police. C'était un risque que Gerald sentait devoir prendre. Il tenait d'ailleurs une histoire prête pour le cas où elle appellerait un flic. Mais il ne pensait pas qu'elle le ferait. Elle tenait bien trop à savoir ce qu'était devenu Vince Dunne.

***

Ned Slaughter tendit la main pour éteindre la radio, puis il leva son verre d'alcool et le vida d'un trait. Ni l'un ni l'autre des deux hommes assis de l'autre côté de la table ne dit mot en regardant la congestion envahir les fines veines du robuste visage.

— Alors, c'est ça, dit Ned. Cet imbécile...

— Je ne pense pas que Dunne désirait se faire tuer, dit tranquillement Steinberg. De toute façon, vous pensez qu'on peut croire ce compte rendu de la radio ? Que les flics ont réellement trouvé son cadavre... et qu'il n'avait plus la camelote avec lui ?

— Bien sûr, répondit Ned. Pourquoi diable le diraient-ils sinon ? Les flics sont bien capables de se mettre la marchandise dans les poches. Mais, dans cette affaire-là, je ne le crois pas. C'est trop récent. Ils auraient les détectives des compagnies d'assurances à leurs trousses aussitôt. Non, ils ne prendraient pas ce risque.

— Dans ce cas, qu'a-t-elle pu devenir ? Où Vince peut-il avoir...

— C'est ce que j'aimerais bien savoir, dit Ned. Exactement. Et c'est ce que je vais essayer de trouver.

— Et comment... ?

— Ne posez pas de questions aussi stupides, coupa Slaughter. Pour commencer, il y a la fille. Et comme il faut bien partir de quelque chose, autant commencer par elle.

— Vous voulez parler de la sœur du gosse ?

— Je vous paie pour réfléchir à ma place, Sol, dit Ned. Alors ne m'obligez pas à le faire. Vince vivait avec sa sœur, hein ? Elle avait congé vendredi soir. Je l'ai appris. Elle peut l'avoir suivi, s'être inquiétée, ou autre chose. Ce qui est certain, c'est que quelqu'un l'a repéré, lui a enlevé la camelote avant de se débarrasser du cadavre. Et pas quelqu'un de notre bande. Il n'a certainement pas marché jusqu'à l'endroit où on l'a retrouvé. Allons. On ne nous aura pas jusqu'au bout.

***

Ils étaient, depuis maintenant une heure, assis l'un en face de l'autre à la petite table ronde et nue dans un coin écarté du self-service. Deux fois il l'avait interrompue pour aller chercher d'autres tasses de café et des sandwiches qu'aucun d'eux ne touchait.

Elle portait une petite robe de coton bon marché d'un goût douteux, et son maquillage était excessif. Ses ongles étaient aussi trop rouges et Gerald trouvait parfois sa façon de parler vulgaire.

Pourtant, sous le maquillage, elle était très jolie et elle avait des yeux magnifiques. La robe mal coupée n'enlevait rien à sa silhouette svelte et bien proportionnée.

— Je ne vous comprends pas, dit Sue à Gerald. Il faut que je vous croie mais je ne vous comprends pas. Vous n'avez pas l'air d'un voyou... et Dieu sait si j'en ai vu assez pour le dire. Vous ne ressemblez ni à un voleur ni à un escroc. Et pourtant vous venez me dire que mon frère est mort et que vous pouvez mettre la main sur les bijoux volés. Pourquoi ? Pourquoi vous adressez-vous à moi ? Si Vince est mort, je ne peux rien pour lui.

Gerald Hanna hocha la tête.

— Je vous l'ai déjà expliqué. Je veux savoir si quelqu'un d'autre est mêlé au cambriolage et comment ils entendaient se débarrasser des pierres. Vince n'a-t-il jamais dit...

— Pour quelle raison voulez-vous le savoir ? Qu'est-ce que... Mais, dites donc, vous ne seriez pas flic par hasard ? Ou quelque chose comme ça ?

Elle fronçait les sourcils en le regardant.

— Non, je ne suis pas flic, répondit Gerald en souriant légèrement. C'est comme je vous l'ai dit. Cinq hommes sont déjà morts à cause de ces pierres. Personne n'y peut plus rien. Mais elles n'en ont pas, pour autant, perdu de leur valeur. Seulement moi, je ne sais rien sur les bandes, les recéleurs, ou autre chose de ce genre. Je pensais que vous, peut-être, étant la sœur de l'un de ceux qui étaient dans le coup, vous pouviez...

Elle le regarda, l'air furieux.

— Mon frère est mort, dit-elle. Je ne prétends pas qu'il n'a pas eu ce qu'il méritait. Je n'en veux même pas au flic qui l'a descendu. Mais rien que de penser à ces bijoux volés, j'en suis malade. Je les déteste et je déteste les gens qui ont aidé Vince à s'en emparer. Je donnerais dix ans de ma vie pour voir l'homme qui l'a entraîné là-dedans écoper la même chose que lui. Et vous attendez de moi que je vous aide à entrer en contact avec lui ? A gagner de l'argent avec ce qui a tué mon frère ? Vous... Vous...

Elle termina sa phrase avec des mots qui n'eussent pas manqué de choquer Gerald Hanna quelques jours plus tôt. Maintenant il ne bronchait même pas. Il attendait seulement.

Il attendait en regardant les larmes monter aux yeux de Sue.

— Vince était faible, reprit-elle. Je sais bien qu'il ne valait pas grand-chose, mais s'ils l'avaient laissé tranquille, il se serait peut-être sorti de tout ça. Mais non ! Ils ont bien trop besoin de jeunes gars comme lui pour faire leur sale boulot... pour courir les risques qu'ils ne veulent pas prendre eux-mêmes. En ce qui vous concerne, monsieur, si vous avez les pierres, eh bien, gardez-les. Ou si vous êtes honnête, rendez-les à leur propriétaire. Même si je le pouvais, je ne vous aiderais pas. Je me demande même ce que je fais ici. Vous êtes peut-être aussi mauvais que Ned Slaughter lui-même. Il y a quelque chose de bizarre dans ce que vous me dites et je...

— Slaughter ? C'est Ned Slaughter ? Le recéleur, ou quelque chose de ce genre ?

Un instant elle le regarda fixement, comme saisie de peur. Puis, très vite, elle détourna les yeux.

— Il vaudra mieux pour vous oublier ce nom, dit-elle, oublier même que vous l'avez jamais entendu prononcer. Voilà. Nous avons eu la conversation que vous vouliez, dit-elle en se levant. Maintenant je rentre, et ne venez plus m'ennuyer.

Elle pivota sur ses talons et quitta le bar à grands pas. Gerald la vit s'en aller en se disant que c'était vraiment dommage. Il y avait quelque chose dans cette fille... Malgré ce qu'elle pensait de lui, il aimerait bien la revoir.

Et Sue Dunne, pendant ce temps, se disait presque la même chose. Il n'avait rien d'un cinglé, pensait-elle, il était plutôt... gentil. Peut-être n'aurais-je pas dû partir aussi vite.

Gerald prit le temps de finir son café, ce qui dans un sens fut très regrettable. Eut-il suivi Sue tout de suite pour la ramener chez elle, que la voiture ne l'aurait peut-être pas rejointe près de l'immeuble où elle habitait.

L'homme n'aurait peut-être pas non plus bondi hors de cette voiture, accosté Sue et, lui jetant les mains autour de la gorge, ne l'aurait pas poussée à l'intérieur où d'autres mains, à l'arrière, se saisirent d'elle, rapidement, efficacement.

Mais Gerald but sa tasse de café, puis sortit, monta dans sa propre voiture et gagna son appartement de Roslyn.

Quand il en ouvrit la porte et donna de la lumière il trouva le lieutenant Hopper et son ombre le petit homme rond assis à l'attendre dans le salon.

Ce fut « l'ombre » qui parla en premier.

— Vous vous croyez très malin, Monsieur Hanna, dit-il.

— Laissez-moi faire, Finn, interrompit vivement le lieutenant avant de s'adresser à Gerald, immobile sur le seuil de la pièce, la main encore tendue vers le bouton électrique : Entrez vous asseoir, Monsieur Hanna. Nous vous attendions.

Gerald jeta son chapeau sur une petite table et s'assit dans un fauteuil à dossier droit. Puis il attendit que l'autre continuât.

— Où étiez-vous ? demanda Hopper glacial.

— Mais... dehors, répondit Gerald.

— Je vous ai dit que vous vous croyez très malin, répéta Finn qui se leva brusquement et s'avança vers Gerald avec une agilité surprenante pour un homme aussi gros. Pourquoi, sale petit...

— Ça va, Finn ! J'ai dit que c'était moi qui parlerais ! jeta Hopper à son compagnon.

Et se levant à son tour, il fit un pas en direction

de Gerald. Il parlait d'une voix douce, tranquille, mais son regard était toujours aussi froid.

— Je voudrais vous expliquer quelque chose, Monsieur Hanna. Je ne pense pas qu'il faille vous apprendre que nous travaillons sur une affaire de vol de pierres précieuses. L'affaire Gordon-Frost, pour être exact. Un quart de million de dollars. Mais ceci ne nous intéresse pas spécialement. La nuit du vol on a tiré sur deux de nos hommes. Tous deux sont morts.

Il attendit un instant que les mots eussent fait leur chemin, puis continua de la même voix :

— A New York, nous n'aimons pas qu'on tire sur un agent. Nous n'aimons pas du tout, du tout, ça.

Gerald hocha à demi la tête.

— Maintenant, parlons de vous. Par extraordinaire, vous vous trouviez cette nuit-là à l'endroit, et à l'heure même, du crime. Vous conduisiez aussi une voiture identique à celle de l'un des hommes compromis dans cette affaire.

Curieuse coïncidence, hein ? Mais ce n'est pas tout. Vous avez prétendu ne connaître aucun de ces hommes, n'avoir jamais entendu parler d'eux. Et pourtant, ce soir, vous êtes allé trouver la sœur de l'un d'eux pour lui donner rendez-vous. Vous venez de passer deux heures en sa compagnie. Monsieur Hanna, je crois que vous feriez mieux de parler.

— Elle vous l'a dit ?

— Non. Elle ne nous a rien dit. Mais que croyez-vous donc que nous fassions ? Nous ne connaissons peut-être pas notre travail, hein ? (Soudain la voix perdit toute douceur.) Vous allez parler, Hanna, et vite !

Et Gerald parla. Il tenait une histoire toute prête, se l'était répétée maintes fois au point d'arriver presque à y croire. Il ne s'affola pas. Il leur dit qu'en effet il avait vu Sue Dunne et venait de passer une heure environ avec elle. Il essaya d'expliquer pourquoi. Il avait appris, dit-il, le vol par les journaux, et après leur première visite, il avait compris pourquoi ils étaient venus le voir. Il avait alors suivi cette affaire de près pendant les deux derniers jours, s'y sentant en quelque sorte mêlé plus ou moins et s'y était intéressé du fait que la police l'avait gratifié d'une petite visite. En voyant le nom de la jeune fille dans les articles de journaux il avait voulu, par curiosité, la connaître. Sa photographie avait fait impression sur lui. Il n'arrivait pas à comprendre qu'une fille comme elle pût être la sœur d'un bandit.

Ainsi la curiosité l'emportant, dit-il, et comme il s'intéressait à l'affaire et avait même été interrogé, il était allé voir Sue pour lui donner rendez-vous. C'était aussi simple que ça.

Et pourtant non. Ce n'était pas simple du tout.

L'interrogatoire continua interminablement. Une demi-douzaine de fois, Finn fut bien près de frapper Gerald. Le lieutenant lui-même alternait paroles mielleuses et rage froide. Mais ni l'un ni l'autre ne réussit à ébranler son histoire, pas plus qu'à lui faire admettre quoi que ce soit en dehors de l'exposé qu'il leur avait fait dès le début.

Ils s'en allèrent vers cinq heures du matin. Ce fut le lieutenant qui eut le dernier mot sur le seuil de la porte.

— Mon vieux, dit-il, cette fois on va vérifier. Trouver tout ce qu'il y a à trouver. Quand j'aurai fini, je vous connaîtrai comme le fond de ma poche. Je saurai même pourquoi vous séchiez les cours quand vous étiez en seconde.

— Et si vous avez été mêlé à l'affaire, on vous aura, ajouta Finn. On vous aura, mon vieux, et on vous fera griller !

Ils ne se donnèrent même pas la peine de refermer la porte en sortant.

Le mardi matin, Gerald Hanna se rendit à son travail comme d'habitude. Il n'avait pas dormi du tout, mais loin d'être fatigué, il se sentait, au contraire, curieusement exalté. Il avait en poche le ticket de consigne envoyé à lui-même et distribué par la poste le lundi. Mais il n'essaya pas de retirer le porte-documents.

Il alla travailler comme d'habitude pour deux raisons : d'abord, il voulait passer un certain nombre de coups de téléphone et pour cela aucun endroit n'était plus sûr que son propre coin de bureau et le standard de la compagnie d'assurances. Par ailleurs, il avait besoin d'un renseignement très spécial que quelqu'un, au bureau, pourrait probablement lui fournir.

En chemin, il acheta un journal du matin relatant la découverte du cadavre de Vince Dunne. L'auteur de l'article relatait que des recherches étaient faites en vue de retrouver la sœur du mort, mais qu'elle semblait avoir disparu.

Assis à son bureau, Gerald décrocha l'interphone. En moins d'un quart d'heure il apprit ce qu'il voulait savoir. Il chercha alors, dans l'annuaire de Manhattan, le nom de Slaughter. Il y trouva deux Ned Slaughter. Le premier expert-comptable diplômé. Gerald ne s'y arrêta pas. Le second avait une adresse dans Central Park West.

Il dut donner le message à l'homme qui répondit au téléphone avant que celui-ci ne dérangeât Slaughter dormant encore, semblait-il. Ce message fut très bref. Il eut un résultat instantané.

Gerald demanda simplement de dire à M. Slaughter que l'homme ayant trouvé ce que M. Slaughter avait perdu vendredi soir, était au téléphone et désirait lui parler.

Une voix voilée lui répondit alors et Gerald indiqua :

— Je me trouverai dans le hall du Waldorf à une heure exactement. Demandez M. Courtland... William Courtland. Et venez seul.

Il raccrocha tandis que Slaughter bredouillait quelque chose. Puis, s'appuyant au dossier de sa chaise, il réfléchit. Bien qu'il demeurât assez calme, il savait très bien que c'était maintenant une course contre la montre pour arriver à ce qu'il voulait. Et la montre, en l'occurrence, c'était le lieutenant Hopper.

Lorsqu'il quitta son bureau, il se savait plus que jamais suivi par la police. Manifestement, Sue ou lui avait été filé la veille. Tant qu'il restait dans l'immeuble il ne craignait rien. Ils attendraient certainement qu'il soit dans la rue pour lui mettre la main dessus. Et ils seraient à l'entrée de l'immeuble, naturellement.

Il sourit de voir à quel point c'était simple. Un billet de dix dollars glissé dans la main du garçon d'ascenseur lui permit de descendre directement jusqu'au sous-sol. L'aide du portier à qui il s'adressa ensuite fit quelques difficultés, sa demande étant nettement contraire au règlement. Cette fois, deux billets de dix dollars arrangèrent les choses.

Et Gerald quitta l'immeuble par derrière, par une petite porte donnant sur une ruelle. Deux taxis attendaient à la station à l'angle du pâté de maisons, tout près de la ruelle. Il monta dans l'un d'eux, donna l'adresse du Waldorf et s'enfonça dans le siège comme précaution complémentaire.

*
* *

Assis sur un canapé, au centre du hall, ils parlaient à voix basse. Gerald avait pris soin de choisir une place assez à l'écart pour éviter qu'on les dérangeât, mais néanmoins, il tenait à rester bien en vue des gens qui passaient. Il ignorait quelle sorte d'homme pouvait être Slaughter et ne voulait pas courir de risque.

Et maintenant qu'il était assis et parlait avec lui, il se demandait pourquoi il avait pu s'inquiéter. Ned Slaughter était un homme d'âge moyen, qui pouvait facilement passer pour un banquier ou un homme d'affaires. Sa voix était douce, presque distinguée, et on ne voyait rien d'inquiétant ni de dangereux dans sa tenue ou ses manières.

Ils parlaient depuis une demi-heure.

— Oui, dit Slaughter, je vous crois quand vous dites avoir les pierres. La fille nous l'a raconté.

— Quelle fille ?

— Miss Dunne. Nous vous avons vu hier soir avec elle. Nous pensions qu'elle devait travailler avec quelqu'un, et que ce quelqu'un avait repéré Vince et pris le paquet.

Gerald ne répondit pas.

— Ce que je ne comprends pas tout à fait, fit Slaughter, c'est pour quelle raison nous vous l'achèterions.

— Je ne vous propose pas de me l'acheter, dit Gerald. Je vous demande seulement de me laisser la part que vous auriez remise aux autres s'ils avaient réussi. Je pense que c'est régulier, n'est-ce pas ?

Slaughter le regarda d'un air bizarre.

— Comment êtes-vous arrivé à vous trouver mêlé

à cette affaire ? demanda-t-il. A cause de la fille ? Vous travaillez avec elle depuis le début ?

— Je ne l'avais jamais vue de ma vie, répondit Gerald. Mais peu importe. J'essaie seulement de conclure une affaire avec vous.

— Dans ce cas, vous ne pouvez quand même pas vous désintéresser de ce qui lui est arrivé. Après qu'elle vous a quitté hier soir, nous l'avons ramassée. Nous avions en quelque sorte l'impression qu'elle nous dupait... sait-on jamais. Après tout, elle est la sœur de Vince. Mais elle ne vous intéresse pas, nous pouvons l'oublier.

Gerald regarda bien en face le large visage de cet homme plus âgé que lui.

— Cette fille ne m'intéresse en aucune façon, dit-il. D'autre part, elle n'a rien à faire avec ça. Rien du tout. J'ai la marchandise et elle se trouve entre mes mains pour les raisons que je vous ai indiquées. Lui faire du mal ne vous servira à rien.

Slaughter se mit à rire.

— Ne vous inquiétez pas. Nous avons obtenu d'elle tout ce que nous voulions. Elle rentre en ce moment chez elle. Peut-être aura-t-elle un peu mal pendant un jour ou deux, mais ça passera. Il ne nous a pas fallu longtemps pour lui faire raconter sa soirée de vendredi et savoir qu'elle n'avait pas la camelote. Mais revenons à celle-ci. Vingt-cinq mille dollars est mon dernier prix.

— Vingt-cinq mille dollars ?

— Oui. Vingt-cinq mille. Les pierres sont recherchées par la police. Aussi faudra-t-il les garder pendant des mois, ou même des années. Étant donné les circonstances, vingt-cinq mille dollars représentent un bon prix.

Gerald réfléchit quelques instants.

— Quand et où ? demanda-t-il enfin.

— Chez moi ?

Gerald eut un petit sourire et secoua négativement la tête.

— Non. J'ai confiance en vous, bien sûr. Mais je pense qu'il vaudrait mieux que nous nous rencontrions dans un lieu neutre. Voici ce que je vous propose... je pourrais louer une chambre dans un hôtel du centre. Vous me donnez un numéro de téléphone où je vous appelle ce soir à six heures pour vous indiquer le nom de l'hôtel. Je serai dans ma chambre, à une certaine heure, avec la marchandise. Je vous fixerai cette heure au téléphone. Vous viendrez seul et vous apporterez l'argent. En petites coupures ajouta-t-il, le ton durci.

Slaughter le regarda un long moment d'un air méditatif.

— Vous ne semblez pas vous fier beaucoup à moi, dit-il.

— Si, répondit Gerald. Je vous répète que j'ai parfaitement confiance. Mais je ne veux pas prendre de risque. De cette façon... eh bien, mettons que vous ne serez pas tenté.

— Et moi, alors ? Puis-je vous faire crédit ?

Gerald sourit à demi.

— J'opère seul dans cette affaire. Franchement, vingt-cinq mille dollars, c'est un joli paquet pour un type qui joue au plus vingt-cinq cents au poker. En ce qui me concerne, inutile de vous inquiéter. Vous voulez les bijoux. Je les ai et, moi, je veux l'argent. Pourquoi diable chercherais-je à vous tromper ?

Slaughter sortit un stylo de sa poche et inscrivit un numéro à l'intérieur du carton d'un paquet d'allumettes.

— Vous pourrez me téléphoner là à six heures ce soir.

Gerald prit le numéro.

— Très bien dit-il. Six heures. N'oubliez surtout pas de venir seul et sans arme.

Slaughter se leva et s'en alla.

Quand il eut disparu, Gerald entra dans une cabine téléphonique publique et chercha d'abord les numéros qu'il voulait dans l'annuaire. Au deuxième coup de téléphone, il trouva ce qu'il désirait.

L'employé à la réception du Metropole disposait de deux chambres séparées par une salle de bain. Gerald retint la chambre 1408 sous son vrai nom et la chambre 1410 sous le nom de Ned Slaughter, précisant à l'employé qu'il serait là dans une heure environ et réglerait les deux chambres. Slaughter, dit-il, arriverait plus tard.

Du Waldorf, Gerald se rendit directement à la consigne de la Gare Centrale d'où il retira le sac à fermeture Éclair et le porte-documents. A proximité de là il trouva une boutique de maroquinerie ; il acheta une valise bon marché. Vingt minutes plus tard, il se présentait au Metropole, après s'être arrêté dans une chemiserie où il choisit quelques articles de façon à donner à la valise assez de volume et de poids.

En réglant les deux chambres il répéta à l'employé que M. Slaughter viendrait un peu plus tard prendre sa propre clef.

Une rapide inspection des deux chambres lui permit de se rendre compte que c'était plus que suffisant. La salle de bain séparait la chambre de Gerald de celle qu'il avait réservée au nom de Slaughter. Elle possédait deux portes, une pour chacune des chambres, pouvant être fermées à clef de l'intérieur au cas où l'occupant de l'une ou l'autre des pièces voudrait préserver son intimité.

Gerald déposa sa valise sur le parquet et s'assit devant le bureau. Pendant quelques minutes, il fut très occupé à écrire deux lettres. Dès qu'il les eut achevées il les glissa dans la poche intérieure de sa veste et, fermant à clef la chambre derrière lui, il redescendit dans le hall. De là, il se rendit à une poste située à deux pâtés de maisons plus loin et recommanda ses deux lettres avant de les envoyer.

Il retourna ensuite à l'hôtel, prit dans le hall un journal de l'après-midi et deux magazines puis monta dans sa chambre.

A cinq heures quarante-cinq il cessa de lire et s'assura que la porte de sa chambre était bien fermée à clef.

Avec le porte-documents et le sac à fermeture Éclair il passa alors par la salle de bain, dans la chambre 1410, où il déposa ce qu'il portait dans la commode. Il vérifia que la salle de bain était bien elle aussi fermée à clef et quitta la chambre par la porte donnant sur le couloir. Il prit soin, cependant, de laisser le pêne hors de la gâche de façon que la porte demeurât ouverte.

En bas, il s'arrêta à la réception où il laissa sa clef en prévenant l'employé que si quelqu'un le demandait il serait de retour à sept heures.

Les cabines téléphoniques se trouvaient à l'entresol. Gerald monta les quelques marches qui y conduisaient. Ses genoux tremblaient un peu.

Pour que son plan réussisse, il lui fallait compléter sa première communication téléphonique. Et il laissa tomber un peu nerveusement la pièce dans l'appareil. Il connut alors un moment de désespoir lorsqu'on lui répondit que la personne demandée n'était pas là. Il se mit alors à parler vite et de façon convaincante et finalement laissa le numéro de la cabine d'où il téléphonait, insistant auprès de son interlocuteur au bout du fil sur la nécessité absolue de toucher la personne en question. Puis il raccrocha, mais ne quitta pas la cabine, entrouvrant seulement un peu la porte pour avoir de l'air frais.

Au bout d'un quart d'heure, il se sentait près d'abandonner et se préparait à s'en aller quand le téléphone sonna.

Il n'eut rien à demander. Il reconnut immédiatement la voix. Ce qu'il avait à dire fut bref et indiqué d'une voix nette.

— Si vous voulez savoir où se trouve Gerald Hanna, il loge au Metropole Hotel.

Et il raccrocha rapidement sans tenir compte des questions bredouillées à l'autre bout de la ligne.

Il était alors six heures dix.

Il alla dans une autre cabine pour passer son deuxième coup de téléphone. Dès qu'il eut Slaughter, il se rendit compte combien celui-ci paraissait nerveux.

— Vous êtes en retard. Est-ce que tout...

— Tout est parfait, répondit Gerald. Venez au Metropole Hotel à sept heures moins le quart exactement. Vous avez juste le temps. La chambre 1410 vous est réservée. Prenez la clef à la réception et montez directement. Et surtout venez seul. Avez-vous les...

— J'ai ce que vous avez demandé, coupa vivement Slaughter. Je viens.

Gerald ne prit pas la clef de sa chambre au tableau. Il monta par l'ascenseur directement de l'entresol jusqu'au quatorzième étage. Puis il gagna, par le long couloir désert, la chambre 1410 dont la porte n'était pas fermée à clef.

Cette fois, après être entré, il la referma. Dans la commode il prit le sac à fermeture Éclair, d'où il sortit le revolver que Vince Dunne avait laissé tomber sur le plancher de sa voiture. Il prit soin d'envelopper sa main d'un mouchoir et, rapidement, ouvrit l'arme. Elle contenait deux balles.

Il posa le sac sur le petit bureau de la chambre et ensuite poussa le lourd fauteuil de tapisserie et l'orienta de façon à ce qu'il fît face à la porte, glissant le revolver entre le siège et le dossier. Dix minutes après, comme il écoutait à la porte du couloir, il entendit l'ascenseur s'arrêter à l'étage, puis des pas lourds s'approchèrent. Ils passèrent devant la chambre 1410 pour s'arrêter devant la 1408.

Quand un léger déclic lui apprit qu'on refermait la porte de cette chambre il traversa vivement la pièce pour s'approcher de la salle de bain. Pendant un moment le silence fut total, puis quelqu'un entra dans la salle de bain. On entendait à présent des voix mais Gerald ne pouvait distinguer ce qui se disait. Puis ces voix se turent et tout redevint tranquille.

Gerald sourit de satisfaction. Il regarda l'heure à sa montre. Sept heures moins vingt.

A ce moment précis quelqu'un tourna la clef dans la serrure de la chambre 1410. L'homme, venu silencieusement, se tenait de l'autre côté de cette porte. Gerald, assis dans le grand fauteuil, vit la poignée tourner lentement et la porte s'ouvrir rapidement. Ned Slaughter entra dans la chambre. Sans un mot, il referma la porte derrière lui et poussa le verrou.

Debout, les mains dans les poches, il regardait fixement Gerald. Il semblait avoir perdu son affabilité mielleuse et n'avait plus l'air ni d'un banquier ni d'un homme d'affaires, mais celui d'un bandit dangereux.

— Alors, fit-il d'une voix basse et nette, où est la marchandise ?

Gerald montra d'un geste de la tête le sac à fermeture Éclair sur la table de nuit et demanda :

— Où est l'argent ?

Ignorant la question, Slaughter marcha vivement vers le sac indiqué, l'ouvrit et en répandit le contenu sur le dessus de lit.

Un instant, il demeura immobile, ouvrant grands les yeux, le regard fixé sur un amas de morceaux de verre cassé. Puis le sang monta à son visage et à son cou épais. Il se retourna avec un juron.

— Qu'est-ce que ça veut dire ? Qu'est-ce que c'est que cette plaisanterie idiote ?

— Et l'argent ? dit Gerald, Vous deviez apporter les vingt-cinq mille dollars. Je ne les vois pas.

— Vous vous croyez très fort, dit Slaughter. Vraiment très fort. En réalité, je m'y attendais un peu. C'est pourquoi j'ai mis l'argent dans une enveloppe que j'ai déposée en bas à la réception de l'hôtel. Maintenant, si vous voulez jouer franc jeu, montrez-moi la vraie marchandise. Si elle me convient nous descendrons ensemble chercher l'enveloppe.

— N'auriez-vous pas un revolver dans votre poche de côté ? demanda Gerald.

Slaughter le regarda avec dégoût.

— Que craignez-vous donc ? Que je vienne ici vous dire : Haut les mains ? Bien sûr que non, je n'ai pas d'arme. Il faudrait que je sois fou pour tirer sur quelqu'un dans un endroit comme celui-ci.

— Je voulais seulement m'en assurer, dit Gerald toujours assis dans le fauteuil.

— Bon. Eh bien, maintenant vous le savez. Alors, les bijoux ? Vous les avez, ou pas ? Si oui, réglons cette affaire.

Gerald montra cette fois le bureau.

— Le tiroir du bas, dit-il. Dans le porte-documents.

En deux enjambées Slaughter traversa la pièce. Il tira brusquement le tiroir, s'empara du porte-documents qu'il se dépêcha d'ouvrir.

Fasciné, il regardait fixement le contenu quand Gerald tira le revolver de sa cachette derrière lui. Son doigt appuya deux fois sur la détente tandis qu'il se levait.

Les balles s'enfoncèrent avec fracas au-dessus de la porte de la salle de bain. Au bruit, Slaughter laissa tomber le porte-documents et fit volte-face.

— Vous êtes fou ! hurla-t-il. Qu'est-ce que ça signifie ?

D'un bond il se jeta sur Gerald et frappant du poing le bras de celui-ci, il s'empara de l'arme.

Mais, au même moment, Gerald agrippant Slaughter l'obligeait à pivoter de façon à le mettre face à la porte de la salle de bain. Celle-ci commença de tourner sur ses gonds. Le regard de Slaughter alla de Gerald à cette porte.

— Sale menteur... cria-t-il.

Gerald s'aplatit sur le parquet. Dans la main de Slaughter le revolver claqua une fois. Le lieutenant Hopper tira en pénétrant dans la chambre avec Finn. Du sang jaillit du visage de Slaughter tandis qu'il s'affaissait, tombant presque sur Gerald qui roula sur lui-même pour l'éviter.

***

Le lieutenant Hopper attendit que la voiture fût arrivée de la morgue et qu'on ait enlevé le cadavre.

La chambre était de nouveau en ordre et le détective de l'hôtel retourné au rez-de-chaussée. Il ne restait plus à présent que l'agent en uniforme en faction dans le couloir et... Gerald Hanna et le lieutenant.

— Je suis heureux que vous ayez pris mon coup de téléphone au sérieux et que vous soyez venu dit Gerald. Je devenais un peu nerveux.

— Vous le deviendrez encore bien davantage avant que tout soit fini. Si vous me racontiez..., fit Hopper.

— Il n'y a rien à raconter.

Gerald regardait Hopper en souriant.

— C'est exactement ce que je vous ai écrit dans la lettre recommandée que j'ai expédiée cet après-midi et que vous recevrez demain matin : si vous veniez ici, vous trouveriez le butin du cambriolage Gordon-Frost. C'est tout.

— Et qu'entendez-vous faire maintenant ?

— C'est très simple, Lieutenant. Vous le savez, je suis dans les assurances. Eh bien, en apprenant le cambriolage, je me suis dit que le vol devait être couvert par une assurance et que la compagnie offrirait une récompense à celui qui trouverait les bijoux. Hier, grâce à quelqu'un que je connais au bureau, j'ai appris le montant. Cinquante mille dollars. Je réclame cette récompense. Je vous ai envoyé une lettre vous disant de venir ici chercher la marchandise. Vous êtes venu, vous l'avez. Je tiens même un reçu tout prêt. Et pour qu'il n'y ait pas de malentendu, j'ai pris soin d'envoyer une seconde lettre recommandée à la compagnie d'assurances pour lui réclamer la récompense.

Le visage de Hopper devint tout rouge.

— Ça, alors, c'est formidable ! dit-il à la fin. Vous allez réclamer la récompense ! (Il hésita, cherchant à contrôler sa colère.) Et le reste de l'affaire ? Les deux policiers qui ont été tués ? Vous vous souvenez de notre petite conversation ? Vous savez ce que nous pensons, nous, de ces choses-là ? Eh bien ?...

— Je crois que je peux vous aider un petit peu pour ça aussi, Lieutenant, dit Gerald. Le revolver que vous avez enlevé de la main de Slaughter dans cette chambre... examinez-le donc un peu et je suis sûr que vous vous apercevrez qu'il a tué l'agent Hardy. Slaughter avait les bijoux et l'arme. Que voulez-vous encore savoir ?

Hopper le regarda intensément pendant une minute et, cette fois, il parla d'une voix presque calme.

— Parfait, dit-il. Admettons que ce soit l'arme du crime. Mais comment entendez-vous prouver que Slaughter était dans l'affaire ? Et qu'il s'est servi de cette arme ?

— Très simple, aussi, répondit Gerald en montrant le bureau. Ce tas de verre cassé... J'ai lu dans les journaux que la police avait trouvé des fragments de pare-brise à l'endroit de la fusillade. Le pare-brise appartenant à la voiture qui a servi à la fuite. Je pense... j'en suis même sûr... que si vous emportez ce verre pour le comparer à celui que vous avez déjà, vous obtiendrez un pare-brise complet. Il fallait donc que Slaughter se trouvât dans cette voiture pour avoir ainsi le verre en sa possession.

Dix minutes plus tard, Gerald Hanna quittait l'hôtel et montait avec le lieutenant dans la voiture officielle de Hopper. Tout en traversant la ville celui-ci remarqua :

— Vous allez toucher la récompense, bon. Mais je ne comprends pas encore tout à fait. Je ne peux pas vous forcer à parler, naturellement, mais je suis heureux d'avoir éclairci cette affaire. Nous allons vérifier le verre du pare-brise et le revolver, bien entendu, et je serai satisfait si ce sont bien ceux que nous pensons. Mais il y a pourtant une chose encore que j'aimerais savoir... puisque vous paraissez détenir toutes les réponses. Si ce verre provient du pare-brise de la voiture ayant servi à la fuite des bandits, peut-être pourriez-vous me dire où se trouve cette voiture ?

— Voudriez-vous me déposer chez Mlle Dunne en passant, Lieutenant ? demanda Gerald.

— Volontiers, fit Hopper. Mais la voiture ? Vous devez savoir...

— Écoutez, Lieutenant, répondit Gerald, pourquoi vous en soucier ? J'ai trouvé pour vous les bijoux volés et votre tueur d'agents. Vous l'avez abattu dans un duel au revolver, ce qui fait de vous un héros dans la police, pas vrai ? Vous n'aurez même pas à le traduire en justice. Cette lettre par exprès que je vous ai envoyée peut être tenue pour personnelle. Les crédits du service chargé de résoudre les affaires criminelles sont entre vos mains. Que pourriez-vous vraiment souhaiter de plus...

Le lieutenant Hopper grommela.

— Bon... Il faut bien que je me contente de ça. De toute façon, nous ne trouverons probablement jamais cette sale bagnole.

Gerald Hanna se renversa sur le siège en poussant un léger soupir de satisfaction. Deux séquences-flush en une seule semaine ! Ce n'était pas mal. Pas mal du tout.

Invitation to violence.

D'après la traduction de Simone Millot-Jacquin.

Table

Table

Dans Le Livre de Poche

Mystères 88

nº 6502

sous la direction de Jacques Baudou

Les dernières nouvelles du crime

Après *Mystères 86* et *Mystères 87*, voici **Mystères 88**, avec 24 nouvelles toutes inédites de Max Allan Collins, Didier Daeninckx, Ed D. Hoch, Clark Howard, P.D. James, Hervé Jaouen, Arthur Lyons, Shizuko Natsuki, etc.

Un festival de grandes frappes à la française, d'escrocs à l'américaine, de psychopathes à l'anglaise, de natures très mortes à l'italienne et de chinoiseries à la japonaise...

Et si vous voulez tout savoir sur l'actualité du polar, les chroniques du roman, du cinéma, de la télévision et des interviews d'auteurs.

Également au catalogue
du Livre de Poche policier, des œuvres de :

Bachellerie, Borniche, Agatha Christie, Jean-François Coatmeur, Peter Dickinson, Conan Doyle, Exbrayat, David Goodis, William Irish, P.D. James, Maurice Leblanc, Alexis Lecaye, Elmore Leonard, Gaston Leroux, Peter Lovesey, Gregory Mcdonald, McGivern, Ruth Rendell, René Réouven, Pierre Siniac, Stanislas-André Steeman, Jim Thompson, June Thomson, Andrew Vachss, Roy Vickers... et la série **« Alfred Hitchcock présente »**.

Composition réalisée par C.M.L., Montrouge.

IMPRIMÉ EN FRANCE PAR BRODARD ET TAUPIN
Usine de La Flèche (Sarthe).
LIBRAIRIE GÉNÉRALE FRANÇAISE - 43, quai de Grenelle - 75015 Paris.

ISBN : 2 - 253 - 04813 - 5

30/3008/7